봄 새벽

春曉

봄 잠에 새벽을 느끼지 못하는데
여기저기서 새 소리 들려온다
간밤에 비바람 소리 사나웠으니
꽃은 얼마나 떨어졌는지

春眠不覺曉
處處聞啼鳥
夜來風雨聲
花落知多小

바깥의 길

바람의 길 4

송진용 新무협 판타지 소설

초판 1쇄 찍은 날 § 2005년 5월 1일
초판 1쇄 펴낸 날 § 2005년 5월 10일

지은이 § 송진용
펴낸이 § 서경석

편집장 § 문혜영
편집 § 장상수 · 이재권 · 한지윤

펴낸곳 § 도서출판 청어람
등록번호 § 제1081-1-89호
등록일자 § 1999. 5. 31
어람번호 § 제2-0587호

주소 § 경기도 부천시 원미구 심곡1동 350-1 남성B/D 3F (우) 420-011
전화 § 032-656-4452   팩스 § 032-656-4453
http://www.chungeoram.com
E-mail § eoram99@chollian.net

ⓒ 송진용, 2005

ISBN 89-5831-522-9 04810
ISBN 89-5831-430-3 (SET)

송진용 新무협 판타지 소설

Fantastic Oriental Heroes

바람의 길

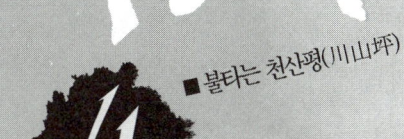

■ 불타는 천산평(川山坪)

4

도서출판
청어람

목차

■제1장■
금오신(金烏神)

금오신(金烏神)

선방 안에 있는 사람들은 하나같이 말이 없었다.

가슴에 무거운 근심을 품은 채 잔뜩 낯을 찌푸리고 있을 뿐이다.

한참 만에야 흑풍객이 침묵을 깨뜨렸다.

"모두 서른 구나 되는 무혼불괴시(無魂不壞屍)가 있었단 말이지?"

"그렇습니다."

억누르는 침묵에서 비로소 벗어나게 된 기벽강이 기쁜 듯 서둘러 대답했다. 흑풍객이 다시 물었다.

"너는 그것들이 무혼불괴시라는 걸 어떻게 알았지?"

모두가 궁금해하던 일이다.

"사부님께 들었습니다."

"네 사부는?"

기벽강은 신비 문파인 기련파의 전인이다. 사문에 한이 있어서 강호에 나왔는데, 사문의 치부를 드러내는 부끄러운 사연이라 떠들고 다닐 만한 게 되지 못한다.

머뭇거리는 그의 속사정을 잘 알고 있는 무진이 얼른 대신해서 나섰다.

"기련산에 계시는 분으로, 이름이 알려지지 않은 기인이시랍니다."

"음."

흑풍객은 기벽강이 말하려 하지 않는다는 걸 알았다. 그런데도 사문의 비밀을 캐묻는다는 건 실례가 되는 일이다.

"좋다. 그럼 그 마물들의 정체를 알게 된 사연만 말해 보아라."

기벽강이 한숨을 쉬고 머뭇거리며 말했다.

"사부님께서는 십오 년 전 강호에 딱 한 번 나오신 적이 있었지요. 사문의 한을 풀기 위해서였답니다. 하지만 뜻을 이루기도 전에 바로 그 마물들을 만나 좌절하고 깊은 부상만 입은 채 기련산으로 돌아오셨습니다. 그래서 알게 된 것입니다."

기벽강의 사부는 천외쌍도(天外雙刀)의 절기를 쓰던 괴한을 찾아왔던 것이다. 그자는 무진의 원수이기도 하면서 기벽강 사문의 원수이기도 했다. 그런데 무언가 단서를 찾았을 때 무혼불괴시라는 괴물과 마주쳤으리라.

'그렇다면 혹시?'

무진의 얼굴에 긴장이 서렸다.

기벽강의 몇 마디 말속에서 어쩌면 천외쌍도를 쓰던 자가 유명밀부와 관계가 있는지도 모른다는 생각이 불쑥 들었기 때문이다.

기벽강도 그렇게 느끼고 있는 듯, 그의 검은 얼굴이 더욱 검게 변한 채 우울한 눈길을 이리저리 굴리며 초조해하고 있었다.

"무혼불괴시라……."

흑풍객이 무엇을 생각하는 듯 허공을 한동안 바라보더니 혼잣말처럼 중얼거렸다.

"어쩌면 흑룡보주도 이미 알고 있었을 거야. 그렇다면……."

"예?"

의외의 말이라 무진이 어리둥절해서 흑풍객을 바라보았고, 한쪽에서 여전히 겁에 질린 얼굴로 불안해하고 있던 소봉도 깜짝 놀라 눈을 동그랗게 떴다.

"그가 일백 자루의 신검을 구했던 것 말이다."

"아!"

흑풍객의 말에 무진에게도 번쩍, 하고 드는 생각이 있었다.

흑룡보주는 오래전부터 쇠를 진흙 베듯 할 수 있는 신검을 모았다. 염차목이 만든 절세의 신검, 금룡검(金龍劍)을 끝으로 일백 자루의 신검을 모두 모았다며 기뻐하던 모습이 떠올랐다.

"그렇다면 무혼불괴시 또한 자부동천과 연관이 있는 마물들이겠군요?"

무진이 묻자 흑풍객이 심각한 표정으로 머리를 끄덕였다.

"어쩌면 그곳에서 나온 비법으로 만들어진 것들인지도 모른다. 흑룡보주는 자부선노로부터 동천의 비밀을 한 조각 전해받았을 때 이와 같은 일이 생길 것임을 알았던 게야. 언젠가는 그 마물들과 부딪치게 될 텐데, 그때를 위해서 미리 방법을 준비해 둘 필요를 느꼈겠지. 그래서 고민하다가 신검에 착안했을 것이다."

"이제 분명해졌습니다. 유명밀부와 신검문은 자부동천에 관련되어 있고, 배후에서 그들을 조종하고 있는 신비 집단에서 동천의 비밀이 시작되었을 것입니다. 그런데 선노께서 그들의 비밀을 엿보고, 거기에 금제를 가했던 것이겠지요. 그래서 선노는 그들에게 쫓겼고, 숨을 곳으로 화산의 절곡을 택했을 것입니다."

그들은 강호에서 드러내 놓고 활동하기를 꺼려했다. 자신들의 비밀이 알려지는 게 싫었으리라. 그러니 무림의 기둥이라고 할 수 있는 화산파에 함부로 들락거리면서 온 산을 뒤지고 다닐 수가 없었을 것이다.

무진은 무슨 연유인지는 모르나 아버지도 선노를 만나고 난 후 그들의 일에 관련되었던 게 틀림없다고 믿었다. 그렇다면 그건 어쩌면 선노의 명을 받았기 때문일 것이다.

비밀을 두텁게 감싸고 있던 껍질이 하나씩 벗겨지고 있었다. 원수들의 정체도 머지않아 밝혀질 것이다. 그자들이 신비 집단에 속해 있다는 걸 안 것이 시작인 셈이다.

무진은 가슴이 뛰었다. 두려움 따위는 처음부터 없었다. 다만 걱정이 있다면, 자신과 함께 있는 이 사람들일 뿐이다.

무진이 천천히 흑풍객과 기벽강, 염능파, 수련, 소봉을 돌아보았다. 하나같이 소중한 사람들이다. 자신에게 큰 은혜를 베푼 사람이 있기도 하고, 오랜 정으로 내 몸처럼 여기게 된 사람도 있으며, 혈육 같은 우정을 나눈 사람도 있다.

소봉이 조금 엉뚱하기는 하지만 그녀는 무진의 사매나 마찬가지였다. 흑룡보주가 아버지의 사형이라니, 무진에게는 사백(師伯)이 되지 않는가. 게다가 그녀는 지금 이 낯선 곳과 낯선 사람들 속에서 오직 무진을 의지하고 있을 뿐이었다.

무진은 자신의 일로 인해서 이들 중 어느 누구도 다치게 되는 걸 원치 않았다.

밖에는 서른 구의 활강시들이 있다고 했다.

기벽강과 염능파가 이곳에 오면서 두 구를 해치웠고, 조금 전에 흑풍객이 세 구를 해치웠으니 스물다섯 구가 아직 남아 있다.

"어렵구나, 어려워."

그것을 생각했던지, 흑풍객이 어두워진 얼굴로 탄식했다.

무혼불괴시는 그야말로 살아 있는 강시. 즉, 활강시라고 불릴 만한 마물들이었다.

온몸이 금강불괴지신처럼 단단한 데다가, 고통을 모르고 두려움을 모른다. 그것뿐이라면 크게 무서울 것도 없다. 하지만 그것들에게 최소한의 판단력이 남아 있다는 게 문제였다.

그건 이지력을 완전히 상실한 강시나 실혼인들과는 크게 다른 것이었다.

강시처럼 무지막지한 것들이, 어느 정도 상황을 판단할 줄 알고, 스스로 공격과 수비의 초식을 구사할 줄 안다. 그저 무지막지한 잠력과 저돌성을 앞세워 폭력적으로 밀고 들어올 뿐인 강시 따위와는 비교할 수 없는 차이가 거기 있었다.

활강시(活殭屍).

'무혼(無魂)'이라고 하지만 그것들에게는 이지력이 아직 남아 있다. 움직임의 정묘함과 재빠름도 지니고 있다. 강시이되 반쯤은 살아 있는 강시인 셈이다. 그러니 활강시라고 불러야 하리라.

그런 것들을 유명밀부는 대체 얼마나 가지고 있는 것인가. 얼마나 많이 만들어놓았기에 이곳에 서른 구나 되는 활강시를 보낼 수 있단 말인가.

그런 생각이 흑풍객의 마음을 더욱 어둡고 불안하게만 했다.

그것들이 일시에 몰려든다면 이곳에 있는 사람들은 큰 화를 면치 못할 것이라는 생각이 들었다.

자신이야 한 몸을 빼낼 수 있겠지만, 다른 사람들은 그럴 수 없을 것이다. 특히, 아직 내상에서 회복되지 않은 무진은 더 그렇다.

그가 한숨을 쉬자 저쪽에서 소봉을 부축하고 다소곳이 앉아 있던 수련의 얼굴이 어두워졌다. 그녀도 흑풍객과 같은 생각을 하고 있었던 것이다.

그런 수련과 소봉을 염치없이 훔쳐보느라고 정신없던 염능파가 쳇, 하고 혀를 차더니 중얼거렸다.

"제기랄, 나는 그놈의 무혼불괴시인가 뭔가 하는 활강시들이 고맙기만 하다."

"뭐라고?"

기벽강이 깜짝 놀라서 노려보았다. 염능파가 히죽히죽 웃었다.

"덕분에 저렇게 아름다운 두 소저를 만날 수 있게 되었잖느냐 이 말이다, 형님의 말씀은."

"염병할 놈! 지금이 어느 때인데, 정신을 못 차리는구나!"

"에구구구—"

기벽강의 주먹이 날아들자 제풀에 놀라 자빠진 염능파가 주저앉은 채 두 발로 부지런히 땅을 밀며 물러났다. 수련과 소봉이 있는 곳이었다.

"저리 가!"

소봉이 징그러운 것을 보기라도 한 듯 뭉그적거리며 밀고 들어오는 염능파의 엉덩이에 발길질을 해댔다.

"자, 이제 곧 날이 밝을 텐데 그전에 끝내야겠지?"

유소기가 음흉한 웃음을 흘리며 손바닥을 비볐다.

"한 번에 다 몰아넣으시렵니까?"

염라흑수(閻羅黑手) 동청강(董淸强)이 놀란 얼굴로 물었다. 유소기가 느물거리며 저쪽, 호은암이 있다는 어둠 속을 바라보았다.

"그놈들에게 죽음의 공포가 무엇인지 아주 통쾌하게 보여주는 거야. 저 장난감들의 위력이 과연 어느 정도인지 확인해 볼 좋은 기회이기도 하지 않소?"

"으음……."

동천강이 살짝 눈살을 찌푸리고 신음했다.

스물다섯 구의 활강시가 움직인다면 무엇으로도 그것들을 막을 수 없다. 그 두려움을 생각하자 소름이 돋았다.

"훙! 흑풍객이라고?"

유소기가 코웃음을 쳤다.

그가 천하를 오시할 만한 고수라는 건 오래전부터 들어 알고 있었다. 하지만 흑풍객이 아니라 그보다 더한 자라고 할지라도 지금 제 손에 남아 있는 스물다섯 구의 무혼불괴시를 당할 수는 없을 것이다. 그런 자신감이 유소기를 한껏 기분 좋게 했다.

이제 저 앞의 호은암을 향해 느긋한 모습으로 천천히 걸어가기만 하면 된다. 가서 마음껏 조롱하고 비웃어준 다음에 호각 한 번만 불면 모든 게 끝나는 것이다. 무혼불괴시를 조종하는 밀부의 인혼사(引魂師)들이 그것들을 일제히 휘몰아 넣을 것이니, 그때는 한쪽에 팔짱을 끼고 서서 한 놈 한 놈 갈가리 찢겨 죽는 걸 구경만 하고 있으면 된다.

기벽강과 염능파가 제 눈앞에서 죽는 걸 본다면 무진이라는 놈의 고

통은 더 클 것이다. 흑풍객도 그렇게 죽이고, 두 계집이야 말할 것도
없다.

"카하하하—"

유소기가 하늘을 보며 통쾌한 웃음을 터뜨렸다. 그 소리가 밤하늘
멀리까지 퍼져 나갔다. 그리고 그것에 화답하듯 서쪽 하늘에서 까악—
하고 또 하나의 날카로운 소리가 들려왔다.

"응?"

깜짝 놀라 눈을 휘둥그레 뜨고 바라본 곳에 은은한 금광이 빛나고
있었다.

"저게 뭐지?"

그의 손가락을 따라 바라본 동청강이 머리를 갸웃거렸다. 마치 서쪽
으로 기울고 있는 달빛 한 조각이 뚝 떨어져 나온 것처럼 보였는데, 그
것이 이리저리 움직이며 가까이 다가오고 있었던 것이다.

까악—

다시 그 괴이한 소리가 울렸다. 까마귀 울음소리 같기도 했다. 하지
만 이처럼 어두운 새벽에 까마귀가 날아다닐 리 없지 않은가. 게다가
금빛이라니.

"날아오는데요?"

동청강이 제 눈을 비비며 중얼거렸다. 과연 그것은 조금 전에 보았
을 때와는 다르게 쏜살같이 다가오고 있었다. 유소기는 이제 그것이
금빛으로 번쩍이는 한 마리의 커다란 새라는 것을 알아보았다. 매는
아니다. 하지만 그 몸집이 매만큼이나 컸고, 매보다 빠르고 날쌨다.

까악—

머리 위 십여 장 위에서 맴돌며 갑자기 울자 그 우렁찬 소리에 가슴

이 섬뜩해질 지경이었다.

"까마귀다!"

유소기가 저도 모르게 버럭 소리쳤다.

황금빛 까마귀.

저런 기이한 것이 있다는 말은 들어본 적이 없다. 하지만 동청강은 달랐다. 그것이 정말 황금빛으로 번쩍이는 커다란 까마귀라는 걸 확인한 그의 낯빛이 새파랗게 질렸던 것이다.

"금오신(金烏神) 장약탄(壯若嘆)!"

불쑥 떠오른 이름이 하나 있었다. 그리고 그것을 혀끝에 올려본 순간 가슴속에 서늘한 무엇이 치달려갔다.

"금오신?"

유소기가 어리둥절한 얼굴로 그런 동청강을 바라보았다.

동청강은 부릅뜬 눈으로 서쪽 어둠 속을 뚫어지게 노려보고 있기만 했다. 볼을 파들파들 떨며 이를 악물고 있는 것이 커다란 두려움과 놀람을 억지로 참고 있는 게 분명했다.

서산에 해 지고 어둠 깔리면,

귀신들이 온다네. 바람에 불려 말을 타고 구름을 차면서.

땅에서는 풍악이 일고, 웃는 듯 흐느끼는 듯 비파 소리, 피리 소리 드높아라.

무녀(巫女)들 미친 듯 춤추는 곳에, 살쾡이 울어 피를 토하고, 여우는 겁에 질려 죽는다지.

〈이하(李賀)의 신현곡(神弦曲) 중 한 구절〉

음산한 노랫소리가 바람에 실려 다가왔다.

쉰 음성이 흐느끼는 것처럼 끊겼다가 이어지며 때로는 높게, 때로는 낮게 들려오고 있는 것이다. 누군가가 곡(哭)을 하고 있는 것 같아서 머리카락이 곤두섰다.

빠를 때는 폭풍에 쓸리는 구름처럼 어둡게 밀려오고, 느릴 때는 배부른 구렁이가 수풀 속으로 기어들 듯 한없이 늘어지는 그 노랫가락이 유소기의 기분을 몹시 불쾌하게 했다.

"제기랄, 어떤 정신없는 놈이 헛지랄을 하고 있단 말이냐?"

"소주! 경거망동해서는 안 됩니다!"

유소기가 버럭 소리치자 동청강이 하얗게 질린 얼굴로 급히 옷자락을 잡아 흔들었다.

유소기의 고함 소리를 들은 것인지, 음산한 노래가 뚝 끊겼다. 머리 위에서 맴돌던 금빛 까마귀도 어디로 사라졌는지 보이지 않았다.

그게 더 긴장을 불러왔다.

한동안 귀를 쫑긋 세우고 주위를 두리번거리던 유소기가 피식 웃었다.

"귀신이라면 여기 그 어떤 것보다 무서운 무혼불괴시들이 득실거린다. 그런데 누가 감히 내 앞에서 귀신놀음을 흉내 낸단 말이냐? 흥! 다 헛수작이지."

"그는 귀신이 아닙니다. 그는, 그는…… 금오신이지요."

동청강이 더욱 두려워하는 얼굴로 쉼없이 사방을 두리번거리며 중얼거렸다. 유명밀부가 생길 때부터 부주를 보좌해 온 그는 무언가 알고 있는 게 틀림없었다. 하지만 유소기는 그런 사람이 있다는 말을 들어본 적이 없다. 그가 코웃음을 쳤다.

"금오신이든 뭐든 내가 알게 뭐야?"

"우흐흐흐, 어린놈이 담이 큰 거냐, 무지한 거냐?"

왼쪽 억새풀 속에서 불쑥 음침하고 탁한 음성이 들려왔다.

"억!"

동청강이 깜짝 놀라 펄쩍 뛰어 물러섰고, 유소기는 눈을 휘둥그레 뜬 채 소리가 난 곳을 바라보았다.

억새가 버석거리더니 거기서 검은 옷을 입은 노인이 천천히 걸어나왔다.

"저게 뭐야?"

유소기가 어이없다는 듯 혀를 찼다.

노인은 키가 작았다. 난쟁이는 아니었으나 유소기의 가슴에도 못 미칠 것이다. 게다가 뚱뚱해서 서 있는 것 자체가 불안해 보였다. 툭 밀면 데굴데굴 굴러갈 것만 같았던 것이다.

둥근 얼굴에 둥근 코, 그리고 쭉 찢어진 시커먼 입은 과연 사람인지 괴물인지 언뜻 분간하기 어려울 지경이었다. 그래도 검은 수염이 탐스럽게 가슴 앞까지 늘어져 있고, 눈이 부리부리했다.

노인의 어깨 위에 한 마리의 커다란 까마귀가 앉아서 부리를 끄덕이며 유소기를 바라보고 있었는데, 조금 전에 보았던 그 금빛 까마귀였다.

까마귀가 검지 않고 황금빛 깃털로 뒤덮여 번쩍거린다는 게 기이했을뿐더러, 그 몸집이 보통 까마귀의 서너 배는 될 듯하니 더 이상했다.

"네 이름이 뭐냐?"

노인이 불쑥 물었다. 유소기가 가슴을 내밀고 눈을 부라렸다. 그는 아직도 이 보잘것없는 늙은이가 제 괴상한 용모와 특이한 까마귀를 앞세워 헛수작을 부린다고 여길 뿐이다.

"쳇, 그러는 당신 이름은 뭐요?"

"우흐흐흐—"

노인이 쉰 목소리로 낮게 웃었다. 저만큼 떨어져서 눈치만 보고 있던 동청강이 재빨리 유소기 곁으로 다가와 떨리는 음성으로 채근했다.

"소주, 어서 인사를 올리시오. 무례해서는 안 되오."

"내가 왜? 이 늙은이의 정체가 뭔데?"

"그는, 그는……"

동청강이 차마 제 입으로 말을 하지 못하고 노인의 눈치만 보며 우물쭈물했다. 노인이 그런 동청강을 물끄러미 바라보더니 머리를 갸웃거리다가 물었다.

"너는 누구냐? 나를 아는 것 같으니 괴이하군. 이름이 뭐지?"

"후, 후배는…… 동청강이라고 합니다. 천, 천…… 아니, 산에 있을 때부터 노선배의 대명을 듣고 흠모했었지요."

동청강이 새파랗게 질린 얼굴로 포권한 손을 급히 흔들며 떠듬떠듬 말했다. 그것을 듣고 있던 노인의 얼굴빛이 싸늘해졌다. 동청강을 노려보는 눈에 살기마저 번쩍였다.

"오라, 네놈은 토왕곡(土王谷)의 떨거지로구나. 그 무슨 유명판관(幽冥判官) 최홍(崔洪)이라는 것이 제 주제를 모르고 곡(谷) 밖으로 나갔다더니 그놈의 수하인 모양이지?"

노인이 잔뜩 비웃음을 띠고 이죽거렸다. 유소기가 발끈해서 버럭 소리쳤다.

"이놈의 늙은이가 감히 사부님을 욕하다니!"

그리고는 말릴 새도 없이 욱! 하고 힘을 뽑아서 일장을 후려쳤다.

"앗!"

동청강이 깜짝 놀라 소리쳤을 때는 이미 늦어서, 유소기의 장력이 노인의 가슴에서 터지고 있었다.

쾅—!

폭죽을 불에 던졌을 때처럼 커다란 소리가 터져 나왔다.

"우욱!"

유소기가 신음을 흘리며 정신없이 물러섰다. 노인의 뚱뚱한 몸에서 생긴 반탄력 때문에 마치 철퇴로 얻어맞은 것처럼 고통스러웠던 것이다.

"이런 괘씸한 것이!"

버럭 소리친 노인이 번쩍, 하고 꺼져 버렸다. 그리고 이번에는 유소기의 가슴에서 북 치는 소리가 났다.

펑—!

노인의 일장이 작렬했고, 가슴이 움푹 함몰되어 버린 유소기가 허공을 훌훌 날아 억새숲 속으로 사라졌다. 비명조차 지르지 못한 채다.

그가 뿜어낸 붉은 핏줄기가 무지개처럼 걸렸다가 와르르 쏟아져 비릿한 냄새를 가득 퍼뜨렸다.

"아!"

동청강이 놀람의 외침을 터뜨렸다. 그가 유소기를 찾아 몸을 날리려는데, 노인이 버럭 소리쳤다.

"꼼짝 말고 있어!"

그 한마디에 동청강은 무릎을 굽힌 채 굳어버렸다.

유소기는 죽었을 것이다. 동청강은 진땀을 흘렸다. 대체 부주에게 이 일을 뭐라고 변명한단 말인가.

억새숲이 소란스러워지더니 사방에서 밀부의 수하들이 몰려들었다.

동청강은 재빨리 그들의 앞에 서서 달려오고 있는 다섯 명의 수하를 보았다. 다른 자들과는 달리 머리에 피처럼 붉은 띠를 두르고 있는 자들이다.

무혼불괴시를 움직일 수 있는 인혼사들이었다.

무혼불괴시는 제조자가 심어놓은 특별한 주문에 반응한다. 그 다음에는 피리나 북, 호각 같은 특정한 물건의 소리나 신호 등으로 명령받고 그에 따르는데, 인혼사는 바로 그 방법을 익힌 자들이었다.

'무혼불괴시를 움직인다면?'

동청강의 머리 속에 불쑥 그런 생각이 떠올랐다. 눈앞의 노인이 아무리 무서운 자라고 해도 스물다섯 구의 무혼불괴시를 당할 리 없다.

"흘흘― 그런 짓은 하지 않는 게 좋을 게야."

노인이 동청강의 마음속을 훤히 들여다본 듯 음침하게 웃고 중얼거렸다.

"으으음―"

동청강은 깊은 한숨을 내쉬고 머리를 떨구었다. 잠깐 마음이 흔들렸지만, 금오신의 말이 옳다는 걸 그 역시 잘 알고 있는 것이다.

금오신은 수라도(修羅島)의 인물이었다. 동청강은 그래서 그를 두려워하는 것이다. 금오신이 무섭고, 그의 까마귀는 더 무섭다.

동청강이 수라도에 대해서 아는 것만큼 금오신 또한 동청강과 그가 속해 있는 집단에 대해서 잘 알고 있었다. 그들은 원래 한 뿌리였기 때문이다.

무혼불괴시는 완벽해 보이지만 약점이 있다. 세상에 완벽이라는 건 없는 것이니 어쩌면 당연한 일이리라. 그 약점을 금오신은 아는 것이다. 그래서 조금도 두려워하지 않는다.

금오신과 그의 까마귀는 무혼불괴시의 천적이라고 해야 할 것이다. 그걸 동청강도 짐작하고 있었다. 유명밀부의 부주가 활강시를 만들면서 가장 걱정한 게 바로 금오신이라는 존재 아니었던가.

"하지만 그 괴물이 강호에 나올 일은 없을 테니 상관없지."

부주는 그렇게 스스로를 위로했다. 그런데 그런 바람과는 다르게 지금 눈앞에 금오신이 있었다.

그가 왜, 무엇 때문에 수라도를 떠나 갑자기 강호에 나왔는지, 그리고 하필 이 시간에 이곳에 왔는지는 알 수 없다. 그러나 지금 그건 중요하지 않았다. 금오신이 나왔다는 그 자체가 곽무진이라는 애송이를 잡아가야 한다는 것보다 지금은 더 중요하고 시급히 처리해야 할 일이었다.

'한시라도 빨리 이 사실을 부주님께 알려야 한다.'

동청강의 머리 속에는 이제 그 생각만이 가득했다.

그러기 위해서는 살아야 한다. 유소기처럼 철없이 날뛰다가 죽어버린다면 부주의 대사를 그르치게 할 뿐이다. 그런 절박함이 동청강을 미칠 듯 초조하게 했다.

금오신을 둘러싸고 있는 자들의 흉흉한 분위기를 느낀 듯, 금빛 까마귀가 붉은 눈을 이리저리 굴리며 머리를 끄덕거렸다. 당장에라도 날아오를 것만 같다.

그것과 눈이 마주친 동청강이 부르르 몸을 떨고 고개를 떨구었다.

금오신이 무섭게 그를 쏘아보다가 갈라진 음성으로 천천히 말했다.

"너희들이 무슨 짓을 하든 상관하지 않는다. 마찬가지로 너희들도 내 일에 상관하지 마라. 이건 오래전부터 약속된 일이야. 알고 있겠지?"

"잘 알고 있습니다."

"좋다. 보내주지. 저 역겨운 마물들을 내 눈앞에서 치워라. 모두 데리고 썩 꺼져 버려!"

"네, 네. 감사합니다, 노선배님."

마치 저승사자의 손에서 풀려 나기라도 한 듯, 동청강이 재빨리 돌아서서 마구 손을 흔들었다.

"돌아간다! 돌아가! 어서 서둘러라!"

어리둥절해서 동청강과 금오신을 바라보던 인혼사들이 지전을 한 움큼 뿌린 다음에 주문을 외자 석상처럼 우두커니 서 있던 무혼불괴시들이 일제히 돌아섰다.

다섯 명의 인혼사들이 각기 품에서 피리며 작은북, 요령(搖鈴), 호각 등을 꺼내 불고, 치고, 흔들어댔다. 그 소리가 요약한 중에 귀기 서린 운율을 띠고 뒤섞여 억새밭이 한바탕 소란스러워졌다.

음산한 바람이 불어오는가 싶더니 무혼불괴시들이 일제히 남쪽을 향해 돌아서서 경중경중 뛰어 멀어져 갔다. 재빠르기가 절정의 경공절기를 지닌 고수 못지않아서 그것을 바라보던 금오신이 혀를 찼다.

"저것들이 정말 무혼불괴시를 만들어냈을 줄이야……. 신녀(神女)께서 이 사실을 알면 더욱 근심하실 텐데…… 에휴, 예나 지금이나 그놈들은 못된 버릇을 조금도 버리지 않았단 말씀이야."

동청강과 그가 이끌고 온 유명밀부의 무리들은 이제 어둠 속으로 사라져 보이지 않았다.

탄식하고 중얼거리던 금오신이 그들이 떠나간 어둠에 대고 버럭 소리쳤다.

"가서 네놈들의 주인에게 전해. 저 마물들을 믿고 분탕질을 쳐볼 생각이면 그전에 나에게 먼저 허락을 받으라고 말이다!"

"그가 왔다!"
흑풍객이 소리치고 벌떡 일어났다. 그 얼굴과 음성에 긴장이 깃들어
있었으므로 모두는 어리둥절해서 바라보았다.
"누가 왔다는 말씀입니까?"
무진이 덩달아 긴장하고 묻자 흑풍객이 그를 뚫어지게 바라보았는
데, 눈빛이 복잡했다. 무진은 그의 마음이 심하게 동요하고 있다는 걸
알고 더욱 의아하게 여겼다.

까악—
저 멀리에서 은은히 까마귀 울음소리가 들렸다. 두 번째다. 처음 그
소리를 듣고 흑풍객이 그처럼 긴장했던 것이다. 하지만 두 번째 울음
소리가 들렸을 때는 다시 담담한 표정으로 돌아왔다.
그가 무엇을 곰곰이 생각하는 듯 머리를 숙이고 있더니 한참 만에야
모두에게 천천히 말했다.
"무슨 일이 있어도 함부로 떠들거나 말해서는 안 된다."
"예?"
너무 엉뚱한 말이라 기벽강과 염능파가 어리둥절해서 물었다. 흑풍
객이 머리를 가로저었다.
"알려고 하지 말고 내가 시키는 대로만 하면 된다. 그와 나 사이의
일에 절대로 끼어들어서는 안 된다. 명심하여라."
"대체 누가 오는 건데 그렇습니까? 적입니까?"
무진이 다시 묻자 흑풍객이 쓸쓸한 웃음을 띠고 물끄러미 바라보았
다.

"수라도에서 온 사람이다."

엉뚱한 대답이었으므로 기벽강 등은 모두 더욱 의아해서 눈을 크게 떴다. 수라도라는 이름은 들어본 적도 없기 때문이다. 그러나 무진은 '아!' 하고 놀란 외침을 터뜨렸다.

그는 칠 년 전, 이곳을 떠나던 날 천산평이 끝나는 곳까지 배웅해 주었던 흑풍객이 한 말을 잊지 않고 있었다.

"만약 강호에서 수라도의 인물을 만나거든 특히 조심하고, 절대로 나와 인연이 있다는 내색을 해서는 안 된다."

그때 무진은 그가 수라도의 인물들과 갈등이 있고, 그들을 두려워한다는 걸 짐작했다. 그런데 지금 그 수라도에서 누군가가 이곳으로 오고 있는 모양이다.

흑풍객이 무진을 지그시 바라보았다. 그리고 씁쓸한 미소를 지었다.

"내가 했던 말을 기억하는구나?"

"어찌 잊을 수 있겠습니까? 모두 다 기억하고 있답니다."

"좋다. 이제 그가 왔으니 의외의 일이기는 하지만 새로울 것도 없지. 나는 어쩌면 강호를 떠돌던 지난 이십오 년 동안 줄곧 이날을 기다리고 있었던 건지도 모른다."

흑풍객의 말에 슬픔과 회한이 묻어 있었으므로 무진의 얼굴도 어두워졌다. 그가 망설이다가 겨우 물었다.

"그들과 싸워야 하나요?"

"싸운다고? 핫하— 누가 그들과 싸울 수 있단 말이냐? 다만 그들의 눈에 띄지 않기를 바랄 수 있을 뿐이지."

자조적인 웃음이고 말이었다.

무진은 '그들'이 꼭 수라도의 인물들만은 아닐 것이라고 생각했다. 그 안에는 흑풍객만의 사연이 또 깃들어 있는 것이다. 그리고 그게 돌아가신 아버지와 엮인 것이라는 짐작도 할 수 있었다.

무진이 안타까운 눈으로 흑풍객을 바라보았다. 흑풍객이 슬며시 무진의 그런 눈길을 외면했다.

"이제 곧 그가 도착할 테니 그때 네 스스로 알 수 있게 되겠지. 다시 한 번 말하지만 너희들은 절대로 나서지 말아야 한다."

세 번째 까마귀 울음소리가 저 멀리에서 들려왔고, 잠잠해졌다.

"대체 이 새벽에 우는 까마귀는 또 뭐야?"

"까마귀 중에서도 미친 까마귀가 있지 않겠어? 아니, 상사병을 앓느라고 밤에 잠자는 것마저 잊은 불쌍한 까마귀인지도 몰라."

기벽강이 투덜대자 염능파가 헛소리처럼 중얼거렸다. 그의 눈길은 여전히 수련과 소봉을 힐끔힐끔 훔쳐보느라고 여념이 없다.

무거운 침묵이 호은암을 감쌌다. 그리고 어느덧 동쪽 하늘이 저 멀리에서부터 희뿌옇게 밝아오기 시작했다. 긴 밤이 지나간 것이다.

가을을 바라보는 계절이다.

밤새 청명하던 하늘에서 이슬이 내리더니, 새벽 여명 속에서는 눅눅한 안개가 되어 스멀거리며 일어났다.

언덕 아래의 드넓은 억새 벌판이 온통 뿌연 안개로 뒤덮여 가고 있을 때 한 사람이 구름을 헤치며 오듯 안개의 바다를 건너 다가왔다.

금오신 장약탄이다.

송림을 바라보고 언덕을 올라온 그가 호은암의 활짝 열려져 있는 문 앞에 멈추어 섰다. 안개는 아직 언덕 아래에 있다. 그래서 호은암은 구름 위에 둥둥 떠 있는 것처럼 신비하고 고즈넉해 보였다.

"커흠!"

금오신이 밭은기침을 했다.

"왔다!"

낮고 빠르게 말한 흑풍객이 벌떡 일어나 서둘러 선방을 나갔다.

그가 섬돌에 내려선 것과 금오신이 낡은 대문 안으로 들어선 것은 동시의 일이다.

"어, 과연 여기 있었군."

금오신이 쉬고 갈라진 음성으로 말했다. 어딘지 꺼려하는 듯도 하고, 화가 나 있는 것도 같은 말투였다.

무진과 기벽강 등이 우르르 몰려나와 그를 바라보았다. 흑풍객의 주의를 받았던 터라 선방 밖으로 나오지는 못하고 활짝 열어젖힌 문 앞에서 고개를 기웃거리며 훔쳐보는 것이다.

"어머, 저 까마귀 좀 봐!"

소봉이 철없이 소리쳤다. 황금빛 까마귀는 처음 보는 것이니 호기심 많은 그녀가 놀라고 감탄하지 않을 수 없다.

그건 소봉뿐만 아니라 모두가 마찬가지였다. 그들은 작고 뚱뚱하고 못생긴 노인을 무시한 채 오직 그의 어깨에 앉아 붉은 눈을 깜박거리고 있는 황금빛 까마귀만을 바라볼 뿐이었다.

"장 노사를 뵈오."

묵묵히 그와 눈싸움을 하던 흑풍객이 가볍게 탄식하고 읍했다. 그러자 장약탄의 번쩍이는 눈가에 한줄기 웃음이 빠르게 스쳐 지나갔다. 그도 흑풍객에게 읍하고 말했다.

"이십오 년 만이구려. 좌사자(左使者)를 이렇게 다시 만나니 기쁘기 짝이 없소."

쉬고 갈라져 듣기 괴로운 음성이지만 어디까지나 예의를 차리는 언행이었다.

언뜻 보기에도 괴상하게 생긴 노인은 흑풍객보다 훨씬 나이가 많을 것이다. 그런데도 공경하는 듯해서 무진은 남모르게 가슴을 쓸어 내렸다.

'좌사자라고?'

하지만 금오신의 말이 마음에 걸렸다. 어떤 신분을 칭하는 말인 게 틀림없는데, 그렇다면 흑풍객은 과거 수라도의 사람들과 함께 살았단 말인가? 하는 의문이 들어서 무진은 그들의 말에 더욱 귀를 기울이고 표정을 유심히 살폈다.

흑풍객 이정청이 한쪽으로 물러서서 금오신 장약탄을 청했다.

"드시지 않겠소?"

"흐흐, 이 공이 청하는데 지옥인들 마다하랴."

금오신이 짧은 다리를 부지런히 놀려서 계단을 올라왔다. 무진 등이 우르르 물러섰다.

괴이하게 생긴 얼굴에 오만한 미소를 띤 채 선방 안으로 들어온 금오신이 좌정하고 나서 비로소 무진 등을 하나하나 둘러보았다. 그의 얼굴에 곧 감탄지색이 가득해졌다.

"호오! 천하의 기재들이 좌다 이곳에 모여 있었구나? 모두 이 공이 거둔 아이들이오?"

"소생에게 어찌 그런 복이 있겠소?"

"아니란 말인가?"

금오신이 제 커다란 머리통을 툭툭 두드렸다.

소봉은 눈도 깜빡이지 않고 그의 어깨 위에 앉아 있는 황금빛 까마귀를 바라보고 있었다. 얼굴 가득 갖고 싶어하는 기색이 어려 있었다.

흑풍객이 금오신에게 차를 따라주고 물었다.

"소생이 이곳에 있다는 걸 어찌 아셨소?"

"흐흐, 신녀(神女)의 신안(神眼)이 아직 닫히지 않았는데 그 눈을 누가 벗어날 수 있으리오. 이십오 년 세월을 기다려 주었으니 그대에게 할 만큼 한 것이지."

"신녀께서는…… 그녀는…….."

흑풍객이 어두워진 안색으로 머뭇거리며 무언가 말하려 하다가 끝내 입을 다물었다. 금오신이 번쩍이는 눈으로 그를 노려보았다.

"이 공은 아직 신녀를 기억하시오?"

"어찌, 어찌……. 일천 년이 지났다 한들 소생이 어찌 신녀를 잊을 수 있겠소? 장 노사의 걱정은 기우에 지나지 않소이다."

"핫하! 그렇다면 매우 잘된 일이오. 내가 먼 길을 나선 보람이 있군. 매우 좋아."

흑풍객이 두려워하고 주저하며 말하자 금오신이 손뼉을 치며 기뻐했다. 그리고는 벌떡 일어서서 재촉했다.

"자, 이제 돌아갈 때가 되었소. 나와 함께 갑시다."

"신녀의…… 명이오?"

"그렇소. 신녀께서는 당신을 필요로 하오. 빠르면 빠를수록 좋으니 지체해서는 안 되오."

"아!"

흑풍객이 깜짝 놀라 어깨를 부르르 떨었다.

"혹시, 혹시 그녀의 신변에 불길한 일이라도…… 생긴 것이오?"

"아니면 내가 이 먼 곳까지 이렇게 좌사자를 찾아왔겠소? 그러니 더 말하지 말고 어서 갑시다."

금오신은 더욱 서두르며 재촉하기만 했다. 이제는 흑풍객의 얼굴에도 다급해하는 기색이 어렸다.

그가 마음의 안정을 찾지 못하고 어쩔 줄 몰라 하는 걸 보며 무진은 문득 불길한 예감이 들었다. 무진의 불안을 느낀 것일까? 흑풍객이 옷소매를 잡아당기는 금오신의 손을 뿌리쳤다.

"잠깐만 기다리시오. 소생이 할 말이 있소이다."

금오신이 큰 눈을 더욱 크게 뜨고 그를 빤히 바라보았다. 불쾌해하는 것 같기도 하고, 노여워하는 것 같기도 했다.

"이 아이를 보시오."

그가 화를 낼까 봐 걱정하는 듯 흑풍객이 재빨리 무진을 가리키며 말했다. 건성으로 무진의 아래위를 쓰윽 훑어본 금오신이 머리를 끄덕였다.

"좋은 자질을 지닌 꼬마로군. 어디 보자, 관상이……."

무진의 얼굴에 시선을 고정시켰던 그가 '엇!' 하고 놀랐다. 그리고는 부리부리한 눈에서 눈부신 신광을 뿜어내며 뚫어질 듯 바라보는데, 무진은 그의 뜨거운 시선을 견딜 수 없었다.

금오신이 머리를 갸웃거렸다. 얼굴 가득 곤혹스러워하는 표정이 떠올라 있었다.

"이상하다, 이상해. 이건 정말 이상한걸?"

"무엇이 이상하오?"

그가 제 머리통을 두드리며 중얼거리자 흑풍객이 긴장하고 재빨리 물었다. 금오신이 다시 중얼거렸다.

"이 공은 그렇지 않단 말이오? 이건 이상해."

"당신은 그가 누구와 닮았다고 생각하는군?"

"엇? 이 공이 내 생각을 어떻게 알지?"

흑풍객이 머뭇거리다가 한숨을 쉬었다.

"속 시원하게 말하리다. 이 아이는 문탁이가 세상에 남겨놓은 유일한 혈육이라오."

"무엇이!"

금오신이 갑자기 천둥이 치는 듯한 소리로 고함을 질렀으므로 무진 등은 모두 깜짝 놀라 몸을 떨었다.

■제2장■

기연(奇緣) 혹은 난제(難題)

기연(奇緣) 혹은 난제(難題)

"그, 그의 혈육이란 말이지?"

"그렇다오."

"으음—"

금오신의 괴이한 얼굴이 잔뜩 일그러져 더욱 기괴해졌다. 그가 무시무시한 신광을 뿜어대는 눈으로 무진을 노려보았다.

"내 아버지를 아십니까?"

무진이 묻자 금오신이 으흐흐, 하고 음침하게 웃었다.

"알지. 그것도 아주 잘 알고말고."

"그럼 아버지께서도 수라도의 사람이었나요?"

"듣고 싶으냐?"

"내 아버지의 일입니다. 듣고 싶지 않을 리가 없지요."

금오신이 흑풍객을 바라보았다. 그의 동의를 구하는 눈길이었다. 흑풍객은 이 일이 무진에게 도움이 될지 해가 될지 곰곰이 생각했다. 그리고 지금으로서는 해보다는 도움이 될 가능성이 많다고 판단했다.

그가 머리를 끄덕이자 금오신이 다시 흐흐, 웃고 천천히 말했다.

"네 짐작처럼 그는 수라도의 사람이었다."

역시 그랬다. 무진이 굳어진 얼굴을 끄덕이고 눈으로 재촉했다.

"그는 어느 날 갑자기 찾아왔다. 그리고 단번에 도주의 눈에 들었다."

무진은 이것이 흑룡보에서 들었던 아버지의 행적에 대한 뒷부분이라는 것을 알았다. 보주는 아버지가 화산을 떠날 때까지의 행적만을 알고 있을 뿐이었다. 이제 그 뒤의 일이 밝혀지려 하고 있으니 긴장되지 않을 수 없다.

"삼십여 년 전이었겠군요?"

무진의 말에 엇? 하고 놀랐던 금오신이 잠시 생각하더니 머리를 끄덕였다.

"정확히 이십칠 년 전의 일이다. 그의 무공과 기질은 특이한 데가 있었느니라. 그래서 당장 도주의 눈에 들어 총애를 받았지. 그리고 일 년 뒤에는 신녀를 지키는 우사자가 되었다."

"아!"

무진이 탄성을 터뜨렸다.

흑풍객은 역시 수라도의 사람이었고, 아버지보다 앞서서 신녀를 보호하는 좌사자라는 신분에 있었던 것이다. 그리고 아버지가 우사자가 되었다니, 이십오륙 년 전에 그들 사이에 무슨 일이 있었던 것인지 짐작이 갔다.

흑풍객은 괴로운 표정으로 지그시 눈을 감고 있었고, 금오신 또한 그때를 회상하는 듯한 얼굴이 되어서 멍하니 허공을 바라보았다.

한참 뒤에 그가 다시 말했다.

"그는 수라도에서는 좀체 볼 수 없는 외지인(外地人)이다. 당연히 신기하고 새롭게 여겨질 수밖에."

"그래서 신녀의 관심을 받았습니까?"

"그렇다고 할 수 있지. 사람은 언제나 새로운 것에 대한 호기심을 참을 수 없는 법이니까. 스물두 살이 되도록 수라도 밖으로 나가본 적이 없는 신녀는 그를 통해서 바깥 세상에 대한 동경을 달랠 수 있었겠지."

"으음―"

무진과 흑풍객이 동시에 깊은 침음성을 흘렸다.

무진은 금오신의 말이 계속될수록 점점 더 긴장 속에 빠져들었다. 가슴이 쿵쾅거리고 얼굴이 붉어져서 거친 숨을 내쉬어야 했다. 무언가 불안하기도 하고, 설레기도 하는 묘한 감정이었다.

"여기 이 공은 열다섯 살 때 수라도에 들어와 무공을 익히고 신녀를 호위하는 좌사자가 되었다. 십여 년 뒤에는 수라도 내에서 다섯 손가락 안에 꼽히는 청년 고수가 되었지. 그의 나이가 네 아비보다 세 살이 많았는데, 네 아비는 수라도에 오자마자 이 공의 위치를 위협하는 존재가 되었다. 이 공은 괴로워했지."

무진은 흑풍객 또한 자신의 아버지처럼 외부에서 수라도로 들어간 사람이라는 걸 알고 놀랐다. 그도 원래는 외지인이었던 것이다.

"아, 이것이 다 교묘한 하늘의 뜻일진대, 이제 와서 그런 말을 해 무엇하리요."

흑풍객이 처연한 얼굴로 탄식하고 말했다. 수라도에 함께 있으면서 그는 곽문탁에게 적지 않은 정을 주었던 게 틀림없었다.

신녀를 지키는 좌우사자였다니 더욱 각별한 사이였을 거라는 짐작이 갔다. 게다가 두 사람 모두 외지에서 흘러들어 왔으니 수라도의 원주민들과는 아무래도 차이가 있었을 것이다. 자연스럽게 서로 의지하는 마음이 생겼으리라.

흑풍객을 바라보는 금오신의 얼굴에 안쓰러워하는 기색이 가득해졌다. 그러더니 갑자기 돌변하여 무섭게 무진을 노려보며 부드득, 이를 갈았다.

"그때 그를 의심했어야 하는데 아무도 그렇게 하지 않았다. 그러니 우리는 모두 눈이 멀었던 게야."

"문탁이는 천진해서 마음에 사악함이 없었다오. 늘 쾌활하고 유순했지. 그래서 나조차도 그를 의심하지 않았는데 그가 그런 짓을 할 줄 누가 꿈에선들 생각했겠소?"

"후— 역시 사람은 겉모습만 보고 판단할 게 아니었던 거지. 그때는 사정도 알지 못하고 이 공만 나무라고 꾸짖었으니 그 일을 돌이켜 보면 후회스럽기 짝이 없구려."

금오신이 갑자기 두 손을 모으고 깊이 허리를 숙였으므로 흑풍객이 깜짝 놀라 일어섰다.

"장 노사, 이게 무슨 짓이오?"

"그때의 일을 이제야 사과하고 용서를 비는 거라오. 늦었다면 한없이 늦었지만 지금이라도 나의 사죄를 받아주시면 고맙겠소."

"이런, 이런……."

흑풍객이 당황하여 어쩔 줄 모르며 억지로 금오신을 일으켰다. 길게 탄식한 금오신이 다시 말을 이어갔다.

"몇 년 뒤, 이 공은 그와 크게 싸우고 도(島)에서 나갔지. 그 일로 본 도에는 암운이 깃들었다."

"나는 문탁이가 잘할 줄 알았소. 그런데 그마저 수라도를 떠났었다 니……."

흑풍객이 탄식했다.

"이 공과 그가 싸운 게 신녀의 사랑을 얻기 위한 것임을 알고 장로들은 모두 화가 났다. 하지만 그들 두 사람은 수라도에 없어서는 안 되는 인물들이었으니 곤란한 일이었지. 그래서 다들 화해를 시키고 용서하자는 쪽으로 생각했어. 심지어 도주의 생각도 그랬지만 나만은 그것에 동의하지 않았다."

한 집단을 통솔하는 데 엄격하지 않으면 언제나 분란이 생기기 마련이다. 법을 지키지 않는 자에 대한 철퇴를 내려야 할 때가 있는데, 그럴 때는 인정을 갖고 머뭇거려서는 안 되는 것이다.

무진은 금오신의 말을 이해할 수 있었다.

"이 공은 스스로 추방되기를 원했다. 그는 곽 우사자와 다시는 화해할 뜻이 없어 보였다. 나는 그때 이 공과 곽 우사자 두 사람을 모두 추방해야 한다고 주장했지만 결국 곽 우사자는 남는 걸로 결정되었다."

"그래서 아저씨는 홀로 강호를 떠돌며 절세의 신공절학을 탐했던 것이로군요."

무진이 비로소 그의 사정을 알고 안쓰러운 눈으로 바라보았다.

무진은 칠 년 전, 그와 함께 하선고의 신당에서 밤을 샜을 때를 생각했다. 흑룡보주에게서 비급을 받아 나오던 날이다.

무진이 무엇 때문에 비급을 모으는 것이냐고 묻자 흑풍객은 서슴없이 신공을 만들어 곽문탁을 꺾기 위해서라고 말했다. 깜짝 놀라 두근

거리는 가슴을 억누르고 이유를 물었을 때, 그는 사문의 일이니 알려 하지 말라고 잡아떼지 않았던가.

무진은 그 사연이 바로 이와 같은 것이었음을 알고 감회가 새로워졌 다.

"그런데 그가 신녀를 꾀어서 함께 야반도주할 줄이야……."

금오신이 그때의 일을 생각하면 지금도 치가 떨린다는 듯, 이를 박 박 갈며 무진을 노려보았다. 무진의 안색이 창백해졌다. 그가 비틀거 리며 금오신을 가리켰는데, 손가락이 부들부들 떨리고 볼이 경련을 일 으켰다.

"당신, 당신의 말은, 그 말은……?"

"그렇다! 바로 곽문탁과 신녀 사이에서 태어난 게 네놈이다! 죽일 놈 같으니!"

금오신이 주먹을 부르르 떨며 악을 썼다.

"아!"

무진이 휘청거리며 넘어질 듯하자 기벽강이 달려와 부축했다. 그가 불만이 잔뜩 어린 얼굴로 금오신을 노려보며 소리쳤다.

"그게 어쨌다고 이 녀석에게 화풀이를 하는 거요? 남녀 간의 일을 뉘라서 알 것이며, 뉘라서 막을 수 있단 말이오?"

"뭐라고? 이 대가리에 피도 안 마른 놈이 감히 어르신을 훈계해?"

금오신의 머리카락이 곤두섰다. 핏발 선 눈으로 노려보자 어깨 위에 날개를 접고 있던 까마귀가 까악 하고 울며 후르르 날아올라 맴돌았다. 즉시 선방 안에 거센 바람이 몰아쳐서 사람들의 옷자락이며 머리카락 을 흩날리게 했다. 날갯짓이 독수리의 그것처럼 힘찼던 것이다.

까마귀의 붉은 눈이 기벽강에게 향했다.

"무슨 짓이냐!"

흑풍객이 다급한 얼굴로 크게 꾸짖고 급히 일장을 후려쳤다.

펑―!

기벽강의 가슴에서 커다란 소리가 났다. 그가 신음을 흘리며 비틀거리고 물러서자 흑풍객이 급히 그와 금오신 사이를 막아섰다.

"아직 철이 없는 아이들이고, 또 제 친구에 대한 걱정 때문에 그런 겁니다. 부디 노여움을 푸소서."

"고얀 놈."

금오신이 가까스로 화를 가라앉히고 어깨를 추슬러서 금빛 까마귀를 불러들였다. 기벽강은 크게 놀라 은은히 저려오는 가슴을 쓸며 한쪽으로 물러섰다.

흑풍객이 신속한 손속으로 한 대 때려서 낭패를 면하게 해준 것이다. 하지만 기벽강에게는 잔뜩 불만이 생겼다.

'쳇, 고약하고 못생긴 영감 같으니라고. 언제고 내가 한번 본때를 보여주고 말 테다.'

정신을 차린 무진이 여전히 창백한 얼굴로 금오신을 바라보고 흑풍객을 바라보았다. 처연한 표정이 되더니 기어이 두 줄기 눈물이 볼을 타고 주르르 흘러내렸다.

"이제 알겠습니다. 당신들은 그 일로 아버지를 쫓았겠군요. 그래서 아버지와 싸웠고, 그 신녀, 신녀를…… 다시 데려간 것이겠지요. 그리고 아버지를 죽였습니다."

차마 어머니라는 말이 나오지 않았다.

무진은 이날까지 어머니라고 불러본 적이 없다. 그래서 어색했으려니와, 왠지 그 말을 뱉어내고 나면 울음을 터뜨려 버릴 것 같아서 애써 마음의 격동을 참고 있었다.

너무 어렸을 때 헤어졌던 터라 어머니의 얼굴도 기억나지 않는다. 사람을 알아볼 수 있게 되었을 때 곁에 있던 것은 오직 아버지뿐이었다.

"흥!"

금오신이 코웃음을 쳤다.

"너는 반은 맞혔고, 반은 틀렸다."

"예?"

"수라도에서는 사람을 내보내 삼 년간 네 아비를 찾아다녔다. 그리고 기어이 신녀를 다시 데려왔지. 하지만 그를 죽인 일은 없다."

"……?"

무진이 더 알 수 없다는 얼굴을 했다.

금오신의 말을 듣고 원수들이 바로 수라도의 사람이라는 생각을 했었는데 아니라니 그렇다.

"어쨌든 네가 곽문탁의 아들이라니 그야말로 당장 때려죽이고 싶을 만큼 밉다. 그러나 신녀의 아들이라는 걸 생각하면 또 불쌍해지기도 하니…… 휴, 사람 사는 일이 왜 이렇게 어렵단 말인가. 어렵다, 어려워……."

금오신이 커다란 머리를 절레절레 흔들며 탄식했다.

무진에 대한 그의 감정은 그처럼 복잡했다. 미움과 연민이, 증오와 애정이 범벅이 되어 있는 것이어서, 이 일을 대체 어떻게 해야 할지 갈피를 잡지 못하고 있는 것이다.

묵묵히 그를 바라보던 흑풍객이 한숨을 쉬고 말했다.

"그런 일을 까맣게 모르고 오직 그곳으로 돌아가 곽문탁을 꺾어 애정의 한을 풀 생각만 하며 이십오 년을 보냈구려. 돌이켜 보면 지난 이십오 년간은 내 욕심에 사로잡혀서 편협하고 이기적으로 살아온 날들이었으니 오히려 내가 장 노사에게 깊이 사과해야 할 것이와다."

말을 마친 흑풍객이 이번에는 금오신에게 깊이 허리를 숙이고 절했다.

"용서해 주시오."

"이런, 이런, 나는 감당할 수 없소."

금오신이 황망한 얼굴로 급히 비켜서더니 흑풍객을 안아 일으켰다.

"수라도로 돌아갑시다. 모두들 이 공을 기다리고 있다오. 지금이야말로 이 공께서 본 도를 위해 힘을 써야 할 때요. 옛일을 자꾸 생각해서 무엇 하겠소? 다 잊고 제자리로 돌아갑시다."

그 말에는 대답하지 않고 침묵하던 흑풍객의 얼굴이 점점 어두워지더니 드디어는 은은한 노기마저 띠어갔다.

그가 꺼려하고 망설이던 지금까지와는 달리 신광이 이글거리는 눈으로 금오신을 똑바로 바라보며 천천히 말했다.

"옛적의 서운함을 서로 풀었으니 묵었던 정이 새롭게 솟아나야 할 것이오. 그렇지 않소?"

"그렇지, 그래. 과거 이 공과 우리들은 매우 사이가 좋았소."

"그런데 내 가슴속에는 지금 새로운 의문이 생겨나서 어수선하다오. 이왕 장 노사께서 나를 찾아 이곳까지 왔으니 소생의 의문도 명쾌하게 풀어주었으면 좋겠소이다."

"응?"

금오신이 어리둥절해서 흑풍객을 바라보았다. 흑풍객이 무진을 가리키고 말했다.

"나는 여태까지 문탁이의 과거에 대해서는 조금도 아는 바가 없었다오. 그런데 저 아이가 말해 주어 비로소 알게 되었소. 그는 수라도에 오기 전 화산에서 살았다는구려."

"그래요?"

"장 노사도 모르고 계셨군요?"

"어디 나뿐이겠소? 도주와 우리들 다섯 장로는 물론 수라도의 사람들 모두 그럴 것이오."

"맞소. 나도 그랬으니까."

흑풍객이 한동안 침묵했다. 자신의 생각을 정리하는 모양이었다. 한참 뒤에 그가 다시 말했다.

"그의 과거가 어쨌든 크게 중요한 일은 아니지. 나는 이제 장 노사께 한 가지를 물으려 하오. 솔직히 대답해 주시기 바라겠소이다."

금오신이 긴장하고 흑풍객을 뚫어지게 바라보았다.

"강호에는 지금 천주라는 자의 명을 받는 신비한 집단이 있소. 유명 밀부와 신검문이 그들의 앞잡이가 되어서 활동하고 있지요. 장 노사께서도 그건 아실 것이오."

"그렇소."

"그들이 수라도와 관계가 있소?"

"아!"

흑풍객의 말은 너무나 직접적이었다. 금오신이 당황한 얼굴로 입을 딱 벌렸다.

"그것은, 그것은……."

그가 한동안 대답하지 못하고 얼굴을 붉힌 채 쩔쩔맸다. 흑풍객이 쏘는 듯한 눈길로 금오신을 바라보며 무언의 재촉을 하자 그가 겨우 말했다.

"이 안에는 실로 복잡한 사정이 있어서 한마디로 대답할 수가 없구
려."

"흥!"

흑풍객이 싸늘하게 코웃음을 쳤다. 금오신의 낯빛이 금방 핼쑥해졌
다.

"좌사자로 있던 그때나 지금이나 그대들에게 나는 외인에 불과하
군?"

"어찌, 어찌 그럴 리가 있겠소? 신녀를 보호하는 좌우 두 사자는 본
도에서도 장로에 버금가는 중요한 사람인데 외인이라니. 당치 않소!"

금오신이 악을 쓰듯 소리쳤지만 흑풍객의 냉랭한 표정은 변하지 않
았다.

"대대로 좌우사자는 수라도의 인물로 삼지 않고 외부인 중에서 선택
한다는 규칙이 있었으니, 이것에는 신녀를 수라도의 인물들로부터 보
호한다는 의미가 숨겨져 있는 것이었소. 나는 지금 이 순간에야 그 규
칙에 담겨 있는 두 가지 사실을 깨달았다오. 이건 장 노사의 공이라 할
것이오."

그의 말에는 비웃음과 조롱이 깃들어 있었다. 그러나 금오신은 거친
숨만 씩씩거릴 뿐 발작하지 못했다. 흑풍객의 말에 반박할 수가 없었
던 것이다.

내친걸음이라는 듯 흑풍객이 냉엄한 얼굴로 말을 계속했다.

"하나는 수라도 내에서 신녀의 위치가 겉으로 보기보다 매우 불안하
고 위태롭다는 것이고, 또 하나는 비밀이 있는데, 좌우사자가 그것을
알지 못하도록 견제하려는 것이오. 신녀의 거처가 외진 곳에 홀로 뚝

떨어져 있으며, 수라도의 인물이 그녀를 만나려면 장로원의 승인을 받아야 한다는 게 그 증거요."

"으음—"

"나는 여태까지 이 일에 대해서는 조금도 생각해 본 바가 없었소. 참으로 어리석었던 것이지. 그러나 이제 마음에 의문이 생겼으니 이것을 풀지 못하고 어찌 다시 돌아가 신녀를 지키겠소?"

금오신의 안색이 점점 붉어지더니 종내는 시커멓게 변했다.

그와 흑풍객 사이에 무시무시한 긴장이 감돌았다. 두 사람은 마치 생사대전을 앞두고 대치하고 있는 것 같았다.

한참 만에야 금오신이 스산하고 어눌한 음성으로 말했다.

"이곳에서는 아무것도 말할 수 없소. 이건 삼백 년을 두고 내려온 본 도의 비밀이라 도주의 허락 없이는 누구도, 아무에게도 말할 수 없다오."

"그렇다면 도주에게 물어봐야겠군?"

"그렇소. 그러니 돌아갑시다. 정 궁금하면 이 공이 직접 도주님께 물으면 되지 않겠소?"

"훙!"

흑풍객이 더욱 냉랭하게 코웃음 치고 다시 침묵했다.

그는 이 안에 들어 있는 비밀이 단지 수라도의 일만이 아니라 강호의 혈겁에도 깊은 관계가 있다는 것을 눈치챘다. 또한 유명밀부와 신검문을 내세운 신비의 집단이 집요하게 무진을 노리고 있는 일과도 관계가 있다.

흑풍객은 지금이야말로 누군가가 안으로 선뜻 뛰어들어 비밀을 밝혀내야 할 때라고 생각했다. 그곳이 용담호혈이고 지옥의 불길 속이라

한들 어찌 두려워할 것인가.

'나는 수라도에서 자랐고, 아직도 신녀를 잊지 못한다. 내가 절기를 이룬 것은 결국 그곳으로 돌아가기 위함 아니었던가.'

그런 생각이 흑풍객으로 하여금 대단한 결심을 하게 했다. 그는 자신의 몸을 내던져서 강호의 혈겁을 준비하고 있는 커다란 비밀을 밝혀내겠다고 결심한 것이다.

"좋소. 갑시다."

"잘 생각했소, 잘 생각했어!"

금오신이 손뼉을 치며 기뻐했다. 그에게는 흑풍객을 반드시 데려가야만 하는 어떤 절박한 사정이 있었던 모양이다. 그건 신녀의 신변과 수라도에 좋지 않은 변화가 생겼다는 것일 수도 있어서 흑풍객은 마음이 더욱 어두워졌다.

그가 무진을 바라보았다. 너는 어떻게 하겠느냐는 무언의 물음이다.

무진은 여전히 백지장처럼 창백해진 얼굴로 멍하니 허공만 바라보고 있었는데, 두 볼을 타고 눈물이 쉴 새 없이 흘러내리고 있었다. 입술을 악물고 마음의 고통을 참고 있는 그의 모습이 처연해 보여서 모두는 위로할 생각조차 잊은 채 침묵하고 있을 뿐이었다.

한참 만에야 무진이 주먹으로 눈물을 닦아내고 잠긴 음성으로 말했다.

"따라가지 않겠습니다."

"어째서?"

"그들과의 싸움을 포기할 수 없기 때문입니다."

"그들은 너 혼자서 감당하기 벅찰 것이다. 하지만 수라도의 힘을 빌린다면 쉽게 끝낼 수 있지."

"그럴 수 없습니다."

무진의 고집에 대해서는 오래전부터 익히 알고 있는 흑풍객이다. 한 번 아니라고 생각한 일에 대해서 그는 결코 굽힐 줄 모른다.

흑풍객이 한숨을 쉬고 안타까운 눈길로 무진을 바라보았다.

과거에도 그랬듯 흑풍객에게는 그의 삶이 있고 나에게는 내 삶이 있다. 무진은 내 삶의 짐이라면 내가 지고 갈 수밖에 없다고 생각했다.

"이놈아, 앞으로 네가 져야 할 짐이 점점 더 무겁고 커질 텐데 어찌하려느냐? 그렇다고 내던질 수도 없으니 딱한 일이지. 쯧쯧……."

염차목이 만든 철불을 등에 지고 낑낑거리며 이곳에 와 내려놓고 투덜거렸을 때, 무광 노스님은 껄껄 웃으며 그렇게 말했었다. 그 인자하고 장난기 어려 있던 노스님의 얼굴이 눈앞에 보였다.

이 모든 것이 무진이 홀로 져야 하는 짐이었다. 아버지의 한을 물려받은 것이기도 하고, 그의 운명이기도 하다.

그렇다면 끝까지 가보리라. 결코 포기하지 않으리라.

무진의 얼굴에서 곽문탁을 보고 자신의 지난날들을 보기라도 하는 듯 물끄러미 바라보던 흑풍객이 금오신에게 말했다.

"조금만 기다려 주시겠소? 보다시피 이 아이는 내상이 깊소. 밖에는 아직 노리는 자들이 많은데 이대로 두고 갈 수가 없구려."

"흥! 어떤 놈들이 감히 신녀의 일점 혈육을 해치려 한단 말이냐?"

금오신이 냉랭하게 코웃음을 쳤다. 무진이 신녀의 아들이라는 것을 인정한 것이다. 하지만 곧 얼굴 표정이 싹 변해서는 다시 코웃음을 쳤다. 이번에는 곽문탁의 아들로서 본 것이다.

"흥! 흥! 자식이 아비의 업보를 대신하는 일인데 내가 상관할 것 없지. 죽든 살든 그건 저놈의 일이니 나는 신경 쓰지 않을 거요!'

"그렇지 않소."

흑풍객이 머리를 가로저었다.

"나는 오래 떨어져 있어서 신녀의 마음이 어떨지 알지 못하지만 장노사께서는 잘 아실 거요. 신녀께서 지난 세월 동안 어떠셨소?"

"그건, 그건……."

금오신이 선뜻 대답하지 못하고 우물쭈물했다. 신녀의 우수에 젖어 있는 모습이 눈에 선했던 것이다.

곽문탁을 떠나 수라도로 돌아온 이후 그녀는 한 번도 웃어본 적이 없었다. 생각해 보면 그녀뿐 아니라 수라도 전체가 어둡고 우울했다. 신녀가 모두의 웃음과 즐거움을 빼앗아가 버린 것인지도 모른다.

그게 곽문탁을 잊지 못해서이고, 제 핏줄을 영영 찾을 수 없게 되었다는 슬픔 때문이라는 걸 누구도 부정하지 못했다. 갓 돌이 지난 어린 것을 떼어놓고 왔으니 더욱 잊지 못하는 것이다.

"에휴― 그놈은 죽어서까지 나를 이렇게 귀찮게 하는구나."

금오신이 할 수 없다는 듯 한숨을 쉬고 어깨를 들썩였다. 흑풍객이 비로소 안도하고 빙긋 웃었다.

"두어 시진이면 될 것이오. 이십오 년을 기다렸는데 그쯤을 더 기다리지 못할 것 없지 않겠소?"

"쳇, 좋소. 그럼 나는 저 밖에 있는 것들을 깨끗이 쓸어서 저 녀석이 편안히 떠나게 해주지."

비록 무혼불괴시들은 죄다 사라졌지만 천산평의 억새밭 속에는 아직 유명밀부의 고수들이 매복해 있었다. 그들이 이처럼 쉽게 떠났을 리가 없는 것이다. 숨어서 이쪽의 동정을 염탐하는 자들을 몇 명이나 남겨두고 갔는지 그게 의문일 뿐이다.

무혼불괴시들도 멀리 가지 않았을 것이다. 교활한 동청강이 그렇게 했을 리가 없다.

그는 유명밀부의 빠른 연락망을 통해 총단의 부주에게 금오신의 출현을 알리는 한편, 무혼불괴시와 수하들을 어딘가에 숨겨두었을 게 분명했다.

흑풍객과 금오신 때문에 도발하지 못하고 있지만, 그들이 떠나면 즉시 달려올 것이다. 무혼불괴시들을 앞세워 몰려온다면 무진 등이 당할 수 없는 건 뻔하다. 그러니 이 넓은 천산평 어딘가에 숨어 있을 밀부의 염탐꾼들을 제거하는 게 지금은 가장 급한 일이었다.

가까운 곳에서부터 먼 곳까지 염탐꾼들은 넓게 퍼져서 숨을 죽이고 있을 것이다. 그자들을 하나하나 찾아내 없애려면 천산평 전체를 뒤져야 할 텐데 그건 불가능한 일 아니겠는가. 그래서 금오신이 염탐꾼들을 모두 제거해 주겠다고 했을 때 그 말을 믿는 사람은 아무도 없었다.

'쳇, 못생긴 늙은이가 허풍도 보통 심한 게 아니군.'

기벽강이 속으로 투덜거리며 콧방귀를 뀌었고, 염능파도 비웃음을 띤 채 금오신을 훔쳐보았다.

"왜, 내 말이 우습게 들리느냐?"

금오신이 눈을 부라렸다. 수련과 함께 나란히 서서 지켜보고 있던 소봉이 참지 못하고 코웃음을 쳤다.

"흥! 영감님의 몸은 하나뿐이니 언제 이 넓은 천산평을 뒤져서 그것들을 잡아내겠어요?"

"흘흘, 귀엽고 깜찍한 계집애로구나. 그럼 이 늙은이와 내기를 하련?"

"좋아요. 백 냥 걸겠어요."

"돈? 에그, 이것아. 늙은이 꼴을 봐라. 내가 무슨 돈을 갖고 있겠냐?"

금오신은 소봉이 아주 마음에 드는 모양이었다. 다른 사람들을 볼 때면 못생긴 멧돼지가 씩씩거리는 것 같았는데, 소봉과 노닥거리면서는 손녀를 놀리는 할아버지처럼 짓궂었다.

"그럼 그 까마귀를 걸면 어떻겠어요?"

철이 없는 건지, 생각이 없는 건지 모르겠다는 듯, 소봉을 물끄러미 바라보던 금오신이 한숨을 쉬었다.

"그만두자, 그만둬. 내가 잠시 주책을 부렸던 게지. 에잉—"

화가 난 듯 노인이 발을 구르고 싹 외면하더니 밖으로 나갔다. 수련과 소봉이 놓칠세라 뒤따르자 염능파도 그녀들의 꼬리가 되어서 좇아 나갔다.

머뭇거리던 기벽강도 끝내 궁금증을 참지 못하고 성큼성큼 나가고 나자 선방 안에는 흑풍객과 무진만 남았다.

"나는 이제 강호를 떠난다."

흑풍객의 갑작스런 말이 무진을 당황하게 했다.

"미움과 증오가 사라졌고 목표가 사라졌으니 허망하기만 할 뿐, 미련은 조금도 없느니라."

"아버지 때문인가요?"

"그렇다고도 할 수 있지."

무진의 얼굴이 붉어졌다. 아버지를 대신해서 흑풍객에게 무어라고든 말을 해야 할 것 같은데, 한마디도 할 수가 없었다.

"수라도에 돌아가면 다시는 나오지 못하게 될 것이다. 그러니 강호에서의 너와의 인연도 여기가 끝인 게지."

무진의 마음에 쓸쓸함이 가득해졌다. 그가 멍한 눈길로 흑풍객을 바라보았다.

"나는 떠나온 지 오래되어서 그곳에 무슨 변고가 생겼는지 알지 못한다. 하지만 금오신이 이곳까지 나를 찾아온 것을 보면 심상치 않은 일이 있는 모양이니, 그곳과 신녀에 대한 걱정으로 불안하기만 하다."

"이제 아저씨가 돌아가면 그곳의 일은 모두 해결되겠지요."

"그랬으면 좋으련만……."

근심어린 눈길을 멍하니 허공에 두었던 흑풍객이 갑자기 서둘렀다.

"시작하자."

"무엇을 말입니까?"

"너에게 내가 줄 수 있는 마지막 것을 주려는 게다."

"그게 무슨……?"

흑풍객이 빙긋 웃었다.

"문탁이의 말대로라면 너는 아직 삼 년을 더 수련해야 자부신공을 완성할 수 있다. 하지만 장담하건대 오늘 중에 너는 그것을 대성할 수 있게 될 것이다. 삼 년을 앞당기는 거지."

"아!"

무진이 깜짝 놀라 흑풍객을 바라보았다.

문득 흑풍객의 손바닥이 눈앞에 어른거리는 것 같더니 온몸에 기운이 빠졌다. 졸지에 마혈을 제압당한 것이다.

몸을 움직일 수 없으나 의식은 뚜렷하다. 무진은 자신의 명문을 통해 흑풍객의 무지막지한 내력이 쏟아져 들어오는 걸 느끼고 크게 놀랐다.

"이, 이게 무슨 짓입니까? 어서 그만두세요!"

"이미 늦었다. 받아들여 자부신공을 이끌어라."

"그럴 수 없습니다! 아저씨는 수라도로 돌아가 신녀를 보호해야 하지 않습니까? 스스로 내력을 손상시킨다는 건 어리석은 짓입니다!"

"시끄럽다!"

한줄기 서늘한 기운이 파고들더니 아혈마저 눌러 버렸다. 무진은 눈을 부릅뜨고 허공을 바라볼 뿐 저항해 볼 수가 없었다.

흑풍객의 도도한 내력이 쉬지 않고 흘러들어 왔다.

"내가 지닌 내력의 반을 주면 너는 자부신공을 대성하게 될 것이다. 나는 수라도로 돌아갈 텐데, 그곳에 가면 잃은 내력을 되찾을 수 있다. 그러니 걱정하지 마라."

이체전공(異體傳功)의 수법으로 자신의 내력을 무진의 기해에 넣어주는 것이다. 그건 주는 만큼 나의 내력을 잃게 되는 위험한 일이었다. 그런데 흑풍객은 아낌없이 자신이 평생 쌓아온 내력의 절반을 무진의 몸 안에 흘려 넣어주고 있었다.

무진은 더 이상 거부한다는 게 자신은 물론 흑풍객을 위해서 조금도 도움이 되지 못한다는 걸 깨달았다. 고집을 부려서 버티다가는 오히려 흑풍객을 해치는 결과가 될 뿐이다.

무진이 서서히 자부신공을 끌어올려 명문을 통해 흘러들어 오는 흑풍객의 내력을 이끌었다. 두 개의 거대한 기운이 서로 희롱하듯 뒤엉켜서 혈맥을 따라 치닫고 흘러가더니 점차 하나로 합쳐지기 시작했다.

활활 타오르는 불덩이가 몸 안을 제멋대로 오르내리는 것 같아서 고통을 참기 힘들었다. 무진은 이를 악물었다. 몸이 차가운 얼음 굴 속에 들어 있는 것처럼 떨리는데, 온몸의 혈맥은 금방이라도 타버릴 것처럼 뜨겁기 짝이 없다.

살갗의 음한지기와 임독양맥을 치닫는 양강지기가 서로 상충하면서 시간이 갈수록 고통이 증폭되어 갔다.

'귀원전량(歸元前輔) 포시허공(抱始虛空) 임독개구(任督開口) 무차진원(無次眞元)…….'

무진은 참기 힘든 그 고통을 극한의 인내력으로 억누르며 본능적으로 자부신공의 구결을 떠올렸다. 마음속으로 한 구절 한 구절을 되뇌어 외고, 비결에 따라 운기행공에 몰입해 들어가기 위해 필사적인 노력을 하는 것이다.

점차 고통이 사라져 가고 맑고 시원한 바람 속에 앉아 있는 듯한 쾌적한 기운이 몸을 가볍게 했다. 만 장의 절벽 꼭대기에 홀로 서서 구름에 잠겨 있는 하계(下界)를 바라보며 휘파람을 부는 듯한 통쾌함이 가슴을 저릿하게 했다.

쾅!

뜨겁던 기운이 임독양맥을 치달아 백회혈에 이르더니 커다란 소리를 내며 폭발했다. 몸 안에 갇혀 있던 답답한 무엇이 일시에 쏟아져 나가 버린 듯한 상쾌함과 희열 속에서 무진이 부르르 떨었다.

"잊지 말거라. 장차 너 또한 수라도에 오게 될 텐데, 이 일은 바로 그때를 대비하기 위한 나의 안배라는 것을……."

흑풍객의 말이 저 먼 곳에서 아득히 들려왔다. 그리고 무진은 서서히 의식의 끈을 놓고 깊고 깊은 적막과 어둠의 바다 속으로 가라앉아 갔다.

영혼이 평화로워졌고, 한 가닥 은은한 희열이 꺼지지 않는 불길이 되어 그 어둠 한복판에 자리잡고 있었다.

"저게 뭐야?"

소봉이 놀라 소리치며 가리키는 곳을 본 모두의 눈이 휘둥그레졌다.

새벽 하늘 저쪽에서 갑자기 한 무더기의 검은 구름이 몰려오고 있던 것이다. 커다랗고, 비를 잔뜩 머금은 듯한 시커먼 구름덩이다.

서쪽에서 밀려들고 있는 그 한 덩어리의 흑운은 매우 빠르게 변하면서 움직이고 있었다.

"까마귀 떼다!"

눈살을 찌푸리고 바라보던 기벽강이 놀라 소리쳤다.

그것은 과연 까마귀 떼였다. 수많은 까마귀 떼가 구름처럼 뭉쳐서 날아오고 있는 것이다.

그것이 천산평을 가득 뒤덮어서 하늘이 온통 한밤중인 듯 깜깜해졌다. 그것들의 울음소리가 온 벌판을 소란스럽게 했다.

삐이이이—

금오신이 손가락을 입에 넣더니 날카롭고 긴 휘파람을 불었다.

까아악—

그것에 화답하듯, 검은 하늘 저 먼 곳에서 높고 우렁찬 까마귀의 울음소리가 들려왔다. 그리고 먹구름을 뚫는 번갯불인 것처럼 금빛 까마귀가 떨어져 내렸다. 그러자 벌판을 가득 뒤덮고 소란스럽게 울어대던 까마귀들이 일제히 갈라지며 길을 비켜주었다.

"크하하하— 가라! 가서 모조리 죽여 버려라!"

금오신이 허공에 두 팔을 휘저으며 광기에 사로잡혀 소리쳤다. 그러자 그의 머리 위에서 맴돌던 금빛 까마귀가 다시 까악! 하고 우렁차게 울었고, 수천 마리의 까마귀 떼들이 일제히 높고 날카롭게 울어대며 흩어졌다.

까마귀들은 하늘에서 그 밝은 눈으로 자신들이 쪼아대야 할 먹이를 금방 찾아냈다. 흑운 한 덩어리가 떨어져 나와 빠르게 내리 꽂혔다.

그것들이 떨어지는 곳의 억새풀이 흔들리더니 흑의인 한 명이 두려움을 참지 못하고 뛰어 일어나 미친 듯 달아나기 시작했다.

까악—

까마귀 떼들이 금방 그를 뒤덮어 버렸다.

흑의인이 검을 뽑아 허공에 현란한 검화를 뿌리며 마구 휘둘렀다. 수백 마리의 까마귀와 인간의 싸움이다. 그의 검에 맞아 두 쪽이 난 까마귀들이 붉은 피를 뿌리며 늦은 가을의 낙엽처럼 우수수 떨어졌지만 그 숫자는 줄어드는 것 같지 않았다.

어느새 흑의인의 다리에 십여 마리의 까마귀가 달라붙어 힘차게 쪼아댔다.

"으아악!"

흑의인이 불길처럼 치닫는 고통으로 비명을 지르며 이리저리 뛰어보지만 새까맣게 달려들고 있는 까마귀 떼를 떼어놓을 수는 없었다.

그의 검격이 느슨해진 틈을 파고든 십여 마리의 까마귀가 어깨며 등이며 머리통을 마구 쪼아대기 시작했다. 그리고 기어이 그것들이 두 눈알을 파먹었다.

"끄아악!"

흑의인이 단말마를 터뜨리며 나뒹굴었다. 그의 몸은 이제 보이지 않았다. 수백 마리의 까마귀가 날개를 퍼덕이며 달라붙어 악귀들처럼 쪼아댈 뿐이다.

비명은 넓은 천산평 곳곳에서 터져 나왔다. 수백 마리씩 덩어리를 이룬 까마귀 무리가 십여 곳에 퍼져 있었고, 그곳에서는 어김없이 참혹하고 처절한 비명이 터져 나왔다.

"아!"

"너무 끔찍해!"

수련과 소봉이 두려움에 질린 얼굴로 서로를 꽉 부둥켜안은 채 벌벌 떨었다. 무혼불괴시들을 보았을 때보다 더 지독한 공포였다.

"이런, 이런!"

동청강이 발을 굴렀다. 저 멀리 천산평을 뒤덮고 있는 까마귀 떼를 본 것이다. 그것들이 십여 개의 무리로 나뉘더니 천산평 곳곳으로 떨어져 내리는 모습이 아침 햇살 속에서 뚜렷이 보였다.

"그가 기어이 일을 저지르고 마는구나!"

놀라서 소리치는 동청강의 얼굴에도 두려움이 가득했다.

그가 금오신의 말 한마디에 즉시 무혼불괴시들을 이끌고 달아난 건 바로 저 까마귀 떼 때문이었다.

금오신의 황금빛 까마귀는 세상에 흩어져 있는 모든 까마귀들의 신이나 마찬가지였다. 그래서 그것을 금오신(金烏神)이라 부르는 것이다. 그러니 금오신이라는 그 말은 장약탄을 가리키는 말이면서 동시에 그가 데리고 다니는 황금빛 까마귀를 일컫는 말이기도 했다.

세상에 까마귀가 얼마나 많을 것인가. 헤아릴 수도 없이 많은 그것이 금오신의 지배를 받는다. 그러니 그것보다 무서운 것은 아무것도 없으리라.

무혼불괴시는 그 자체로서 까마귀 따위를 두려워하지 않는다. 하지만 그것은 인혼사의 조종을 받아야 했다. 무혼불괴시가 있는 곳에는 반드시 인혼사가 함께 있는 것이다. 그런데 지금 매복자들을 공격하고 있는 것처럼 저 까마귀 떼가 인혼사들을 공격한다면 그들은 사람의 몸이라 견뎌낼 수가 없다. 그렇게 해서 인혼사들이 일시에 죽어버린다면 무혼불괴시는 있으나마나다.

때문에 유명밀부주는 금오신을 두려워했고, 그런 내막을 아는 동청강 또한 두려워하지 않을 수 없었던 것이다.

"모두 숨어라! 나뭇가지로든 풀잎으로든 몸을 가려! 까마귀들의 눈에 띄어서는 안 된다!"

동청강이 다급하게 소리치고 우거진 수풀 속으로 기어들어 갔다.

한 식경도 걸리지 않았다.

천산평에 넓게 퍼져 있던 유명밀부의 매복자들은 모두 뼈만 앙상하게 남은 채 누워버렸다.

그 많던 까마귀들이 바람에 불린 듯 모두 사라져 버렸고, 금빛 까마귀만 다시 돌아와 금오신의 어깨 위에 내려앉았다.

수련이나 소봉은 말할 것도 없고, 기벽강과 염능파도 이제는 감히 그 까마귀의 붉은 눈을 마주 보지 못했다. 다들 경악과 공포에 질린 얼굴로 떨고 있을 뿐이다.

금오신이 까마귀를 쓰다듬으며 히히, 하고 웃었다.

"어때? 내 말이 허풍이 아니라는 걸 이제 알았겠지?"

누구도 대꾸하는 자가 없다. 그들의 눈에 이제 금오신은 추하고 괴이하게 생긴 늙은이가 아니었다. 지옥의 나찰보다 더 끔찍하고 두려운 존재일 뿐이다.

"갑시다."

선방을 나오는 흑풍객의 걸음걸이가 불안했다. '엇!' 하고 놀란 금오신이 그를 부축했다.

"이게 어찌 된 게요?"

"그 아이가 자부신공을 대성하도록 도와주었지요."

"당신은 문탁이를 믿다가 손해를 보았으면서 이제는 또 그놈의 아들을 믿는 거요?"

"그 녀석은 신녀의 핏줄이기도 하오."

흑풍객의 쓸쓸한 얼굴을 물끄러미 바라보던 금오신이 탄식했다.

"그대는 겉으로만 독하고 차가웠지, 마음속에는 이처럼 인정이 남아 있으니……."

"내 팔자라면 팔자인 것을 어쩌겠소? 돌아가는 길은 장 노사의 신세를 져야 하게 되었으니 그게 미안할 뿐이오."

"쳇, 그런 거야 염려하지 마오. 힘쓸 것도 없이 가장 안전하게 갈 수 있을 거외다."

"그렇지. 누가 감히 장 노사를 건드리겠소? 그러니 나는 그 누구보다 든든한 호위를 한 사람 거느린 셈이구려?"

"하하, 이 공이 나를 이처럼 믿어주니 이제 모든 근심 걱정이 다 풀렸소. 돌아갑시다. 어서 가서 이 공의 내력을 회복하도록 합시다. 도주께서는 기꺼이 영단을 내놓을 것이오."

"그렇지. 도주의 수라신환(修羅神丸)을 얻을 수 있다면 그거야말로 화가 변하여 복이 되는 셈이니 더욱 좋은 일이지."

흑풍객이 껄껄 웃었다.

수련을 지그시 바라보고 소봉과 기벽강, 염능파를 차례로 돌아본 흑풍객이 근엄한 얼굴로 말했다.

"너희들의 정이 변치 않는다면 그것보다 큰 힘은 없다."

"아저씨……."

울먹이던 수련이 기어이 와락 달려들어 흑풍객의 품 안으로 뛰어들었다. 그녀를 안고 머리를 쓰다듬어 준 흑풍객이 말했다.

"선사와 십 년을 약속했지만 팔 년을 채우지도 못하고 떠나게 되었다. 하지만 세월이 앞당겨진 것이니 선사께서도 기뻐하실 게다. 너는 이제 그 무엇에도 얽매이지 않게 되었다. 머지않아 다시 만나게 될 터이니 그때까지 부디 매사에 조심하여 네 스스로를 잘 지키도록 하여라."

애써 울음을 참고 머리를 끄덕이는 그녀를 떼어놓은 흑풍객이 다시 한 번 모두를 차례로 돌아보고 금오신의 부축을 받으며 호은암을 떠났다.

■제3장■
금강지(金剛指)

금강지(金剛指)

무진의 몸을 감싸고 있는 붉은 기운이 마치 아침 햇빛을 모아놓은 듯 선방 안을 가득 물들이고 있었다.

문밖에서 기벽강 등은 무진이 대공을 이루고 있다는 걸 짐작했다. 모두 무진의 변화에서 눈을 떼지 못하고 숨을 죽였다.

우우우—

붉은 기운은 이제 더욱 짙어져 자색의 운무처럼 무진을 뒤덮었다. 그 속에서 용틀임 같기도 한 기이한 울림이 들려왔다. 무진의 가슴속에서다.

"벽옥소가 운다!"

소봉이 깜짝 놀라 저도 모르게 소리쳤다.

"벽옥소라고?"

기벽강이 놀라 물었고, 염능파와 수련도 눈을 동그랗게 떴다.

우우우—

가슴을 떨리게 하는 그 신묘한 울음소리는 과연 음룡벽옥소에서 나는 것이었다. 운기삼매에 빠져 있는 무진은 그것을 알지 못한다. 하지만 자부신공의 무한한 바다 속에 깊이 가라앉은 의식은 저절로 그 울음소리에 반응하고 있었다.

무진은 환상을 보았다. 아름답고 장엄하며 두려운 그런 환상이다.

세상을 온통 물들인 자색의 기운들이 바람을 맞은 안개처럼 천천히 꿈틀거리는데, 산도 강도 바다도 모두 그 거대한 운무에 가려져 보이지 않았다.

의식이 떠올리는 광활한 세상과 우주는 모두 자색의 짙은 구름 속이다.

그 속에서 두 마리의 용이 머리를 들고 으르렁거렸다. 찬란하게 빛나는 금빛 몸뚱이가 춤을 추듯 일렁였다. 천지간을 가득 채우는 웅장한 울음소리로 서로 화답하면서 붉은 혀를 내밀어 여의주를 희롱하는 두 마리 금룡.

무진은 그것들의 꿈틀거림 속에서 자신의 호흡을 보았다. 들이마시고 내쉬는 숨결을 따라 한 가닥 기운이 준동하듯, 두 마리의 금룡은 찬란하게 빛나며 꿈틀거리고 오르내렸다. 언제부터인가 그것들의 숨결이 귓전에 불고, 가슴에 느껴지는 듯했다.

그리고 그 속에서 하나의 길을 보았다.

그건 자욱한 자색의 운무를 헤치고 나아가는 금룡의 몸짓이 남겨둔 자국이기도 했다.

'이건 아버지의 흔적이다.'

무진의 영혼 속에 그런 울림이 담겨졌다.

'현천무경(玄天武經)!'

또 하나의 울림이 커다란 종소리처럼 무진의 머리 속에서 터졌다.

아버지가 품에 지니고 있었던 그 낡은 책자. 다섯 괴인들은 그것을 빼앗기 위해 그토록 집요하게 아버지를 뒤쫓지 않았던가. 그리고 참혹하게 죽임을 당한 아버지의 품을 뒤져 피에 젖은 그 책을 기어이 빼앗아갔다.

그것을 높이 들고 환희의 웃음을 터뜨리던 그자들의 모습이 어른거렸다.

'그리고 금강지(金剛指)다!'

손가락 한 개를 꼿꼿이 펴서 벽을 찌르던 아버지의 모습이 선명하게 다가왔다.

"너는 네 아비가 무엇을 하던 사람인지 아느냐?"

"모릅니다."

"그럼 보여주마. 잘 보아라."

병색이 완연한 아버지가 손가락 한 개를 꼿꼿이 폈다. 얼굴에 엄숙하고 장엄한 기색이 어렸다. 무진은 아버지의 손가락 주위에 어리던 은은한 자색의 빛을 떠올렸다.

아버지는 천천히 벽을 찔렀고, 그 손가락이 단단한 벽 속으로 박혀들어갔다. 마치 무른 진흙을 찌르듯이 그렇게 벽을 뚫은 것이다.

"아버지는 이런 사람이었다."

그 말이 벼락이 되어서 머리 속에 쿵! 하고 울렸다.

무진은 어떻게 아버지가 지금 이 순간에 자신의 의식 속으로 들어와 이처럼 생생하게 금강지의 비결을 전해줄 수 있는 건지 의아해졌다. 분명 두 마리 금룡이 꿈틀거리며 나아가고 있는 저 길이 아버지가 가르쳐 주었던 자부신공의 운기행공법이니 그렇다. 그리고 그것은 기운을 어떻게 움직이고 집중하는지를 나타내 보여주는 도형이기도 했다.

무진은 그것이 자부신공 속에는 들어 있지 않던 또 다른 길이라는 걸 깨달았다. 바로 현천무경의 정화(精華)라고 할 수 있는 운기도해(運氣圖解)였던 것이다. 그 정점에 금강지가 있었다. 금강지라고 불리는 지법이면서 장법이고 수법이기도 한 그런 것이다.

무진의 가슴속으로 그것이 낱낱이 옮겨들었다.

초식은 이제 필요없다. 저 무궁무진한 기운을 이끌어 자유롭게 다스리고 뿜어낼 수 있다면 천하의 모든 초식이 다 헛것이 되리라. 손을 뻗어 후려치면 절세의 장법이 될 것이고, 손가락을 뻗어 찌르면 절세의 지법이 된다.

현천무경 속에 들어 있는 운기와 행공, 그리고 발경의 모든 것이 지금 눈앞에 펼쳐지고 있는 것이다.

무진의 가슴속이 가을 아침 바람을 잔뜩 품은 듯 시원해졌다. 서늘하고 상쾌한 기쁨이 척추를 타고 치달아 나가니, 팔만 사천 리의 허공을 단숨에 꿰뚫는다.

하늘과 땅의 거리이면서 현실과 이상의 그 먼 거리가 이제는 무의미해졌다.

자부선노는 벽옥소에 자부동천의 비밀을 남겼다. 그것을 아버지에게 주었고, 아버지는 그 속에 다시 현천무경의 총화를 남겨둔 것이다.

두 마리의 용이 바로 그것이었다.

자부신공을 대성했을 때 옥소의 음한지기와 신공의 양강지기가 완벽한 조화를 이룬다. 그러면 이와 같은 환상이 신공구결 속에 스며들어 낱낱이 펼쳐지는 것이다.

옥소가 절로 신공에 반응하여 울음을 운다. 그러니 그 이름이 '웅얼거리는 용' 즉, 살아 있는 용을 뜻하는 음룡벽옥소(吟龍碧玉簫)가 된 것이리라. 무진은 진작 그 이름에 담겨 있는 뜻을 깨닫지 못한 자신의 아둔함을 질책했다.

의식과 무의식이 뒤섞이는 혼돈의 운해(雲海)를 유유히 가르는 두 마리 금룡의 조화. 무진은 지금 아버지가 남긴 그 조화경을 황홀하게 바라보고 있었다.

무경 속에 들어 있을 많은 기초(奇招), 절학(絶學)은 다 버렸다. 오직 그것들을 관통하는 한 가닥 기운을 남겼을 뿐이니, 그건 흑풍객이 일찍이 갈파(喝破)한 바 있는 '원리'라는 것과도 같았다.

'아버지는 오래전에 그것을 깨달으셨다.'

그런 자부심이 무진의 의식을 일깨웠다. 흑풍객이 강호를 떠돌며 찾았던 그와 같은 길을 아버지는 벌써 보았고, 알았던 것이다.

옥소를 통해 그것을 남겼으니, 이 넓은 천하에서 오직 자부신공을 대성한 자만이 얻을 수 있다. 때문에 그 다섯 괴한들에게, 흑룡보주에게, 흑풍객에게 옥소는 아무 의미가 없었다. 그러나 그것은 지금 무진의 무의식 속에 파고들어 와 제가 숨기고 있던 비밀을 활짝 열어 보였다.

무진은 여태까지 자부신공의 그 무한한 기운의 반도 제대로 사용하지 못했다. 그러나 이제는 신공을 십이성 성취했으며, 운기는 물론 발경의 비결까지 얻었다. 비로소 자부신공의 모든 것을 주관할 수 있게 된 것이다.

"후우一"

얼마나 시간이 흐른 건지 모른다. 백 년, 천 년은 지난 것 같고, 영겁의 세월이 흐른 것도 같으면서, 또한 잠깐 낮잠에 빠졌다가 깊은 꿈을 꾼 것도 같은 그런 느낌이었다.

무진이 긴 숨을 내쉬고 들이마시며 천천히 진기를 되돌렸다. 그러자 그의 몸을 감싸고 있던 자색 기운이 전신의 모공(毛孔)을 통해 서서히 빨려 들어갔고, 용틀임을 하며 울던 벽옥소의 공명(共鳴)도 그쳤다.

그 어느 때보다 명징(明澄)한 의식을 되찾은 무진이 드디어 눈을 떴다.

한줄기 맑은 자줏빛 신광이 쭉, 뻗어 나왔다가 허공 중에 흩어져 사라졌다.

내내 그의 변화를 지켜보고, 벽옥소의 신비한 울음소리를 듣고 있던 사람들이 모두 '아!' 하고 탄성을 발했다.

"기어이 대공을 이루었구나! 축하한다."

"그게 대체 뭐라고 하는 거냐? 대단한 신공을 이룬 모양이니 축하하지 않을 수 없지."

기벽강이 엄숙한 얼굴로 축하의 말을 했고, 염능파가 놀람과 부러움을 감추지 못한 채 말했다.

"핏, 기다리고 있는 사람들은 생각하지도 않고 저 혼자 갖은 여유를 다 부리다니. 도대체 이게 며칠째야?"

소봉이 입을 삐죽거리고 흘겨보며 볼멘소리를 했다.

닷새가 지났다. 그들은 지난 닷새 동안 제대로 먹지도 자지도 못하면서 무진을 위해 호법을 서야 했던 것이다.

아무런 조심성도 없이, 아무런 방비도 없이 곧장 운기삼매경에 빠져들어 시간과 공간을 잊고 몰입해 있는 무진에게는 그 어느 때보다 위험한 시간이었다.

그의 안에는 무지막지한 신공이 용암처럼 들끓고 있었지만, 그것을 담고 있는 몸은 유리그릇처럼 깨지기 쉬운 것이었으니 그렇다.

만약 흉심을 품은 자가 있었다면 그게 어린아이라 할지라도 무진의 몸을 한 대 때리는 것만으로 그의 목숨을 빼앗을 수 있었을 것이다.

그걸 알기 때문에 기벽강과 염능파, 수련과 소봉이 번갈아가며 밤낮을 가리지 않고 선방의 앞뒤를 지켜야 했다. 그러니 그동안 그들의 피로는 극에 달해 있었다.

"어? 며칠이라니?"

무진이 제 눈을 비비고 어리둥절해서 물었다. 문가에 서서 그윽한 눈길로 바라보던 수련이 피식 웃었다.

"닷새다. 꼬박 닷새 동안 잠든 사람처럼 깨어나지 않았어."

"뭐라고? 닷새라고?"

무진이 믿을 수 없다는 듯 바라보자 염능파가 삿대질을 하며 소리쳤다.

"이 나쁜 놈아! 수련과 소봉 두 소저의 저 초췌해진 얼굴 좀 봐라! 그 곱던 살결이 거칠어지고 볼이 움푹 꺼졌잖아! 그게 다 네놈 때문이니 어쩔 셈이냐!"

수련이 얼굴을 붉히고 슬그머니 사라졌다. 잠시 후 그녀가 뜨거운 탕 한 그릇을 가져왔다.

"그동안 아무것도 먹지 않았으니 우선 이걸로 속을 달래는 게 좋을 거야."

아무도 그런 생각은 하지 못했다. 모두가 '아!' 하고 놀라서 그녀를 바라보았고, 소봉의 얼굴에는 질투의 기색이 떠올랐다.

무진이 깨어날 때를 위해서 수련은 탕을 달이고 데웠던 것이다. 그가 깨어나기를 기다리며 그것이 식어갈 때쯤이면 다시 데우기를 거듭했으리라. 그러니 그녀야말로 한시도 쉬지 못한 것이다.

"정말 흑풍객의 말처럼 자부신공을 대성한 거냐?"

염능파가 궁금증을 참지 못하고 물었다. 무진이 빙긋 웃고 검지손가락을 꼿꼿이 폈다.

"뿐만 아니라 아버지의 절기를 이어받았다."

"어? 어?"

염능파가 은은한 자색 기운을 띠어가는 무진의 손가락을 보며 눈을 휘둥그레 떴다.

그것을 가볍게 말아 쥔 무진이 문설주를 향해 튕겼다.

씨잇, 하는 작고 날카로운 바람 소리가 들린 것 같더니 픽! 하는 소리와 함께 문설주에 콩알만한 구멍이 뚫리는 것 아닌가.

무형의 기운을 유형의 것으로 뭉쳐서 튕겨내는 것이니, 강기의 발출이라고 해야 할 것이다. 흑풍객이 무혼불괴시의 몸에 제 강기를 쏘아 넣어 그것을 터뜨리던 것과 비슷한 수법이다.

"오오! 그건 뭐냐? 대단하군. 소림사의 탄지신통이라고 하더라도 이와 같지는 못할 것이다!"

염능파가 놀라 소리쳤고, 기벽강과 수련, 소봉의 얼굴도 놀람으로 굳어졌다.

"금강지라는 것이지. 아버지는 이것을 벽옥소에 남겨두셨다."

무진이 제가 운기삼매경 속에서 환상을 보고 그 비결을 알아냈다고 하자 염능파가 다짜고짜 달려들어 무진의 품을 뒤지더니 냉큼 벽옥소를 빼앗아갔다.

"어디에 있다는 거야?"

"이놈아, 나도 좀 보자!"

기벽강도 달려들어 벽옥소를 뜯어보았고, 소봉 또한 궁금증을 참지 못하고 그들의 어깨 너머로 목을 길게 뺀 채 바라보았다.

맑고 선명한 옥빛 위에 두 마리의 용이 정교하게 새겨져 있는 물건이다. 구름을 희롱하고 여의주를 희롱하는 조각이 살아 있는 것처럼 생생하지만 그것뿐이다.

"옥소를 돌려봐."

무진의 말에 염능파가 그것을 이리저리 돌려보았다. 그러자 옥소를 휘감고 있는 용이 살아서 꿈틀거리는 것처럼 보였다. 움직여 나아가고 있는 듯한 착각이 든 것이다.

구름의 문양이 변하고, 용의 비늘이 이리저리 변하며, 하늘을 가르고 날아가는 흔적이 머리 속에 남았다. 하지만 그것뿐이다. 그 자체로써 신기하고 아름답기는 해도 그것의 어디에 금강지의 비결이 들어 있다는 건지 알 수가 없었다.

"자부신공의 심법을 알아야 한다. 구결 속에 비밀이 감추어져 있었다. 아니, 구결을 따와서 그것의 심법으로 금강지의 비결을 남긴 것이지."

"쳇, 그렇다면 그림의 떡이군."

염능파가 심통난 얼굴을 하고 벽옥소를 던져 주었다. 용의 비늘 하나하나가, 그 움직임과 구름과의 조화가 모두 금강지를 나타내는 기호였던 것이다.

무진은 그동안 헤아릴 수도 없이 그것을 보았다. 머리 속에 새겨놓은 듯 박혀 있다.

그가 자부신공을 대성했을 때 옥소가 신공의 기운에 반응해 공명음을 냈고, 소리에 실린 진동이 가슴을 두드리고 신경 조직들을 교묘하게 자극하자 환상이 보였다.

그러니 무진이 그동안 수도 없이 운기행공하면서도 옥소의 문양 속에서 금강지의 실체를 보지 못했던 건 역시 자부신공이 십이성에 이르지 못한 때문이었다.

자부선노와 아버지가 남겨놓은 안배라고 해야 하리라.

염능파가 머리를 갸웃거리고 물었다.

"그 금강지는 그럼 네 아버지의 절기냐?"

"아니, 이것은 현천무경의 총화라고 해야 하는 거지. 아버지는 현천무경을 얻었고, 그것을 익혔다. 그리고 그것 때문에 돌아가신 거야."

무진의 얼굴이 어두워졌다. 그는 어쩌면 그것이 자부선노가 준 것일지도 모른다고 생각했다. 흑룡보주에게 다섯 권의 비급을 주었듯, 아버지에게는 현천무경을 주었으리라.

기벽강이 혀를 내둘렀다.

"대단하군, 대단해. 그러니까 자부동천인가 하는 데에는 그와 같은 비급들이 가득 들어 있다는 거 아니냐?"

"그럴지도 모르지. 아닐 수도 있고……."

염능파가 무진의 옷자락을 마구 잡아 흔들었다.

"가자, 가! 다른 놈들이 그곳을 찾기 전에 우리가 먼저 차지하자. 우흐흐흐, 그러면 나도 천하제일인이 될 수 있겠지?"

"어디에 있는지 나도 모른다."

"모른다고? 어째서?"

"벽옥소에 있는 비밀 중 하나가 그곳의 위치를 나타내는 것일 게다. 하지만 아직 알아내지 못했어."

"이런, 게으른 놈이 있나! 아니, 십칠 년이 넘도록 그걸 지니고 있었으면서 아직까지도 모른다는 거냐?"

"자부신공을 대성했으니 이제 알게 될지도 모르지."

"그럼 빨리 알아내라. 넌 꼼짝하지 말고 여기서 그거나 밝혀내! 원수를 찾아다니는 일은 우리가 다 알아서 해주마."

염능파는 당장 자부동천에 뛰어들 수 없어서 안달이 나 있는 사람 같았다. 기벽강이 그의 뒤통수를 때렸다.

"에라이, 나쁜 놈아! 너는 그 심보를 고쳐야 사람이 될 거다."

"쳇, 빌어먹을 놈 같으니! 그럼 네놈은 솔직히 탐나지 않는단 말이냐? 솔직하지 못한 너는 음흉한 놈이니 더 나쁘다."

그들이 서로 욕하고 놀리며 소란을 떨었지만 무진은 제 생각에 깊이 빠져드느라고 시끄러운 걸 몰랐다.

이제 신공을 대성했으니 원수들을 하나씩 찾아내 꿈에서도 이를 갈아왔던 그 한을 풀어야 한다.

무진은 그 길이 멀지 않았음을 느꼈다. 벌써 한 놈이 스스로 찾아왔으니 그렇다. 낙화신장(落花神掌)을 써서 내상을 입혔던 그 귀면탈의 괴인이 제 입으로 분명히 말하지 않았던가. 너는 이제부터 한시도 내 눈에서 벗어나지 못할 거라고 말이다.

그자는 지금도 어디에선가 눈과 귀를 활짝 열어둔 채 감시하고 있을 것이다. 그렇다면 나머지 네 놈도 조만간 어떤 식으로든 모습을 드러내고 접촉해 올 게 틀림없었다.

그건 호은암을 벗어나는 순간일 수도 있고, 천산평을 떠났을 때부터일 수도 있다. 하지만 그 어느 때이든 좋다. 무진은 입술을 지그시 깨물었다. 노여움을 느끼자 신공이 절로 일어나 그의 눈빛을 자색으로 은은히 물들였다.

동공에 일렁이는 한 가닥 서늘한 기운이 그를 전혀 다른 사람처럼 보이게 했다.

"가자!"

염능파가 다시 재촉했다. 무진은 머리를 가로저었다.

"아니, 사흘을 더 기다렸다 간다."

"어째서?"

"이곳으로 누가 찾아올 거야. 그를 만나야 해."

이칠과 장정이 올 것이다. 열흘 뒤에 오겠다고 했으니 앞으로 사흘 더 남았다.

맥없이 누군가를 기다리고 있어야 하는 시간은 무료하다. 그래서 그들은 무엇인가에 몰두하지 않을 수 없었다.

무진은 쉬임없이 자부신공을 운기하는 한편 벽옥소의 비밀을 풀기 위해 애썼고, 기벽강과 염능파는 서로 비무하고 상의하며 자신들의 절기를 가르쳐 주고 배웠다. 서로에게서 장점을 취해 스스로를 더욱 높이기 위한 유익한 시간을 보내고 있었던 것이다.

수련과 소봉 또한 때때로 비무와 논검을 하는 중에 어느덧 더욱 가까워져서 이제는 그녀들 둘이서 똘똘 뭉쳐 다니는 지경이 되었다.

둘은 동갑이지만 소봉이 다섯 달 빨리 태어났다. 그녀가 언니라 부르라고 윽박지를 때마다 수련은 혀를 쏙 빼물고 웃었을 뿐이다.

그렇게 사흘이 지나갔다. 그리고 저 아득한 천산평의 억새밭을 헤치며 약속대로 두 사람이 찾아왔다.

이칠과 장정이다.

"아가씨! 내가 왔다!"

구르듯 뛰어든 장정이 버럭 고함부터 질렀다. 완연히 가을로 접어든 아침이다. 따뜻한 햇빛을 쬐며 소곤소곤 얘기하고 있던 소봉과 수련이 깜짝 놀라 돌아보았다.

장정의 부리부리한 눈길이 뚝 멎었다.

수련이 있으리라고는 전혀 생각하지 못했던 것이다. 눈앞에 두 개의 환한 꽃봉오리가 있으니 적잖이 당황한 듯했다.

소봉을 처음 본 순간 넋을 빼앗겼는데, 수련을 보니 또 넋이 혼미해진다.

"저 보기 싫은 것이 또 왔네?"

소봉이 발딱 일어서서 앙칼지게 노려보았다. 황소만한 눈을 끔벅이던 장정의 입이 헤벌쭉 벌어졌다.

"보고 싶었어?"

"뭐얏!"

"걱정 말어. 난 첫사랑을 죽어도 안 버려."

"저, 저게 정말!"

장정은 제 진심을 말하고 있는 중이었다. 그러나 소봉에게는 그것처럼 역겹고 징그러운 말이 없다.

"저 아가씨가 아무리 더 예쁘고 고상하게 생겼어도 난 소봉이 좋아."

한 번 소봉에게 마음을 주었으니 변치 않겠다는 다짐을 제딴에는 진지하고 엄숙하게 선언한 것이지만, 소봉의 마음은 그렇지 않았다.

더 예쁘고 고상하게 생긴 아가씨……

멍청한 장정의 눈에 수련이 그렇게 보였다면 다른 사람들은 어땠을 것인가 하는 생각이 그녀를 화나게 했다.

어쩐 일인지, 장정 같이 덜떨어진 인간에게서 그런 말을 들었다는 게 더 화가 나고 자존심 상해 참을 수 없었다.

짝!

그녀의 몸이 번쩍, 하고 꺼져 버린 것 같더니 장정의 뺨에서 경쾌한 소리가 터져 나왔다.

충격이 컸을 것이다.

장정이 '음!' 하고 신음을 삼키며 비틀거렸다. 입술이 깨져서 붉은 피가 스며 나왔다.

그러나 그는 화를 낼 줄 몰랐다. 아니, 소봉 앞에서는 화라는 걸 모르는 사람 같다.

"헤, 아프다."

손등으로 입술을 문지르며 여전히 피식피식 웃기만 하니 그게 소봉에게는 더욱 미칠 것 같은 일이었다.

"이 쳐죽일 놈잇!"

거친 욕을 뱉어내며 주먹을 번쩍 들어올리는데, 법당에 들어가 있던 기벽강과 염능파가 뛰어나왔다. 소봉의 앙칼진 고함 소리를 듣고 적이 쳐들어온 건 줄 여긴 것이다.

"참아, 그러면 못써."

수련이 뒤에서 소봉을 껴안고 말리는 중이었고, 분을 참지 못해 씩씩거리는 소봉 앞에 곰 같은 자가 어리둥절한 얼굴로 우두커니 서 있었다.

"아니, 저게 뭐지?"

염능파가 장정의 허리춤에 대롱거리며 매달려 있는 두 개의 머리통만한 철괴를 보고 놀란 얼굴로 물었다. 기벽강도 저런 물건은 처음 보는 터였다. 게다가 남들보다 큰 자신의 몸집도 작게 보일 만큼 커다란 그 덩치라니…….

"허, 곽가의 말을 들었을 때는 믿지 않았는데, 정말 이렇게 보니 금강역사가 환생해 있는 것 같구나."

기벽강이 턱을 쓸며 말했다. 장정을 이리저리 쓸어보는 눈길에 감탄이 가득했다.

"그러니까 저놈이 그 장정이라는 무지막지한 놈인 게로군? 그런데 소봉 소저와 무슨 일이래?"

"이놈아, 그걸 내가 알겠냐? 사랑 싸움을 하는 게지. 흘흘……."

"뭣이!"

기벽강의 말에 염능파의 눈꼬리가 매섭게 치켜져 올라갔다.

"이봐! 쓸데없이 덩치만 큰 놈아! 네가 뭔데 어여쁜 소봉 낭자를 화나게 한 거지? 당장 용서를 빌지 못해!"

염능파가 훌쩍 몸을 날려 소봉을 가로막고 눈을 부라렸다. 이만하면 그녀를 감동시켰을 거라고 여기며 내심 우쭐거리는데, 소봉이 빽, 소리쳤다.

"네가 뭔데 나서는 거야? 다 꼴 보기 싫으니까 꺼져 버려!"

"허!"

낙심한 염능파와 장정이 약속이라도 한 듯 서로를 바라보았다. 그 눈길이 이글거리기 시작했다.

장정이 아무리 아둔한 놈이라 해도 염능파가 소봉을 감싸는 게 어떤 마음에서인지 정도는 눈치챌 수 있다.

"너! 이 기름독에 빠진 쥐새끼 같은 것이 감히 소저에게 무슨 짓을 한 거지?"

"뭐, 뭐, 뭐라고? 저런 무식하게 생겨먹은 것이 말하는 것 봐라!"

"뭐? 무식한 놈이라고? 이런 쳐죽일 쥐새끼가!"

기어이 장정의 화가 폭발하고 말았다. 그건 염능파도 마찬가지다. 서로는 서로에게 가장 듣기 싫어하는 심한 욕을 했지만 제 잘못은 까맣게 잊었다.

좌라라락—

장정이 몸에 둘둘 감고 있던 쇠사슬을 풀어냈다.

염능파는 눈치가 빠르다. 장정이 준비를 다 갖출 때까지 기다려줄 리가 없다.

싯—

발끝으로 땅을 민 그가 쏘아진 화살처럼 장정의 품으로 뛰어들었다. 온몸의 체중과 힘을 한쪽 어깨에 싣고 맹렬하게 부딪쳤는데, 장정으로서는 피할 엄두도 낼 수 없을 만큼 재빠른 기습이었다.

픽! 하는 답답한 소리와 함께 장정이 오만상을 쓰며 쿵쿵거리고 밀려났다. 가슴에 부딪쳐 온 힘이 엄청나서 커다란 고통이 목젖을 뜨뜻하게 하며 치솟아올랐다.

염능파가 날쌘 매처럼 따라붙었다.

퍽퍽퍽퍽—!

그의 주먹과 발이, 팔꿈치와 무릎이 물레방아처럼 돌며 장정의 온몸을 두드려 댔다. 섬서 도화곡의 절기인 십팔로(十八路) 건곤연환타(乾坤連環打)였다.

어찌나 빠르고 매서운 손속인지, 장정은 눈만 멀뚱거릴 뿐 속수무책으로 칠권팔각(七拳八脚)을 고스란히 얻어맞을 수밖에 없었다.

한 대를 맞을 때마다 그 커다란 몸집이 움찔움찔했지만 결코 쓰러지지 않았으니, 그의 몸은 철골강근(鐵骨剛筋)으로 된 것 같았다.

그러나 아무리 외피가 굳세고 근육이 단단해서 맷집이 좋다 한들 염능파의 권각에 실린 힘을 다 견뎌낼 수는 없다. 장정이 뼛속으로 파고드는 고통을 이기지 못하고 낮은 신음을 흘렸다. 악다문 입술 사이로 한줄기 선혈이 흘러내리는 것이 내부가 진동된 듯했다.

"허! 이건 정말 곰 같은 놈 아닌가?"

염능파가 놀란 얼굴로 장정을 바라보았다. 비록 삼성의 내력을 실어 때렸다고는 하지만, 설마 저의 주먹과 발길질을 맨몸으로 고스란히 받아낼 줄은 몰랐던 것이다.

"개눔 시키!"

장정이 한입 가득 고였던 피를 뱉어내고 소리쳤다. 피를 머금었던 시뻘건 입이 쩍 벌어지며 붉게 물든 이를 드러내고 으르렁거리자 지옥의 야차가 현신한 듯 끔찍했다.

염능파의 권각을 몸으로 받아내는 동안 장정은 쇠사슬을 다 풀어들었다. 그가 그것을 짧게 말아 쥐고 철괴를 들어올렸다. 단번에 염능파의 몸뚱이를 으깨 놓으려는 듯, 눈에서는 흉흉한 살기가 뻗쳐 나가고 씩씩거리는 거친 숨결이 풀무처럼 달아올라 있었다.

그 흉악한 기세에 소봉과 수련이 놀라서 '아!' 하고 비명을 터뜨렸다.

"그만둬!"

대문 밖에서 날카로운 꾸짖음이 들려왔다.

"싫다!"

장정이 돌아보지도 않고 악을 썼다.

"네가 형님을 우습게 여긴다는 거냐?"

이칠이 무료한 모습으로 낡은 대문을 지나 뜰로 걸어 들어오며 말했다.

누런 얼굴에 축 늘어진 어깨와 작달막한 체구, 반쯤 감긴 눈과 얇고 파리한 입술이 낡고 헐렁한 옷과 어울려서 그를 사흘쯤 굶은 건달로 보이게 했다.

그가 건조하게 말라 버린 눈길로 멍하니 장정을 바라보았다. 어물전에 있는 생선의 그것처럼 아무 표정도, 생기도 느껴지지 않는 눈이었다.

그의 한 손은 허리춤에 매달려 있는 큼직한 주머니에 닿아 있었다. 이칠은 그런 주머니를 양쪽에 매달고 있어서 구부정한 허리가 더 굽어 보였다.

장정이 그를 보고 염능파를 보았다. 몇 번 그렇게 두 사람을 번갈아 보는 동안 차츰 살기가 가라앉더니 드디어는 체념하는 기색이 되어서 한숨을 쉬었다.

"빌어먹을, 제기랄. 사사건건 훼방만 놓으니 괜히 형 놈으로 삼았나 보다. 나쁜 형 놈 같으니……."

제딴에는 혼잣말로 중얼거리는 것이었지만 워낙 목소리가 우렁우렁해서 모두의 귀에 똑똑히 들렸다.

이칠이 피식 웃었다.

"그럼 지금이라도 그만둘까? 네 멋대로 한번 설쳐 볼래?"

"아, 아니다! 내가 잘못했다. 잘못했다구. 빌어먹을."

장정이 두려운 얼굴로 머리를 쌀쌀 내두르며 급히 철괴를 등 뒤로 감추었다.

"게으른 놈이다, 이제야 오다니."

언제 나와 있었던 것인지, 선방 앞에 우뚝 서 있던 무진이 이칠을 보고 활짝 웃으며 말을 건넸다. 이칠의 무료하던 얼굴에도 웃음이 떠올랐다.

"이렇게 사람이 많은 줄 알았으면 괜히 왔다."

"그렇지 않아. 자, 다들 들어와라."

기벽강은 부리부리한 눈으로 이칠을 뜯어보느라고 여념이 없었고, 염능파도 잔뜩 경계하는 모습이었다. 그들은 무진으로부터 이칠이 어떤 인간인지 익히 들어 알고 있었던 것이다.

그를 처음 보자마자 무표정하고 무기력한 모습 속에 감추어져 있는 싸늘한 무엇을 느꼈다. 그건 비정함과 백정 같은 살기였다. 위험하기 짝이 없는 자인 것이다.

기벽강과 염능파는 동시에 '저런 놈이라면 과연 한시도 마음을 놓을 수 없겠다' 는 생각을 했다. 그러자 이칠이라는 보잘것없는 존재가 더욱 꺼림칙하게 다가왔다.

*　　　*　　　*

두 사람이 마주 섰다. 백발의 노인들이다.

몸집이 크고 호탕해 보이는 노인은 허리에 한 자루의 폭 넓은 칼을

차고 있었고, 훌쩍 큰 키에 날렵한 몸매여서 더 커 보이는 노인은 둘둘
만 채찍을 허리에 두르고 있었다.

"오랜만이로군."

몸집 큰 노인이 약간은 어눌한 음성으로 말했다. 날렵하게 생긴 노
인의 딱딱하던 얼굴에 싸늘한 웃음이 스쳐 갔다.

"십 년 만인가? 역시 곽문탁 그놈은 대단했어. 죽어서도 우리가 다
시 만나게 만들다니 말이다."

"이런 걸 두고 팔자라고 하는가 보다. 악연도 이런 악연이 없어."

"푸념은 그만둬. 어떻게 할 건지나 말해 봐라."

힐난하듯 하는 날렵한 노인의 말에 몸집 큰 노인이 쓴웃음을 지었
다.

"우리들 다섯 명이 함께 모였을 때는 천하에 두려울 게 없었는데, 뿔
뿔이 흩어지고 나자 이제는 애들도 우습게 여긴다."

"흥!"

날렵하게 생긴 노인이 차갑게 코웃음 치고 비웃었다.

"욕심이라고 말하고 싶은 거냐? 너 혼자서 고고한 척할 것 없어."

"휴, 그만두자. 논쟁을 하려고 온 게 아니니 더 이상 그런 말은 하지
말자."

"좋아. 그럼 십 년 만에 나를 불러낸 본론을 말해 보실까?"

몸집 큰 노인이 부리부리한 눈으로 한동안 바라보다가 한 자 한 자
힘주어 말했다.

"다시 힘을 합치자."

"핫!"

날렵하게 생긴 노인이 크게 코웃음을 쳤다. 그의 얼굴 가득 비웃는

기색이 떠올랐다.

"내가 십 년 전에 그런 말을 했을 때 너는 돌아보지도 않았다."

몸집 큰 노인이 문득 어두운 얼굴이 되어서 한숨을 쉬고 말했다.

"그때는 일이 이처럼 꼬이게 될 줄 몰랐지. 나뿐 아니라 모두 마찬가지 생각이었다. 역시 욕심이었던 게야. 이제라도 늦지 않았다. 우선 너와 나만이라도 다시 옛정을 회복하자."

그 말에 날렵하게 생긴 노인도 탄식하고 낯빛을 부드럽게 했다.

"욕심이라면 우문강(宇文剛) 그놈의 욕심이 가장 컸지. 따지고 보면 오늘날 우리가 이처럼 서로를 믿지 못하게 된 것도 모두 그놈 때문 아니냐?"

"우문강도 실은 천주에 대한 서운함 때문에 그랬던 것이니 그만을 탓할 수는 없지."

몸집 큰 노인이 한숨 섞인 말을 하자 날렵하게 생긴 노인이 두려운 얼굴로 재빨리 주위를 휘둘러보고 나서 정색을 했다.

"이봐, 이가야. 어떻게 된 거냐? 너는 지난 십 년 동안 겁이 없어진 것 같군? 감히 천주님에 대한 원망을 하다니?"

"그렇지 않단 말이냐? 자부동천의 비밀을 우리에게는 말해 주지 않았다. 그건 곧 우리를 끝까지 믿지 못했다는 증거지."

"쉿! 정말 죽으려고 환장을 했구나?"

"이제 살면 얼마나 더 살겠어? 죽는 것에 대한 두려움 따위는 없다. 하고 싶은 말은 할 테야."

"허!"

이가라고 불린 몸집 큰 노인의 마음은 이미 천주를 떠나 있었다. 그걸 느낀 날렵하게 생긴 노인이 희미하게 웃었다.

"이가 네놈이 죽을 때가 되어서야 비로소 철이 드나 보다."

"엄가야, 너는 그렇지 않단 말이냐? 내 속을 내보였으니 너도 더 감추지 말고 솔직하게 털어놔라."

날렵하게 생긴 노인의 성은 엄씨(嚴氏)였다. 그가 여전히 주위를 살피며 조심스럽게 말했다.

"오냐, 솔직하게 말하마. 나도 이가 네놈과 같은 생각이다. 아무래도 외지에서 들어온 우리였으니, 천주 역시 완전히 믿을 수 없었겠지. 본래 그곳에 살았던 토박이들과는 차이가 있었던 게야."

이 노인의 투박한 얼굴에 웃음이 활짝 피어났다.

"하하, 좋아. 그렇다면 우리 두 사람은 다시 옛날로 돌아간 것이다."

"좋다. 나머지 놈들도 끌어들여 다시 힘을 모은다면 더 이상 천주의 눈치를 보지 않아도 되겠지. 그런 다음에는, 흐흐흐……."

"그놈들도 머지않아 이곳에 올 거다. 그러니 그전에 우리가 먼저 곽가의 핏줄이라는 그 꼬마 놈을 손에 넣어야겠지."

"좋다. 그 어린것이 과연 얼마나 컸을지 궁금하군."

"조심해야 한다. 우문강 그놈이 벌써 나섰으니 어디선가 호시탐탐 노리고 있을 거야."

"쳇, 너와 내가 힘을 합치기로 했으니 이제 그 교활한 놈쯤이야 우스울 뿐이지."

서로 마주 본 두 노인이 껄껄거리고 웃었다.

*   *   *

울창한 송림 속에 버려져 있는 폐찰(廢刹).

산짐승과 들짐승이 번갈아 들락거리고 새들이 둥지를 틀었을 뿐, 인기척이라고는 일 년 내내 찾아볼 수 없던 버려진 절간에 지금은 많은 사람들이 들어차 있었다.

삼십여 명이나 되는 사람들이 잡초 우거진 뜰에 정렬해 서 있었는데, 죽은 듯 기척이 없다.

그들을 둘러싸고 있는 긴장감이 주위의 바람마저 흐르지 못하게 묶어두었다. 그래서일까? 새 한 마리 날아들지 않고 있는 음산한 폐찰 안에서 서릿발을 품은 낮은 호통이 터져 나왔다.

"멍청한 놈! 일을 그렇게 처리하다니!"

거미줄이 휘장처럼 얼기설기 늘어져 있고, 먼지가 두텁게 쌓여 있는 어지러운 대웅전이다.

비스듬히 쓰러져 누운 불상의 어깨를 밟고 한 사람이 우뚝 서 있었다. 부릅뜬 눈에서 붉은 빛이 무섭게 번쩍여 음침한 대웅전을 더욱 스산하게 했다.

피처럼 붉은 장포를 입고, 붉은 가죽신을 신었으며, 깡마른 얼굴마저 대춧빛으로 붉어서 불덩어리 하나가 이글거리며 타오르고 있는 것 같았다.

그 혈의인의 삼 장 앞, 먼지 속에 무릎을 꿇고 바닥에 머리를 처박은 채 가늘게 떨고 있는 사람은 동청강이었다.

염라흑수(閻羅黑手)라는 이름을 내세우며 오만하게 거들먹거리던 그가 지금은 고양이 앞에 붙잡혀 온 쥐새끼처럼 초라한 몰골이 되어서 가엾게 떨고 있었다.

혈의인의 눈 속에 이글거리는 불길이 더욱 거세졌다.

"그런 대가리를 어떻게 아직까지 어깨 위에 얹은 채 살아 있었단 말이냐?"

"부, 부주님, 금오신의 출현은 전혀 예상치 못한 일이었습니다."

"일을 이 지경으로 만들어놓고도 변명이냐!"

부르르르—

혈의인의 호통에 놀란 듯 천 근의 돌부처가 떨었다. 그러자 대전 바닥이 지진을 만난 것처럼 흔들려서 먼지가 자욱하게 날리고, 낡은 서까래와 기와 조각들이 와지끈거리며 떨어져 내렸다.

유명밀부주인 유명판관(幽冥判官) 최홍(崔洪)이 처음 세상에 모습을 드러낸 것이다.

부드득—

최홍이 핏빛을 띠고 이글거리는 눈으로 동청강의 등을 노려보며 이를 갈았다.

"토왕곡(土王谷)을 나올 때 분명히 말했다. 아무리 내 수족 같은 자라 할지라도 실수는 결코 용서하지 않겠다고."

최홍의 스산한 음성에 동청강의 몸이 더욱 바닥에 달라붙었다.

"서른 구의 무혼불괴시를 딸려보냈건만, 네놈이 해놓은 게 뭐냐?"

"……."

"고작 금오신의 호통 한마디에 벌벌 떨며 놀란 쥐새끼처럼 십 리 밖으로 달아나 대가리를 처박았다?"

동청강은 감히 변명조차 하지 못했다. 최홍의 말이 떨어질 때마다 어깨를 움찔거리며 놀랄 뿐이다.

"분하지만 유소기의 죽음은 따지지 않겠다. 그 멍청한 것이 제 주제를 잊고 살았으니 금오신의 일장에 맞아 뒈진 걸 두고 너를 탓할 수는 없지."

"가, 감사합니다."

"그러나 아무 소득도 없이 다섯 구의 무혼불괴시를 잃은 건 용서할 수 없다!"

"부, 부주시여…… 한 번만, 한 번만 더 기회를 주십시오. 목숨을 바쳐서 명을 수행하겠습니다!"

일렁이는 최홍의 눈 깊은 곳에 연민의 기색이 스쳐 갔다.

그에게 동청강은 수족이라 부르기에 아깝지 않은 수하였다. 그가 웅지를 품고 강호로 나올 때부터 따랐던 유일한 수하인 것이다.

최홍이 힐끔 왼쪽 구석을 바라보았다.

깊은 밤중인 것처럼 음침하고 어두운 그 구석. 아름드리 기둥 곁에 한 사람이 팔짱을 낀 채 서 있었다. 짙은 흑의에 흑건을 썼고 검은 가죽신을 신어서 그 자체가 어둠인 것처럼 보이는 노인이다.

깡마른 체구에 키가 컸고 골격이 두드러졌으며, 등과 허리에 각기 한 자루씩의 굽은 칼을 차고 있었다.

노인이 지그시 감고 있던 눈을 떴다. 그러자 어둠 속에서 두 줄기 창백한 눈빛이 비수처럼 쏘아져 왔다.

노인이 보일 듯 말 듯 머리를 한 번 끄덕이고는 다시 눈을 감았다. 최홍의 얼굴에 안도의 기색이 빠르게 스쳐 지나갔다. 그가 다시 동청강의 등을 내려다보며 위엄있게 말했다.

"좋다. 너에게 한 번 더 기회를 준다. 흑풍객과 금오신이 떠났다고는 하나 아직도 방심할 수는 없을 것이다. 훼방꾼들이 모여들고 있기 때문이지. 그들을 모두 따돌리고 그 애송이 꼬마 놈을 잡아와라. 이번이 마지막 기회라는 걸 명심해라."

"가, 감사합니다!"

최홍의 말은 동청강에게 삶의 희망을 돌려준 것과 같다. 그가 이번에는 감격으로 떨며 돌바닥에 제 이마를 쿵쿵 찧어댔다.

　　최홍이 다시 왼쪽 어둠 속을 힐끔 바라보았을 때 그곳에는 이미 아무도 없었다. 흑의 노인은 아예 존재하지 않았던 듯, 감쪽같이 꺼져 버린 것이다.

■제4장■
모여드는 원흉들

모여드는 원흉들

무진은 이칠과 장정이 돌아온 뒤로도 사흘째 꼼짝하지 않고 선방에
틀어박혀 있는 중이었다.

"그들이 올 것이다."

무진이 그렇게 말했다.

"올 테면 오라지."

염능파가 심드렁하게 받았다. 무진이 말한 사람이 누구인지 짐작했
지만 조금도 두렵지 않았다. 이미 형제 같은 정으로 뭉쳐 있는 기벽강
과 무진이 함께 있기 때문이다.

염능파에게 있어서 죽는다는 것보다 그들과 헤어지는 게 더 두렵다
면 기벽강이나 무진에게도 마찬가지였다.

기벽강이 들뜬 음성으로 물었다.

"그자도 올까?"

사문의 원수, 천외쌍도를 말하는 것이다. 무진이 머리를 끄덕였다.

"어쩌면."

"음, 꼭 와야 하는데……."

"어쩔 셈이냐?"

이칠이 어눌하게 묻자 무진이 단호한 눈길로 그를 바라보았다.

"하나씩 쳐버릴 뿐이지. 다른 길은 없다. 타협도 없다."

"쉽지 않을 텐데……."

이칠의 걱정이 무혼불괴시 때문이라는 걸 무진은 잘 안다. 그놈들이 또 몰려온다면 모두 위험해질 수도 있다. 무진이 수련과 소봉을 바라보았다. 특히 그녀들이 걱정되었던 것이다.

"장정."

무진이 부르자 넋을 잃고 소봉만 훔쳐보고 있던 장정이 깜짝 놀라 눈길을 돌렸다. 못된 짓을 하다 들킨 아이처럼 쩔쩔매는 것이 우스워서 염능파가 놀려댔다.

"하하, 저놈 좀 봐라. 꼭 남의 밥 훔쳐 먹으려다가 놀란 강아지 같다."

"뭐라고?"

장정이 눈을 부라렸지만 처음 그를 보았을 때처럼 험악한 기세는 아니다. 기벽강이 장정을 거들었다.

"너는 더 나쁜 놈이다. 저 친구는 순진하기나 하지. 네놈은 쉴 새 없이 소봉 소저를 훔쳐보지만 아무에게도 들키지 않았으니 과연 훔쳐보는 재주가 뛰어나다고 할 수 있다. 그러니 음흉한 놈인 게야."

"뭐라고?"

이번에는 염능파가 기벽강에게 눈을 부라렸다.

"시끄럽다."

가볍게 타박을 주어서 그들을 머쓱하게 한 무진이 장정에게 말했다. 안색이 엄숙하고 말에 힘이 깃들었다.

"일이 벌어지면 네가 두 소저를 도와야 할 것이다. 곁에 꼭 붙어 있으면서 힘을 다해 보호해라."

장정의 입이 헤벌쭉 벌어졌다. 그가 신이 난 듯 제 가슴을 두드리며 호기롭게 소리쳤다.

"알았어! 네 말을 듣지!"

이제는 드러내 놓고 소봉 곁에 달라붙어 있어도 되니 그게 좋을 뿐, 다른 건 아무 상관 없다는 듯했다. 소봉이 매섭게 노려보며 무언가 말을 하려는 듯 입을 씰룩거렸지만 흥! 하고 외면해 버렸다. 아무리 혼내 줘도 소용없으니 아예 무시해 버리려는 것이다.

이칠이 무료한 눈길로 장정과 소봉을 물끄러미 바라보다가 한마디 했다.

"무혼불괴시들과 싸울 수 있겠어?"

"그건, 그건……."

장정이 금방 풀이 죽어 우물쭈물했다. 그는 무혼불괴시에 대한 본능적인 두려움을 갖고 있었다. 처음 그것들과 조우했을 때 '나는 귀신이 싫다. 무섭다!' 하고 소리치며 달아나지 않았던가. 그러니 막상 그 괴물들이 들이닥쳤을 때 과연 그때처럼 두려워하지 않고 싸울 것인지는 의문이다.

이칠은 그것을 걱정했지만 무진은 달랐다.

소봉이 위험에 빠지게 된다면 장정이 두고 볼 리가 없다. 분노가 폭발해서 싸우기 시작하면 무혼불괴시에 대한 두려움을 극복할 것이고,

그러면 그 괴물들에게 장정의 철괴는 무엇보다도 위협적이고 무시무시한 흉기가 될 것이다.

"그런데 그것들이 언제 오는 거야?"

기벽강이 긴장하여 물었다. 그도 무혼불괴시의 무서움을 아는 터라 그것들의 끔찍한 모습을 떠올리기만 해도 벌써 가슴이 떨렸다.

"어쩌면 벌써 와 있는지도 모르지."

"그렇다면 뭘 망설이고 있는 거지? 왜 쳐들어오지 않는 거야?"

"곧 오겠지."

무진의 대꾸는 무심하기만 했다. 기벽강이 혀를 찼다.

"쯧쯧, 그럼 이렇게 무작정 기다리고만 있을 게 아니라 더 늦기 전에 떠나는 게 좋지 않겠어?"

무진이 머리를 흔들었다.

"아니, 이곳에서 기다린다. 그들이 찾아올 테니까."

그의 뜻은 단호했다. 그 단호함을 실은 눈길로 이칠을 바라보았다. 이칠은 무진의 눈길에 실려 있는 의미를 이해했다. 그가 씩, 웃으며 허리에 차고 있는 묵직한 주머니를 두드려 보였다.

무진의 눈가에도 웃음이 떠올랐다.

무진에게도 이칠에게도 서로 구구한 말은 필요없었다. 한 번의 눈길과 한 번의 손짓으로 그들은 하고자 하는 모든 말을 주고받았다.

이칠의 주머니 속에는 그가 만들겠다고 했던 물건이 들어 있었다. 화연란으로 무혼불괴시를 어떻게 해볼 수 없자 그것보다 강력한 폭발력을 가진 화탄을 새로 만들어온 것이다.

이칠이 무혼불괴시들을 상대하기 위하여 장정과 함께 호은암으로 찾아오던 날 싸움은 엉뚱한 곳에서부터 시작되었다. 사흘 전의 일이다.

흑룡보의 굳게 닫혀 있던 대문이 활짝 열렸다. 그리고 사십 필의 건마들이 일제히 달려나왔다. 말발굽 소리가 형산 북면에 진동하고, 땅이 지진을 만난 듯 흔들렸다.

급하게 말을 몰아 달려가고 있는 사십 명의 장한들 앞에는 두 사람의 청수한 노인이 있었다. 옷자락을 펄럭이고, 세모꼴의 수염을 나부끼며 말을 달리는 모습이 젊은 장정 못지않게 늠름하다.

형산을 떠나 북쪽으로 호쾌하게 달려간 그들은 한 시진 뒤에 대룡협(待龍峽)이라는 곳에 이르렀다.

좌우의 산비탈이 깎아지른 듯 솟아올라 있고, 숲이 울창해서 한낮에도 음침한 골짜기다. 차고 맑은 물이 흐르는 계곡에 정적이 깃들었다.

앞섰던 두 노인이 동시에 한 손을 번쩍 들었다. 그러자 거칠 것 없이 질주하던 말들이 일제히 멈추어 섰다.

"오 형, 용이 기다린다는 곳이외다. 괜찮겠소?"

오 형이라 불린 노인이 흥! 하고 코웃음을 쳤다.

"형산에는 흑룡이 있을 뿐 다른 것들은 죄다 뱀에 불과하지. 밟아버리면 그뿐 아니겠소?"

"하하, 옳은 말씀. 이무기도 못 되는 것들이 용인 양 행세하는 게 우스울 뿐이지."

잠시 지체했던 그들이 다시 말을 몰아 서슴없이 음침한 골짜기 안으로 달려들어 갔다.

사십 필의 기마가 흑룡의 긴 꼬리처럼 꿈틀거리며 협곡 속으로 빨려들어간 직후, 하늘에서 꽝! 하는 엄청난 폭음이 터졌다.

우르르르—

수만 근의 돌들이 소나기처럼 쏟아져 내려서 골짜기 입구를 막아버렸다. 이제 다시 돌아 나올 수는 없다. 힐끗 그것을 바라본 두 노인이 코웃음을 쳤다. 돌아 나갈 생각이 없으니 관심도 없는 것이다.

사십 필의 기마는 구절양장처럼 이리저리 굽어진 좁은 골짜기를 따라 오직 미친 듯 달려갈 뿐이었다. 말발굽 소리가 좌우의 산벽에 메아리쳐 더욱 웅장하게 들렸다.

한 굽이를 급하게 돌아 나간 두 노인이 다시 손을 번쩍 들고 말을 멈추어 세웠다. 저만큼 앞쪽에는 백여 명의 사람들이 서 있을 만큼 터진 공간이었는데, 좁은 골짜기가 갑자기 좌우로 밀려난 것 같은 형상이었다.

그곳에 언뜻 보기에도 칠팔십 명은 족히 되어 보이는 사람들이 깃발을 세우고 도열해 서 있었다. 한 마리 검붉은 매가 구름을 뚫고 솟구쳐 오르는 모습이 생생하게 새겨져 있는 깃발이다.

"흥!"

남빛 장삼의 노인이 코웃음을 쳤다. 오 형이라고 불렸던 노인이다. 그가 곁에 있는 백의 장삼 노인을 돌아보고 웃었다.

"유 형, 과연 우리를 마중 나온 사람들이 있군 그래."

유 노인이 껄껄 웃었다.

"하하하, 뱀이라도 되는 줄 알았더니 고작 참새였구려."

깃발을 세우고 모여 서 있던 무리들 중에서 한 사람이 앞으로 나섰다. 검은 무복에 체구가 당당한 철웅방주 상곡운이었다.

그가 가볍게 포권하고 내공이 실린 웅장한 음성으로 말했다.

"거기 두 분은 과거 강북무림에서 혁혁한 이름을 떨쳤던 천룡검객(天龍劍客) 오문걸(吳文杰), 오 대협과 화산신검(華山神劍) 유재량(柳材梁),

유 대협 아니시오?"

오 노인이 머리를 끄덕이고 말을 받았다.

"이제 보니 그대는 여산 철응방의 무적금편(無敵金鞭) 상곡운(商谷雲)이로군?"

"하하, 맞소. 이런 곳에서 오래전부터 대명을 흠모해 왔던 두 분 선배를 뵙게 되다니 영광이로소이다."

상곡운이 검은 수염을 쓰다듬으며 껄껄 웃었다. 유 노인이 이글거리는 눈길로 그를 바라보며 말했다.

"그런데 그대가 이처럼 우리 앞을 가로막는 건 무슨 뜻인가?"

"두 분께서는 흑룡보에서 나오지 말아야 했소."

"무엇이?"

"나는 윗전으로부터 한 가지 명령을 받고 이곳에서 기다리고 있던 중이라오. 누구든 흑룡보를 나와 천산평으로 향하는 자들이 있으면 모두 죽이라는 것이었으니…… 안타깝지만 두 분께서는 수하들과 함께 이곳에서 죽어주셔야겠소이다."

"허!"

상곡운의 말에 오 노인과 유 노인이 일제히 눈살을 찌푸렸다. 그들이 어이없다는 얼굴로 서로를 마주 보고 나서 한바탕 요란한 웃음을 터뜨렸다.

"하하하— 오랜만에 강호의 바람을 쐬러 나왔더니 별 거지 같은 것이 다 귀찮게 하는구나."

"이놈아! 네가 주제를 모르고 까불어대니 선배 된 입장에서 교훈을 내려주지 않을 수 없구나."

두 노인이 번갈아 조롱했지만 상곡운은 빙긋 웃을 뿐 대꾸하지 않았다. 그가 물러서며 손을 크게 휘둘렀다. 그러자 조용히 기다리고 있던 철웅방의 장한들이 빠르게 움직여 하나의 진법을 이루었다. 상곡운이 성큼성큼 걸어 진의 중앙에 자리하자 진문이 일제히 닫혔다.

그것을 가만히 바라보던 오 노인이 피식 웃었다.

"고작 진법으로 우리를 막아보겠다는 것이냐?"

진의 중앙에 버티고 선 상곡운이 껄껄 웃고 나서 대꾸했다.

"이것은 무극성라진(無極星羅陣)이라는 것이오. 길 잃은 용을 가두고 토막치기에는 그만이지."

"고약한 놈이다!"

오 노인이 버럭 화를 냈다. 유 노인도 노기를 참지 못하고 소리쳤다.

"저놈이 감히 헛소리를 지껄이다니! 단번에 짓밟아서 신검대(神劍隊)의 위용을 만천하에 널리 알리리라!"

두 노인이 허리에 차고 있던 검을 뽑아 높이 들었다. 한줄기 서광을 받아 빛나는 보석인 듯, 검신에서 눈부신 서기가 뻗쳐 쩽! 하고 햇빛 튕겨내는 소리를 내는 것 같았다.

한눈에 보기 드문 신검이라는 걸 알 수 있다.

"이야아—!"

두 노인이 말을 달려 곧장 무극성라진 속으로 뛰어들었고, 그 뒤를 사십여 필의 말들이 일제히 따랐다. 말발굽 소리가 협곡을 뒤흔드는가 싶었는데 그들은 이미 호리병 속으로 뛰어든 형세가 되어 진 안에 갇혔다.

싸움은 그렇게 천산평에서 사흘 길이나 떨어진 형산의 한 절곡에서부터 시작되었다.

"이번에는 우리가 기다린다."

맑은 음성이 대전 안에 웅웅 울렸다.

백발에 백염의 노인, 신검문의 봉공인 장백노(長白老) 양처앙(楊處仰)이 가볍게 머리를 숙여 승복의 뜻을 나타냈다.

높은 단 위에 한 자루 검을 쥐고 의연하게 앉아 있는 사람은 청수한 인상의 초로인이었다. 희끗희끗한 머리카락을 단정히 빗어서 묶었고, 세 가닥 수염이 의젓하게 늘어져 있는 것이 당당하고 기품있는 모습이다.

그는 산동의 패자이자, 신검문을 세운 신검수사(神劍秀士) 장운령(張雲嶺)이었다.

여간해서는 강호에 나서는 일이 없는 그가 천산평을 바라보고 오늘 아무도 모르게 이 먼 호남 땅에까지 와 있는 것이다.

장백노로서도 문주가 이처럼 기별도 없이 불쑥 나타난 것은 실로 뜻밖이어서 아직까지도 어리둥절해 있었다.

무언가 일이 급하게 돌아가고 있다는 느낌이 강하게 와 닿았다. 긴장으로 흰 수염이 부르르 떨렸다.

지금 천산평 주위에는 막강한 힘들이 모여들고 있었다. 그걸 장백노도 잘 알았다. 유명밀부의 은밀한 움직임이 감지되었고, 여산의 철웅방에서도 방주가 백여 명의 정예 고수들을 이끌고 몸소 나와 있다. 거기에 신검문까지 뛰어들었으니 실로 지금의 천산평은 용담호혈이 아닐 수 없었다.

장백노가 문주의 눈치를 보며 조심스럽게 물었다.

"구천의 보주(寶主)들이 나섰습니까?"

"음—"

장운령이 살짝 눈살을 찌푸렸다. 그가 긍정도 부정도 아닌 애매한 신음으로 얼버무렸지만 장백노는 그 속에서 이미 그의 뜻을 읽었다.

'그들이 모두 나섰단 말인가?'

그런 생각이 장백노를 더욱 놀라게 했고 긴장하게 했다.

한때는 천주의 사자 노릇을 했던 그다. 하지만 얼마 전부터 천주의 전갈을 받지 못했다. 그건 곧 신임을 잃고 있다는 뜻이기도 했다. 그걸 걱정하고 있는데, 자신도 모르게 구천의 보주들이 대거 나왔다.

장백노는 천주의 마음에서 자신이 이미 멀어졌다는 걸 느끼고 실망과 좌절을 동시에 맛보았다.

'그렇다면 곽무진이라는 어린 놈 때문이고, 흑풍객 때문이다.'

장백노에게 그런 생각이 들었다.

무진을 잡아가야 했는데, 흑풍객의 훼방으로 뜻을 이루지 못하고 애꿎은 수하들만 잃었으니 신검문주인 장운령이 좋아했을 리가 없다. 그가 천주에게 그 일을 보고했을 때는 더 나쁜 방향으로 부풀려졌을 수도 있다.

장백노가 남모르게 장운령을 흘겨보았다. 여태까지 신검문을 위해 애써왔는데, 한순간에 배신당한 듯한 기분이 들어서였다. 서운하고 야속한 마음을 달랠 수 없었다.

그의 머리 위에 신검문주의 냉랭한 말이 떨어졌다.

"이번에는 반드시 그놈을 잡아야 하오. 실패란 있을 수 없소."

한 사람이 터벅터벅 걸어 호은암으로 찾아왔다. 제 집에 들어오는 듯 아무 거리낌이 없었다.

한가롭게 햇빛을 쬐고 있던 기벽강과 염능파가 계단에 걸친 엉덩이를 떼지도 않고 무료한 눈길로 그를 바라보았다.

"누가 곽무진이냐?"

중년의 사내가 무심한 얼굴로 검집을 툭툭 두드리며 물었다.

"당신은 누구요?"

염능파가 여전히 졸음이 묻어 있는 나른한 얼굴로 바라보며 느릿느릿 물었다. 중년인의 입가에 고소가 스쳐 지나갔다.

"당호민(唐豪旻)."

"당호민?"

기벽강이 머리를 갸웃거렸고, 염능파는 제 눈을 비벼댔다. 그의 얼굴에서 무료함이 싹 사라졌다. 무표정한 얼굴로 서 있는 중년인을 바라보던 염능파가 벌떡 일어나 소리쳤다.

"당호민이라고? 당신이 그 일검진천(一劍震天) 당호민이란 말이오?"

중년인의 무심한 눈길이 염능파에게 향했다. 그가 한 번 턱을 끄덕이고 나서 다시 물었다.

"네가 곽무진이냐?"

"아니, 아니올시다. 소생은 섬서 도화곡의 염능파라 하오."

염능파가 서둘러 대답하고 포권했다. 기벽강도 어리둥절한 얼굴로 일어나 있었는데, 그가 염능파의 귀에 대고 속삭였다.

"아는 사람이냐?"

"한때 검 한 자루로 강호를 위진시켰던 검협이다. 대단한 고수지."

"그래? 그런데 왜 왔대?"

"그걸 내가 어떻게 알아?"

서로 귓속말을 주고받다가 못마땅한 듯 흘겨본 염능파가 다시 당호민에게 물었다.

"무슨 일로 무진을 찾으시는 겁니까?"

"모르고 있단 말이냐?"

당호민이 머리를 갸웃거렸다.

기벽강 등은 지금 호은암 밖에서 어떤 일들이 벌어지고 있는지 알지 못하고 있었다. 암자에서 바라보는 드넓은 억새 벌판은 그저 고요하고 평화로울 뿐이다.

며칠 전에 일어났던 일들이 악몽을 꾼 것처럼 아득히 여겨질 뿐이기도 했다.

염능파가 잘근잘근 입술을 깨물며 당호민을 이리저리 훑어보았다. 그는 자신이 아직 도화곡에서 무술 수련에 한창일 때부터 강호에 검명을 드날린 절정의 고수다. 하지만 두려움은 없었다.

'나도 이제 그 정도는 돼.'

이런 자부심이 점차 염능파의 얼굴에 능글거리는 웃음으로 드러났다.

"그를 만나려면 우선 나의 허락을 받아야 합니다. 그러니 서로 이마를 맞대고 상의해 볼까요?"

"음—"

당호민이 살짝 눈살을 찌푸렸다. 눈앞의 새파란 애송이가 자신을 무시하고 조롱하는 것 같으니 기분 좋을 리가 없는 것이다. 하지만 목적을 갖고 찾아왔으니 참을 수 있을 때까지는 참아야 했다.

당호민이 이글거리는 눈으로 염능파를 쏘아보며 천천히 말했다.

"그에게 전해라. 나를 따라가면 모두 살 수 있을 테지만 그렇지 않으면 모두 죽게 된다. 기회는 단 한 번. 지금뿐이다."

"어디로 간다는 겁니까?"

"신검문."

"핫!"

당호민의 말에 염능파가 요란하게 코웃음을 쳤다.

"이제 보니 당 선배는 신검문의 종이 되어 있었구려?"

"어린 놈. 말을 조심해라."

"쳇, 이래 뵈도 소생은 교육을 아주 잘 받은 사람이라오. 다른 사람들에게는 다 말을 조심해서 하지. 심지어 골목의 꼬마 놈에게도 말을 함부로 하지 않아. 하지만 딱 두 부류의 인간들한테는 그럴 필요가 없어. 그게 어떤 자들인지 아쇼?"

말투부터 당장 달라졌다. 비웃고 경멸하는 뜻이 역력했다.

"뒤에 숨어서 못된 장난질이나 쳐대는 비겁한 것들. 그리고 귀신놀음이나 좋아하는 얼간이들이지. 그런데 내가 듣기로 신검문과 유명밀부가 딱 그런 것들이거든."

"이놈!"

"이크, 무섭다. 네가 상대해라."

당호민이 일갈하고 검자루에 손을 올려놓자 염능파가 엄살을 떨며 재빨리 달아나 기벽강의 등 뒤로 숨었다. 그 장난스런 행동이 당호민을 더욱 화나게 했다.

"우선 네놈을 죽여서 모두에게 경고하는 걸로 삼겠다!"

그가 스산하게 말하고 검을 뽑아 들자 염능파가 기벽강의 등을 힘껏 떠밀었다.

"싸워, 싸워봐."

"이런, 교활한 놈……."

기벽강이 화를 내려 하자 염능파가 재빨리 그의 귀에 대고 속삭였다.

"여기 네가 있다는 걸 알릴 좋은 기회다. 그래야 그 천외쌍도라는 자가 신이 나서 제 발로 방울 소리를 내며 달려오지 않겠어?"

"응?"

기벽강의 눈이 커졌다.

당호민은 신검문의 고수이고, 신검문은 천주라는 자의 명을 받는 곳이며, 무진의 원수인 다섯 괴인들 또한 천주와 관련된 자들이다. 그러니 당호민의 입을 통해 신검문에 저의 존재를 알리면 그것이 줄줄이 전해져서 천외쌍도의 귀에도 들어갈 것 아니겠는가.

"이게 정말 약아빠진 여우 같은 놈이라니까?"

기벽강이 피식 웃었다. 눈앞에 당호민이 없었더라면 염능파를 와락 안아주었을 것이다.

여태까지는 신검문 주위에 맴돌며 은밀히 캐 들어갔다. 하지만 그들이 이렇게 스스로를 드러낸 이상 숨어서 엿보는 짓은 할 필요가 없었다. 무진이 그랬듯 자신도 당당하게 목적을 밝히고 원수를 불러들이는 게 떳떳한 방법이다.

기벽강이 칼을 움켜쥐고 성큼 나서서 당호민을 가로막았다.

"나는 기벽강이다. 저 먼 기련산에서 왔지."

"저놈을 나오라고 해라!"

당호민이 검을 들어 저만큼 떨어진 곳에서 빙글빙글 웃고 있는 염능파를 가리켰다. 그러나 기벽강은 완강하게 머리를 저을 뿐이다.

"네 팔 하나를 자르겠어. 살려줄 테니 가서 전해라. 기벽강이 천외쌍도의 목을 가져가기 위해 기련산에서 나왔다고 말이다."

"무엇이?"

당호민이 모욕을 참지 못하고 새파랗게 질린 얼굴로 이를 갈았다.

검 한 자루로 위진강호했을 때 감히 누가 자신의 면전에서 이와 같이 모욕적인 말을 했던가.

두 놈 모두 죽여 오랜만에 통쾌함을 맛보리라고 결심한 당호민이 살기를 감추지 않고 드러냈다. 그러자 그의 검봉이 푸른 기운을 띠고 가볍게 일렁였다. 마치 봄바람에 물오른 버드나무 가지가 살랑거리는 것 같았다.

기벽강도 그의 초승달처럼 굽은 만도를 뽑았다. 창백한 칼날이 한낮의 햇빛을 튕기며 눈부시게 번쩍였다.

당호민이 조금씩 발끝을 밀며 눈에 띄지 않게 다가왔고, 기벽강은 장승처럼 우뚝 서서 눈을 가늘게 뜨고 제 칼끝을 통해 당호민을 바라보았다.

기벽강의 눈이 더욱 가늘어졌다. 그리고 호흡을 끊었다 싶은 순간, 기합 소리도 없이 한줄기 바람이 불어닥치듯 그의 그림자가 쭉 미끄러져 들어갔다.

파라라락—

바람을 튕겨내며 몸부림치는 칼날의 아우성이 허공 가득 걸렸다.

놀란 햇빛이 흩어지는 은어(銀魚) 떼처럼 조각나 사방으로 뿌려졌다. 눈이 부시다. 수천, 수만의 유리 파편이 꽃잎처럼 뿌려진 것도 같았다.

"헉!"

당호민이 놀란 숨을 들이켰다. 이와 같이 신속하면서 현란함의 극치를 보여주는 도법이 있다는 건 상상해 보지도 못했다.

위기를 느낀 그가 급히 찔러가던 검을 끌어들이며 구명절초(救命絶招)인 풍림유성(風林流星)의 한 초를 펼쳤다.

차라라랑— 하는 요란한 소리가 귓전에 따갑게 쏟아졌다. 검과 도가 서로를 희롱하듯 부딪치고 떨어지기를 거듭했는데, 그 가벼움이 마치 쓰다듬는 것 같아서 수백 개의 풍경(風磬)이 일제히 흔들리듯 맑고 낭랑한 소리를 터뜨린 것이다.

기벽강의 도법이 놀랍다면, 그것을 끊어내고 있는 당호민의 검초 또한 놀랍기 짝이 없었다.

두 사람은 바위라도 쪼갤 듯한 격렬한 힘을 교묘하게 조절하고 있었다. 서로의 병장기가 부딪치는 순간마다 손목을 비틀어 미끄러뜨리는 건 새파랗게 살아 있는 날을 보호하기 위해서다.

쳐나오는 기세는 폭풍인데, 부딪칠 때는 솜털을 간질이는 미풍이 되어 서로 스쳐 지나갔다.

불쑥 귓가에 서걱! 하는 절삭음(切削音)이 들렸다. 그리고 당호민은 눈앞의 붉은 허공에서 제멋대로 꿈틀거리고 있는 손 하나를 보았다. 검을 움켜쥐고 있는 그것이 경련하듯 요동을 치며 여전히 풍림유성의 검초를 풀어내고 있었다.

"어? 어?"

놀란 소리를 내는 당호민의 몸이 한쪽으로 기우뚱하고 쏠렸다. 갑자기 가벼워진 오른쪽의 무게 때문이다.

눈앞이 짙은 노을에 뒤덮인 것처럼 붉어진 게 자신의 어깨에서 쏟아져 나와 뿌려지는 피 때문이라는 걸 알았다. 허공을 휘젓던 팔 하나가 덧없이 떨어져 펄떡거리는 걸 본 뒤다.

조금 전까지도 내 것이었는데, 지금은 몸에서 떨어져 저기 저렇게 놓여 있다. 내 신경과 의지가 더 이상 가 닿지 않는 생소한 무엇으로 변해 버린 것이다.

물끄러미 그것을 바라보는 당호민의 얼굴 가득 놀람이 어리고, 의문이 그의 눈빛마저 흐려지게 했다.

"이, 이게…… 대체…… 뭐지?"

지혈할 생각마저 잊은 그가 멍한 눈길로 기벽강을 바라보며 더듬더듬 물었다.

기벽강은 만도를 천천히 칼집에 밀어 넣고 있었다. 그가 무심한 얼굴로 말했다.

"기련산의 빛."

"기련산의 빛?"

빛은 희망이다. 간절한 바람이기도 하다. 무엇을 희망하고 무엇을 바란단 말인가?

"가서 전해라. 그러면 천외쌍도 그자는 알 것이다."

기벽강이 불쑥 커졌다. 당호민은 자신을 찍어 누르는 듯한 그의 모습을 느꼈다. 거대한 바위 봉우리 하나가 우뚝 서서 내려다보고 있는 것 같은 조마조마함.

'이건 처음부터 내 상대가 아니었군.'

그런 자책과 부끄러움이 고통을 잊게 했다.

한가롭게 검집을 두드리며 찾아왔을 때까지만 해도 일이 이렇게 되리라고는 생각해 보지 않았다. 나의 명성과 검 한 자루면 모든 게 다 뜻대로 되리라는 굳은 믿음이 있지 않았던가. 눈앞의 새파란 애송이들에 대한 경멸이 흉중에 들어 있었을 뿐이다.

하지만 지금 당호민은 분노하고 절망할 의욕마저 잃어버리고 말았다. 허무하고 허탈한 감정이 그를 온통 지배했다.

"허허허—"

그가 볼을 씰룩거리며 헛웃음을 흘렸다. 돌아서는 마음이 부끄러움으로 가득해졌다. 자기 자신에 대한 미움이 가벼워진 오른쪽 어깨보다 더 고통스럽고 괴로워서 눈물을 흘리며 떠난다.

비틀거리는 걸음으로, 붉은 핏자국을 점점이 남기며 그가 그렇게 천산평의 억새 속으로 사라졌다.

"대단하다."

무거운 정적이 얼마나 흘렀을까. 문득 무진의 음성이 들려왔다. 기벽강이 천천히 돌아섰다. 선방 앞에 무진이 서 있었는데, 놀람으로 얼굴이 굳어져 있었다. 저쪽에서 염능파는 아직도 벌어진 입을 다물지 못하고 있었다. 기벽강을 바라보는 그의 눈에 두려움이 떠올라 있는 채였다.

"처음 보는 도법이다. 그게 바로 사문의 패륜아를 잡기 위해서 만들어졌다는 것이냐?"

무진이 건조하게 말라 버린 음성으로 물었다. 놀람이 아직 그의 가슴을 뛰게 하고 있는 것이다.

기벽강이 우울해진 얼굴을 끄덕였다.

"천하제일의 도법이다."

무진의 말은 진심에서 우러난 것이었다. 기벽강이 히죽 웃었지만, 그의 얼굴은 어두워져 있었다. 사문의 커다란 한을 제 두 어깨에 온통 지고 있어서일 것이다. 그가 자조 섞인 음성으로 말했다.

"오직 그놈을 상대하기 위해서 만들어진 것이니 그럴 수밖에 없겠지."

"기련파의 도법이 곧 강호를 놀라게 하겠구나."

한숨을 섞어 격려해 준 무진이 이번에는 염능파를 물끄러미 바라보았다.

너에게는 또 어떤 감추어둔 절기가 있느냐고 묻는 것 같기도 해서 염능파가 슬그머니 외면했다.

점점이 뿌려지는 선혈이 점차 흐릿해져 갔다. 혈도를 폐쇄해 지혈을 했어도 워낙 큰 상처라 흐르는 피를 다 멈추게 할 수 없다.

당호민은 제 몸속의 피가 모두 빠져나가고 나면 새로운 무엇이 그 자리를 채울 것이라고 생각했다.

천산평은 변함이 없는데, 한가롭게 걸어왔던 때의 억새밭과 지금의 억새밭은 사뭇 달라져 있었다. 그가 어디로 가는지도 모르고 그저 걸어서 드넓은 황무지를 반쯤 건너갔을 때 한 무리의 낯선 사람들과 마주쳤다.

"유명밀부……."

당호민의 흐려지는 시선 속에서 열 사람이 웃고 있었다.

그들의 웃음을 방금 본 것 같은데 그는 언제부터인가 한 사람 앞에 서 있었다. 이미 그의 감각 속에서 시간과 거리는 사라져 버린 지 오래다. 그를 들쳐 업은 자들이 얼마나 달려왔는지, 어디로 왔는지 분간할 수가 없었다.

어둡다. 그리고 춥다. 갈증으로 입술이 쩍쩍 갈라졌다.

"당호민!"

웅웅거리는 음성이 이름을 불렀다. 아득히 먼 어둠 속에서 누가 소리쳐 부르는 것 같기도 해서, 당호민은 제가 저승에 끌려온 게 아닌가 하는 엉뚱한 생각마저 했다.

"누구에게 당했느냐?"

한 놈이 잘려진 어깨를 돌려 세웠다. 그곳에 나 있는 수십 가닥의 가

느다란 흔적들을 당호민 자신은 볼 수가 없었다. 단번에 매끄럽게 잘라낸 것 같았지만 수십 번을 나누어 벤 것이다. 그 위치와 깊이가 모두 달랐다.

어둠 속에서 번쩍이는 눈으로 쏘아보고 있는 자는 그것을 알아보았다.

"누구의 도법이었지?"

그자가 다시 물었다. 당호민은 염라대왕의 심판을 받는 자가 되어서 입을 열었다. 제가 무슨 말을 하고 있는 건지 스스로도 알지 못했다. 의식이 점점 어두워져 가고 있었기 때문이다.

"기벽강…… 일초에 당했소."

"기벽강?"

"기련산의 빛이라고 합디다."

"……!"

"천외쌍도를 베기 위해 기련산에서 내려왔다는데…… 나는, 나는…… 전력을 다했지만 그의 일초를 막지 못했소."

"으음—"

어둠 속에 서 있는 자가 깊은 침음성을 흘렸다. 그리고 당호민이 웃었다. 그의 동공이 풀려서 넓어졌다. 당호민은 피가 모두 빠져나간 텅 빈 자리에 채워지고 있는 무엇을 보았다. 평화였다.

부축하고 있던 자가 손을 놓았다. 맥없이 바닥에 나뒹구는 당호민의 얼굴에 한줄기 웃음이 떠올라 있었다.

"기련산이 빛이라니? 그게 뭘까요?"

손을 내저어 수하들을 모두 물리친 유명판관(幽冥判官) 최홍(崔洪)이 잠시 눈살을 찌푸렸다가 의아한 얼굴이 되어서 물었다.

어둠 속에서 낮은 신음성이 흘러나왔고, 그가 말을 했다.

"나를 상대하기 위해 만들어진 초식이다."

"상대하다니? 허! 호은암의 애송이들이 감히 그렇게 할 수 있단 말입니까?"

어둠이 침묵했다. 최홍은 감히 그를 바라보지 못했다. 유명밀부의 부주라는 신분이 무색한 것이다. 하지만 천외쌍도라는 이름 앞에서 그건 부끄러운 일이 아니었다.

최홍이 스산하게 말했다.

"감히 존사를 거론했다는 것만으로도 죽어 마땅한 놈들입니다. 제가 처리하지요."

역시 대답이 없었다. 최홍은 천외쌍도가 허락한 것이라고 여겼다. 그리고 그의 기척은 어디에서도 느껴지지 않았다.

"흐흐흐, 신검문 따위가 내 앞에서 수작을 부리려고? 어림없는 짓이지."

최홍이 음침하게 웃었다.

"어리석다!"

신검문주인 장운령이 감히 머리를 들지 못하고 쩔쩔맸다. 그가 앉아 있던 보좌에 지금은 풍채가 당당한 노인이 앉아 있었는데, 무릎까지 늘어진 흰 수염이 노여움으로 물결쳤다.

"너는 아직도 이 상황이 얼마나 위험한 일인지 알지 못하고 있다."

"뉘우치고 있습니다."

"흥!"

흰 수염의 노인이 한심하다는 얼굴로 장운령을 노려보았다.

"고작 당호민 따위를 내세우다니. 그렇게 주의를 주었건만 너는 아직도 사태가 어떤지 파악하지 못했단 말이냐?"

그들은 조금 전 유명밀부에서 보내온 당호민의 주검을 보았다. 장운령은 믿을 수 없었다. 밀부에 앞서서 그를 호은암으로 보낸 건 마지막 설득을 해보려는 의도와 함께 그들의 동정을 탐지하기 위해서였다.

밀부의 고수들이 활강시들을 대동한 채 이미 천산평에 포진해 있었으므로 그들을 앞질러 쳐들어갈 수 없었기 때문이기도 하다.

당호민 혼자 몸이라면 그들의 이목에서 벗어나 무사히 다녀올 것이라고 믿었고, 그는 과연 그렇게 했다. 하지만 죽어서 돌아왔으니 무슨 할 말이 있을 것인가.

"기벽강이라는 자의 일격에 당했다고 하더이다."

당호민의 주검을 던져 놓은 자가 그 한마디를 전하고 갔다.

'멍청한 놈. 무진이라는 애송이는 낯짝도 보지 못했다는 것 아닌가.'

장운령은 속으로 당호민을 욕했다.

장백노 양처앙도 그렇고, 당호민도 그렇다. 명성이 드높고 제법 위세가 당당해서 그동안 그들을 내세워 신검문의 위용을 자랑해 왔는데, 막상 이런 일이 닥치자 아무 쓸모가 없었다.

제 수하 중에 하나도 믿을 만한 자가 없다는 게 장운령을 비통하게 했다. 모욕을 당하면서도 반박할 여지가 없으니 그게 더 분했다.

"물러가라! 다음 준비를 더욱 철저히 하고 모든 일을 나에게 상의한 후 실행하라!"

장운령이 길게 읍하고 물러났다. 천산평이 내려다보이는 옥봉산(玉峰山) 중턱의 관음당 안에서의 일이다.

"흐흥, 역시 내 말이 맞았지?"

어둠 속에서 문득 싸늘한 음성이 들려왔다. 흰 수염의 노인이 돌아보지도 않고 말했다.

"도대체 한족(漢族) 놈들 중에서는 믿을 만한 자가 없다. 저것들을 끌어들였던 게 처음부터 잘못된 일이었어."

"그렇지도 않지. 우리에 돼지를 가두고 살찌게 먹여주는 이유가 무엇 때문이겠어?"

"흥! 이제 때가 되었으니 잡아서 제상에 올리면 그만이라는 거냐?"

어느새 관음당 안에 짙은 남빛 장포를 입은 한 사람이 들어와 있었는데, 무진에게 중상을 입혔던 귀면탈의 괴한이었다.

백염노인이 신광이 이글거리는 눈으로 그를 바라보다가 다시 코웃음 쳤다.

"흥! 상가야, 너는 대체 언제까지 그걸 뒤집어쓰고 있을 셈이냐? 못생긴 얼굴을 보여주기 싫어서냐?"

귀면탈이 실소했다.

"흐흐, 손가야. 나한테 화풀이한다고 해결될 일이 아니다."

말하는 중에 그가 천천히 귀면탈을 벗었다. 그러자 구레나룻이 거칠게 나 있는 네모진 얼굴이 드러났다. 십팔 년 전, 곽문탁을 찾아왔을 때는 멀쩡한 얼굴이었는데, 지금은 이리저리 찢기고 패인 상처들이 가득해서 귀면탈을 쓰고 있을 때보다 오히려 더 끔찍하고 무섭게 변해 있었다.

그가 음침한 눈길로 손가라고 불린 백염의 노인을 바라보았다.

"네가 한족들과 연합해야 한다고 떠들어댈 때 이런 일이 생길 줄 알았다. 한족들 중에서 쓸 만한 놈은 딱 두 놈이 있을 뿐이야. 곽문탁과 흑풍객 이정청. 나머지는 죄다 큰소리만 칠 줄 알았지 정작 쓸 데라고는 없는 멍청한 것들일 뿐이지."

"쳇."

"그 멍청한 것들이 부끄러운 줄도 모르고 입만 벌리면 이이제이(以夷制夷)를 말한다. 이제 우리가 그 말을 그놈들에게 돌려줄 때가 된 거야."

손가라고 불린 백염노인이 물끄러미 바라보다가 머리를 끄덕였다. 상 노인이 득의의 웃음을 흘렸다.

"흐흐흐, 서로 싸우게 내버려 두고 구경이나 하자. 그놈들이 우리에게 한 짓을 생각하면 천만 인이 죽는다 해도 조금도 안타깝지 않아."

묵묵히 무엇인가를 생각하던 손 노인이 근심스런 얼굴이 되어서 중얼거렸다.

"이목기(李木起)와 엄가경(嚴加耕), 그리고 우문강(宇文剛) 그놈들이 문제야. 천주께서 너무 풀어주었다. 이제는 드러내 놓고 설쳐 대니……."

"이이제이."

상 노인이 또 그 말을 했다.

"강족은 강족끼리 싸우고 한족은 한족끼리 싸울 텐데 네가 무슨 걱정이냐?"

"응?"

손 노인이 어리둥절해서 바라보자 상 노인이 껄껄 웃었다. 그러자 그의 흉측한 얼굴이 일그러지면서 더욱 보기 싫어졌다.

"두고 보면 알아."

"하지만……."

손 노인이 잔뜩 눈살을 찌푸렸다. 무언가 불만이 생긴 모양이었다. 상 노인이 물끄러미 바라보는 걸로 재촉하자 그가 탐스럽게 늘어진 백염을 쓰다듬으며 마지못한 듯 말을 꺼냈다.

"생각해 보면 최홍 그놈이 불쌍하다. 그래도 그놈은 우리와 한 뿌리가 아니냐?"

"흥! 우문강의 헛바닥에 놀아난 놈에 지나지 않는다. 헛된 꿈에 현혹되어서 길을 달리했으니 배신자라고 해도 과언이 아니지. 그러니 더 괘씸한 놈이다."

유명밀부의 부주인 유명판관 최홍은 그들과 핏줄을 같이하는 자인 모양이었다. 처음에는 같은 뜻을 품고 은밀히 강호에 나왔는데 이제는 서로 길이 달라진 것이다. 손가와 상가 두 노인은 그게 우문강의 농간 때문이라고 단정하고 있었다.

물끄러미 상 노인의 흉측한 얼굴을 바라보던 손 노인이 낯빛을 딱딱하게 굳히고 말했다.

"한 가지를 분명하게 해주지 않으면 나는 너 또한 믿을 수 없다."

"하하, 손숙숙(孫熟肅)이 구중천의 아홉 천주들 중 가장 신중하다더니 과연 틀린 말이 아니야."

그 말은 곧 가장 의심이 많은 놈이라는 뜻이다. 손 노인, 손숙숙이 그의 말에는 상관하지 않고 낯빛을 더욱 냉랭하게 한 채 말했다.

"들리는 말로는 너, 상운춘이 장차는 감히 천주님을 대신해 대라천의 보좌에 오르려고 한다던데, 그게 사실이냐?"

상 노인, 상운춘이 음침한 안색이 되어서 낮게 웃었다.

"흐흐, 구중천의 천주라면 누구에게나 그럴 자격이 있다. 그걸 모르지 않을 텐데?"

"그렇다면 너는 정말 그렇게 할 생각이구나?"

"내가 될 수도 있고 네가 될 수도 있다. 우리들은 서로 경쟁할 뿐이야. 누가 최후의 승자가 되어서 대라천주의 보위를 차지하게 될지는 아무도 알 수 없지."

"으음—"

"이목기와 엄가경, 우문강 등이 무엇 때문에 저렇듯 미쳐서 날뛴다고 생각하느냐?"

"그렇다면 그들도 모두 너와 같은 흑심을 품은 것이군?"

"호호호—"

상운춘이 음침하게 웃었다.

"너 또한 그렇지 않다고는 말할 수 없을 텐데?"

손숙숙은 그 말에 대꾸하지 않고 침묵했다. 부정하지 않으니 긍정의 표현이기도 하다. 그를 지그시 바라보던 상운춘이 속삭이듯 말했다.

"천주께서 자부동천을 여는 자에게 대라천주의 위를 물려주겠다고 선포한 순간, 우리들 모두는 그 말로부터 자유롭지 못하게 된 거야. 그러니 굳이 우문강 그 음흉한 놈을 탓할 필요가 없지."

"으음—"

손숙숙이 깊은 침음성을 흘렸다. 상운춘이 그에게 생각할 여유를 주지 않으려는 듯 빠르게 말을 이어갔다.

"따지고 보면 수라도의 멍청한 것들이 서두르는 것도 그 일 때문이다. 어떤 경로를 통해 그놈들의 귀에까지 흘러들어 가게 되었는지 모르지만 그것들도 이제는 자부동천의 존재에 대해서 알게 된 거야."

"그렇다면 천주께서는 수라도의 인물이라 할지라도 대라천주의 자리를 물려주시겠다는 건가?"

"호호호, 구중천 중 우리들 다섯 하늘이 있고 남천이 공석이다. 수라도에 나머지 세 개의 보좌가 있으니 자격이 있지. 천주께서 거기에 대해 언급하지 않은 것은 그들에게도 기회를 주겠다는 의도일 것이다."

"그들과 우리가 서로 상관하지 않은 지가 백 년이다. 그런데 다시 합쳐질 수 있을까?"

"자부동천에는 그만한 힘이 있을 것이다. 하지만 수라도에서 그것을 손에 넣도록 할 수는 없지. 안 그래?"

그 말을 할 때 상운춘의 눈 속에는 원한의 불길이 활활 타올랐고, 흉측하게 변한 얼굴이 더욱 무섭게 일그러졌다. 손숙숙이 짐짓 그런 변화를 모르는 척하고 머리를 끄덕였다.

"네 말이 맞다."

그건 곧 힘을 합치겠다는 말이기도 했다. 상운춘이 일그러졌던 얼굴을 펴고 크게 기뻐하며 껄껄 웃었다.

"하하하, 비록 이목기와 엄가경이 연합했다고 해도 너와 나의 힘을 무시할 수 없을 테니 이제 다시 균형을 찾게 된 거다. 좋은 일이야, 좋은 일."

대라천(大羅天)은 구중천(九重天)을 다스리는 하늘 밖의 하늘이다. 대라천주라는 자리는 그러므로 신격화된 것들 중 최상의 것인데, 지금 그들은 그것을 말하고 있었다.

■ 제5장 ■

불타는 천산평(川山坪)

불타는 천산평(川山坪)

"온다!"

장정이 허둥지둥 달려들어 오며 소리쳤다.

무진과 기벽강 등은 일제히 호은암의 마당으로 뛰어나왔다.

둥둥둥둥—

저 멀리서 은은한 북소리가 들려왔다. 그 사이사이 가녀리고 날카로운 피리 소리도 곁들여져서 바람에 실려오고 있었다.

억새풀들이 스산하게 흔들리며 파도치는 소리를 냈다.

긴장이 작은 호은암을 뒤덮었다. 무진은 이것이 첫 번째 시련이 되리라고 생각했다. 여태까지 크고 작은 어려움들이 있어왔지만 바로 이 과정을 위해서 준비되었던 것이었을 뿐, 본격적인 시련은 이제부터인 것이다.

무진이 기벽강과 염능파, 수련과 소봉, 이칠과 장정을 차례로 둘러

보았다. 다들 긴장한 기색이 역력했다.

"뭐가 오는데 저렇게 요란을 떨지?"

소봉이 수련의 손을 꼭 잡고 떨리는 음성으로 물었다. 다시 한 번 그녀와 수련을 바라보는 무진의 눈에 안타까움이 실렸다.

"유명밀부일 거야. 아마도 무혼불괴시들을 몰아오는 중이겠지."

"그 괴물들이라고?"

소봉이 놀라서 소리쳤고, 수련도 겁먹은 눈을 크게 떴다. 무진이 머리를 끄덕였다.

"우리 생각보다 훨씬 많은 모양이다. 버틸 수 있겠어?"

수련을 보고 묻자 그녀가 떨리는 눈길을 보내왔다.

"하지만…… 무서워."

"달아나면 안 될까?"

소봉이 더욱 그녀의 팔에 매달리며 간절한 얼굴로 말했다. 무진이 머리를 가로저었다.

"겪어야 할 일이야. 피할 수도 없고, 피하려 해서도 안 된다. 하지만 나를 따라 할 필요는 없지. 이것이 마지막 기회인지도 몰라. 이 위험에서 벗어나려면 지금 떠나도록 해."

무진은 수련과 소봉만이라도 그렇게 해주기를 바랐다. 아니, 그들 모두가 떠나준다면 더 좋을 것이라고 생각했다. 저들이 노리는 것은 나 한 사람이니 내가 감당하면 될 뿐, 다른 사람들까지 위험 속으로 끌어들이고 싶은 마음은 없었던 것이다.

모두 입을 굳게 다물고만 있어서 무거운 침묵이 흘렀다. 왼쪽 끝에 장정과 함께 서 있던 이칠이 어눌한 음성으로 중얼거렸다.

"그게 좋겠어. 장정, 네가 수련과 소봉 낭자를 호위해서 떠나라."

"응? 뭐라고?"

장정이 뜻밖의 말에 어리둥절해서 눈을 크게 뜨고 두리번거렸다. 이칠이 여전히 무료한 음성으로 중얼거리듯 말했다.

"그들은 너희들을 막지 않을 거야. 그러니 지금 가는 게 좋겠다."

"그, 그럴까?"

장정이 엉덩이를 빼고 어눌하게 말했다. 무혼불괴시를 생각만 해도 오금이 저리고 진땀이 났다. 죽은 것도, 산 것도 아닌 그것들은 오히려 귀신보다 더 지겹고 무섭기만 하다.

그가 무진과 기벽강 등의 눈치를 보았다. 하지만 그들은 천산평을 바라볼 뿐 돌아보지도 않았다.

수련이 입술을 잘근잘근 깨물더니 한 자 한 자 또박또박 말했다.

"나는 가지 않겠어."

"뭐라고?"

무진이 놀라 돌아보았다. 그녀가 처연한 얼굴이 되어서 제 옷자락을 만지작거리며 중얼거렸다.

"갈 데도 없는걸. 아는 사람들도 없고. 이곳보다 저 바깥 세상이 더 무서울 거야……."

그녀는 한 번도 천산평을 벗어나 본 적이 없다. 이곳을 떠난다는 건 생각해 본 적도 없는 일이다. 그녀의 주저하고 두려워하는 마음이 무진의 가슴을 아프게 하며 전해져 왔다.

"나도 안 가."

소봉이 입술을 잘근잘근 깨물며 말했다. 아직 두려움이 남아 있는 얼굴이지만 고집도 남아 있었다.

"쳇, 그럼 나도 안 간다."

장정 또한 소봉과 같은 얼굴로 투덜거리고 발끝으로 땅을 긁어댔다.

"너희들은?"

기벽강과 염능파에게 묻자 그들이 흥! 하고 코웃음을 쳤다.

"나는 반드시 그 자부동천인가 뭔가 하는 곳을 구경하고 말 테다. 그러니 따돌릴 생각 하지 마."

염능파가 매섭게 쏘아보며 말했고, 기벽강도 퉁명스럽게 말했다.

"나는 해야 할 일이 있으니 더욱 갈 수 없지."

피식 웃은 무진이 이칠에게 눈으로 물었다. 이칠이 씩 웃고 허리에 차고 있는 주머니를 두드려 보였다.

"잘 만들어졌는지 궁금하거든."

떠나겠다는 사람은 아무도 없다. 무진은 가슴 벅차오르는 행복을 느꼈다. 문득 이곳에 팽조산이 없다는 게 허전해졌다.

그는 지금도 잊지 못하는 한 여인을 찾아 무당산으로 가고 있을 것이다.

둥둥둥둥—

북소리가 점점 가까워졌다. 가슴을 쿵쿵 울리는 그 소리가 모두에게 긴장과 흥분을 더해주었다. 무진이 칼을 한 번 추스르고 성큼성큼 소나무 언덕 아래로 내려갔고, 다른 사람들이 그 뒤를 따랐다.

언덕을 뒤에 두고 억새밭 속으로 걸어 들어간 건 호은암을 보호하기 위해서다. 무진은 그곳이 싸움터가 되는 걸 원치 않았다. 수련을 위해서도 호은암은 언제까지나 소나무 언덕을 지키고 자리해 있어야 했다.

북소리와 피리 소리가 더욱 요란해지고, 땅이 쿵쿵 울리기 시작했다. 버석거리는 억새의 비명 소리가 빠르게 가까워졌다. 그리고 그것들의 머리통이 저만큼 보이기 시작했다.

"무혼불괴시다!"

가장 키가 큰 장정이 제일 먼저 그것들을 보았다. 그가 겁에 질린 얼굴로 소리쳤다.

백여 장 밖. 저쪽에서 검은 두건을 뒤집어쓴 괴물들이 억새풀을 헤치며 다가오고 있었다. 한두 구가 아니었다. 사방이 온통 불쑥불쑥 솟구치는 그것들의 검은 두건으로 가득 찬 듯했다.

"뒤로 물러나 있어. 너는 수련과 소봉 곁에 붙어 있어야 한다. 그걸 잊으면 안 돼!"

다시 한 번 다짐을 준 무진이 칼을 뽑아 들었다.

그의 왼쪽에 이칠이 섰고, 기벽강이 오른쪽을 맡았다. 염능파는 아무래도 장정이 못 미더웠던지 머뭇거리다가 뒤로 물러나 소봉을 등지고 섰다. 그러자 네 사람이 네 방위를 점하고 수련과 소봉을 중앙에 둔 상태가 되었다.

그들은 그 상태로 천천히 그러나 단호하게 북서쪽을 향하여 움직여 나아갔다. 모두가 한 몸이 된 듯 흔들리지 않았다.

북쪽 끝에는 드넓은 동정호가 있다. 그것뿐이다. 그곳에 가야 할 목적이 있는 것도 아니고, 그곳으로 가면 저 끔찍한 괴물들로부터 벗어날 수 있다는 보장이 있는 것도 아니다. 하지만 모두는 약속이라도 한 듯 동정호의 물 냄새를 따라 나아가고 있었다.

물속으로 뛰어들면 괴물들이 거기까지 따라오지 못할 거라는 막연한 생각이 똑같이 든 것이다.

산에 큰불이 나면 짐승들은 본능적으로 아래쪽을 향해 달아난다. 불길이 위로 올라간다는 걸 아는 것이다. 그래서 골짜기로 물소리를 찾아 달리듯, 무진과 기벽강 등은 그렇게 동정호를 향해 움직여 가고 있는 것이었다. 약속의 말이 없어도 마음이 서로 일치하는 본능이었다.

북소리와 피리 소리가 더욱 가까워지고, 천산평의 드넓은 억새밭이 온통 버석거리는 소리들로 가득 찼다.

"왔다!"

기벽강이 잔뜩 몸을 웅크리며 소리쳤다. 그러나 무진의 칼은 벌써 허공을 가르며 뻗어나가고 있었다.

꽝—!

억새풀 위로 불쑥 솟아나온 머리통 하나가 깨끗이 잘려 떨어졌다. 끈적거리는 검은 피가 뭉클 솟구쳐 악취를 풍겼다.

삐이이익— 삐리리리—

피리 소리가 악을 쓰듯 사방에서 요란하게 울렸고, 둥둥거리는 북소리도 가까운 곳에서 들려왔다. 수천 마리의 말들이 무섭게 질주해 가는 것처럼 땅이 쿵쿵 울려대는 급하고 빠른 소리였다.

그리고 무혼불괴시들이 껑충껑충 뛰어서 달려들기 시작했다. 죽음과 고통을 모르는 그것들에게는 두려움이 없다. 제 목표가 정해졌으니 오직 그 살을 찢고 뼈를 부수며 피를 뿌리기 원할 뿐이다.

"끼아악—!"

그것들이 터뜨리는 괴성이 억새풀을 흔들고 울려 퍼졌다. 사방에서 들려오는 괴이하고 날카로운 그 부르짖음들. 소봉과 수련이 견디지 못하고 귀를 막았다. 지옥에서 광란하는 야차들의 부르짖음이 있다면 바로 저와 같을 것이다.

"이 마물들!"

기벽강의 벼락같은 호통성이 터져 나왔고, 그의 굽은 만도가 새파란 빛을 뿌리며 떨어진 곳에서 깡! 하는 금속음이 났다.

어깨가 쩍 벌어진 무혼불괴시 한 구가 반쯤 떨어져 나간 가슴을 덜 렁거리면서도 쓰러지지 않고 다가왔다. 기벽강의 얼굴이 일그러졌다. 그것이 성한 한 팔을 뻗어 기벽강을 붙잡아왔다. 갈퀴처럼 생긴 손가 락 마디가 철골로 만들어놓은 것 같다.

"머리통을 쪼개야 한다!"

무진이 달려드는 마물의 머리를 또 하나 쪼개놓으며 소리쳤다.

"이잇!"

마물의 손을 피해 몸을 뺐던 기벽강이 어금니를 악물고 만도를 휘둘 러 내려쳤다. 쾅! 하는 소리와 함께 머리통이 비스듬히 잘린 그것이 끅 끅거리더니 비로소 멈추어 섰다.

이칠의 상황이 가장 위험해 보였다. 그는 세 구의 무혼불괴시를 맞 아 온몸의 힘과 재간을 다 뽑아내고 있는 중이었다.

무혼불괴시들이 끽끽거리는 기이한 소리를 계속 내며 달려들고 있 었는데, 이칠은 그것들의 육탄에 밀려 조금씩 물러서고 있었다.

그는 조용하다. 이를 가는 소리도, 기합성도 터뜨리지 않는다. 오직 연검을 매섭게 휘둘러 이리저리 긋고 베어낼 뿐이다. 그때마다 무혼불 괴시들의 몸뚱이에 크고 깊은 검흔이 생겼지만 그것들은 검은 피를 줄 줄 흘러대면서도 결코 물러서지 않았다.

"제기랄!"

그의 입에서 처음으로 낮은 투덜거림이 새 나왔다.

역시 검으로는 이것들을 물리칠 수 없다는 생각 때문에 분했다. 어 째서 무진과 기벽강처럼 이것들의 머리통을 통쾌하게 쪼갤 수 없단 말 인가.

있으나마나한 연검을 내던져 버린 이칠이 좌장을 뻗어 송곳 같은 장력을 쳐냈다. 그것이 코앞에 밀려든 무혼불괴시의 가슴에 적중하자 꽝! 하고 쇠종을 두드렸을 때와 같은 소리가 났다. 막 이칠의 어깨를 움켜 쥐려던 것이 주춤했다.

그 순간 홀쩍 뛰어 물러선 이칠이 재빨리 주머니 속에서 오리알만한 화탄 한 개를 꺼내 들었다. 심지를 비벼 불길을 일으킨 그가 마음속으로 셋을 세고 가장 가까운 곳에 따라와 있는 한 구의 무혼불괴시를 향해 힘껏 던졌다.

꽈앙—!

귀를 먹먹하게 하는 폭음. 그리고 끄아악! 하는 처절한 비명 소리.

화탄의 열기가 폭풍처럼 사방을 휩쓸어갔고, 강력한 폭발의 여력이 두어 장 방원을 뜨겁게 달구었다.

짙은 화약 연기와 냄새 속에서 무혼불괴시의 살과 뼈 조각이 마구 비산했다.

"으음—"

무진이 잔뜩 낯을 찌푸리고 답답한 신음을 흘렸다. 폭발의 여력이 가까운 곳에 있던 그에게까지 미쳐 와 살갗을 따갑게 하고 내부를 흔들어놓은 것이다.

꽝, 꽝—!

다시 폭음이 연이어 터졌다. 처음의 것에 더해진 열기와 폭풍이 주위를 휩쓸어갔다. 이제는 무진마저 견딜 수 없을 지경이 되었다. 그가 비틀거리며 본능적으로 이칠로부터 멀어지자 적당히 유지하고 있던 거리에 큰 틈이 생겼다.

이칠도 이와 같은 짓이 일행에게까지 해를 입힌다는 걸 알았다. 하지만 이제는 멈출 수가 없다. 무혼불괴시들이 조각나 흩어진 제 동료의 잔해를 딛고 꾸역꾸역 몰려들고 있었기 때문이다.

"내가 길을 열겠다!"

이칠이 양손에 두 개의 화탄을 들고 달려나가며 소리쳤다. 무진과 기벽강이 서로 마주 보고 머리를 끄덕였다. 이칠의 화탄이 저 마물들을 날려 버릴 수 있다는 걸 알았으니 역시 그 방법이 효과적이라고 판단한 것이다.

이칠의 앞쪽에서 꽝꽝거리는 폭음이 연이어 쏟아졌고, 기어이 그 열기가 억새풀에 옮겨 붙어 불길이 치솟았다.

무진이 삼 장여의 거리를 두고 이칠을 따랐고, 기벽강과 염능파가 좌우를 지키며 빠르게 달렸다. 그 뒤를 소봉과 수련, 그리고 장정이 따랐다.

이제 그들은 이칠을 정점으로 해서 길게 늘어진 대형을 이루고 무작정 달려가고 있었다. 어디로 가는 건지 모른다. 방향도 잃어버렸다. 오직 이칠이 뚫어놓고 있는 불길을 바라보며 달려갈 뿐이다.

이칠은 아예 눈을 감다시피 했다. 어디에 무혼불괴시들이 있는지 살펴볼 여유도 없는 것이다. 무섭게 달리면서 그저 닥치는 대로 화탄을 던져 댔다. 그때마다 그의 전면과 좌우에서 요란한 폭발음이 벼락치듯 터졌고, 불길이 치솟아 마구 흩날렸다.

꽝, 꽝, 꽝—!

쉴 새 없이 터지는 폭음과 더욱 높아진 불길이 바람을 불러들였다.

불은 바람을 타고 더욱 사납게 퍼져 나갔고, 하늘 가득 뿌연 연기와 이글거리는 재가 날려 앞을 분간할 수 없게 되었다.

살이 익어버릴 것 같은 열기와 호흡을 곤란하게 하는 매캐한 연기 때문에 눈을 뜰 수도 없었다. 이칠이 달려나가는 곳마다 요란한 폭음과 불길이 치솟았다. 이제 무진 등은 한 덩어리가 되어서 그의 뒤를 바짝 따르고 있었다.

그들은 불길을 만들어가며 달려가고 있었으므로 느끼는 고통이 덜하다. 하지만 그들이 지나온 곳에서는 그렇지 못했다. 무혼불괴시들이 불길 속에서 길길이 날뛰며 부르짖어 대는 비명 소리가 억새밭을 태우는 요란한 소리에 섞여서 끔찍하게 들려왔다.

어느덧 피리 소리도 북소리도 들리지 않았다. 인혼사들과 유명밀부의 고수들 또한 기름을 부은 듯 빠르게 번져 나가고 있는 불길을 피해 죄다 흩어진 것이다.

꽝─!

마지막 폭음과 화연이 치솟았다.

화라락─

뜨거운 폭풍을 따라서 불길이 사방으로 흩어지며 퍼져 나갔다. 바람이 종횡으로 어지럽게 불어닥쳐서 불길을 퍼뜨리니 이제는 어느 게 땅이고 어느 게 하늘인지 분간할 수도 없게 되었다. 천지가 온통 붉게 타오를 뿐이다. 이글거리는 열기에 땅거죽이 타 들어가 요란한 소리를 내며 쩍쩍 갈라졌다.

"어서 나가자!"

무진이 앞을 가리켰다. 바람 한줄기가 맹렬하게 불어와 그들을 가두고 있던 짙은 연기를 흩쳤다. 저 앞쪽에는 아직 불길이 붙지 않았다. 불을 몰아오고 있는 바람 앞에서 두려워 떨고 있는 억새들이 보였다.

조금만 더 지체하고 있으면 뒤따라온 불길과 지금 만들어낸 불길이 합쳐질 것이다. 그전에 빠져나가야 한다.

무진 일행은 누가 먼저라고 할 것 없이 앞쪽을 바라보고 미친 듯 달렸다. 습기를 머금고 질척거리는 도랑을 서너 개 지나자 비로소 숨 쉬기가 쉬워졌다.

이글거리는 열기가 바람에 실려 훅 끼쳐 왔고, 하늘을 뒤덮은 연기와 재들이 밀려왔지만 이곳에는 불길이 없다.

"제기랄! 이렇게 무식한 짓을 하다니!"

기벽강이 심하게 재채기를 하고 나서 땅을 구르며 소리쳤다.

"도대체 정신이 있는 놈이냐? 우리 모두 불고기가 될 뻔했잖아!"

염능파도 단단히 화가 나서 악을 썼다.

그들의 몰골은 가관이었다. 여기저기 그슬린 머리카락과 옷, 그리고 검댕이 앉은 얼굴이며 피부가 아궁이에서 방금 기어나온 사람들 같았다.

그러나 모두는 이칠 때문에 무혼불괴시들로부터 무사히 빠져나왔다는 걸 잘 알고 있었다. 그러니 불만은 기쁨의 다른 표현에 지나지 않다.

뒤쪽에서 번지고 있는 불길이 빠르게 천산평을 덮어가며 다가왔다. 이곳도 더 머뭇거리고 있을 만한 데가 되지 못한다.

"제기랄, 도대체 어디로 가야 하는 거냐?"

염능파가 자꾸만 흘러내리는 눈물을 닦아내며 투덜거렸다. 눈이 맵고 목이 따끔거려서 모두는 정신을 차릴 수 없었다. 자욱한 연기 때문에 십여 걸음 밖이 보이지 않는 데다가 무작정 이리 뛰고 저리 뛰느라 처음에 정했던 방향마저 잃어버렸다.

불길이 더 크게 번지고 더 맹렬해질수록 다들 동정호가 그리워졌다. 어서 그 차가운 물속에 풍덩 뛰어들고만 싶을 뿐이다.

"끼기기이—"

"끼르르—"

불길과 연기 속에서 기이한 음향이 울려 나왔다. 모두의 얼굴이 다시 창백해졌다. 설마? 하고 바라보는데, 자욱한 연기를 뚫고 시커멓게 그을린 활강시들이 천천히 걸어 나오고 있었다.

뜨거운 불길 한복판에 갇혔던 것들은 죄다 녹아버렸을 것이다. 하지만 그 외곽에 있던 것들은 죽지 않았다. 온몸이 숯덩이처럼 되어서도 끼긱거리며 불길을 뚫고 빠져나오고 있는 것이다.

어쩌면 그것들도 화마의 위험을 느끼고 있는 건지도 몰랐다. 반쯤은 지각이 살아 있는 활강시이니 그럴 것이다. 그렇게 자욱한 화연을 뚫고 다가오는 것들이 수십 구나 되었다.

"꺄악!"

그걸 확인한 소봉이 자지러지는 비명을 터뜨렸다. 수련의 품속으로 파고들며 온몸을 떨어대는 그녀의 두려움이 장정에게까지 미쳐서 그 또한 커다란 몸을 사시나무 떨듯 덜덜 떨기만 할 뿐 꼼짝하지 못했다.

"제기랄! 저것들은 정말 지겹다!"

기벽강이 신경질적으로 침을 뱉고 뛰어갔다. 무진이 이칠을 돌아보았다.

"몇 개나 더 남았어?"

"세 개."

이칠의 얼굴이 어두워졌다. 이제 화탄은 세 개가 남아 있을 뿐이다. 그것으로는 저 수십 구의 활강시를 없앨 수가 없다.

사방에서 그것들의 괴이한 울부짖음이 다가오고 있었다. 이 불길 속에서도 저렇게 많은 활강시들이 남아서 돌아다니니, 도대체 유명밀부에서는 천산평에 몇 구나 되는 활강시를 풀어놓았단 말인가? 하는 의문이 들었다.

"뒤로 빠져라. 그것을 아껴서 수련과 소봉을 지키는 데 사용해."

무진이 이칠을 끌어당기고 다시 앞으로 나섰다. 그 곁을 이제는 염능파가 따랐다.

뒤쪽에서는 벌써 기벽강이 무혼불괴시들과 처절한 싸움을 시작하고 있었다. 그의 만도가 무지막지하게 떨어지며 두드려 댔으나 활강시들은 좀체 쓰러지지 않았다. 시꺼멓게 타버린 몸뚱이에서 관절 어긋나는 기이한 소리를 내며 오직 다가들 뿐이다.

온 힘을 다해 세 구의 활강시를 베어버린 기벽강은 점차 지치기 시작했다.

"이 빌어먹을 겁쟁이 놈아! 어떻게 좀 해보란 말이다!"

그가 다시 한 구의 머리통을 두 쪽으로 쪼개놓고 물러서며 악을 썼다. 그러나 장정은 아예 쭈그리고 앉아서 귀를 막고 눈을 가린 채 덜덜 떨고 있을 뿐이었다.

깡깡깡깡—!

기벽강의 칼이 활강시들의 몸뚱이를 두드려 대는 요란한 소리가 연거푸 터져 나왔다. 이제 그의 칼은 힘이 떨어져서 그것들의 단단한 몸을 잘라내지 못했다. 그저 청동의 기둥을 두드려 대듯 하고 있을 뿐이다.

그가 주춤거리며 물러서는 동안 활강시들은 한 걸음씩 다가와 거리를 좁혔다.

앞에서는 무진이 힘을 다해 그것들을 쳐 넘기고 있는 중이었다. 그는 몸을 빼서 기벽강을 도울 수 없었고, 수련과 소봉을 지켜줄 수가 없었다.

"끼야압!"

그가 초조함과 분노에 가득 찬 기합성을 터뜨렸다. 자부신공을 한껏 실은 칼이 무섭게 떨어져 정면에서 다가오는 무혼불괴시의 머리통을 쪼개 버렸다. 저려오는 손목을 털어낼 새도 없이 횡으로 쓸어서 다시 한 구의 목을 쳐버렸지만 활강시들의 숫자는 좀체 줄어드는 것 같지 않았다.

염능파도 지쳐 가고 있었다. 그의 수도(手刀)와 섭선은 보도처럼 예리한 위력을 발휘했다. 그는 처음으로 도화곡의 절세신공인 을목강기(乙木罡氣)를 아낌없이 내보였는데, 장력에 실린 갈색의 기운이 부딪치는 곳마다 찌르고 베어내기를 마치 손에 절세의 신검 보도를 쥐고 있는 것 같이 했다.

쫘앙!

그의 수도가 다시 한 구의 무혼불괴시를 두 쪽 냈다. 머리통이 쪼개진 그것이 움직임을 멈추고 흔들거리다가 나뒹굴었고, 화라락 접어서 내려치는 섭선에 또 한 구의 머리통이 박살나 흩어졌다.

그렇게 염능파는 다섯 구째의 활강시를 해치웠다. 하지만 그 또한 과도한 진력을 쓰느라 많이 지쳐서 헐떡이고 있었다.

성한 것은 이칠과 장정밖에 없다. 하지만 이칠은 더 이상 활강시를 상대할 수단을 갖지 못하고 있었다. 몸에 지니고 있는 스무 자루의 유엽비도는 무용지물이고, 은자술에는 유용한 온갖 것들 역시 이 무지막지한 활강시들에게는 아무 소용이 없었다.

이칠은 세 개 남았을 뿐인 화탄을 손바닥에 올려놓고 굴리며 쩍쩍 갈라진 입술을 핥았다. 단 세 번의 기회. 그것을 언제 쓰느냐를 두고 고민하는 것이다.

"비켜봐!"

소봉을 끌어안고 뒷걸음질치던 수련이 입술을 악물고 그녀를 밀어냈다. 뒤를 지켜주던 기벽강이 위기에 처했기 때문이다.

기어이 무혼불괴시 한 구가 그의 칼에 어깨를 찍히면서도 손을 뻗어 기벽강의 어깨를 꽉 움켜쥐었다.

"으윽!"

기벽강이 어금니를 악물고 고통을 참았지만 무거운 신음 소리가 새 나왔다. 그는 온몸의 내력을 한껏 끌어올려 활강시의 철골 같은 손가락 힘에 대항했다. 그것이 조금씩 살 속을 파고들 때마다 참을 수 없는 고통이 밀려들어 숨이 턱턱 막혔다.

조금만 지체한다면 그의 팔이 찢어져 나갈 것이다. 그때 수련이 허리띠를 풀어 던졌다. 우아하게 펄럭이며 허공을 가르고 뻗어나간 그것이 활강시의 목을 휘감았다.

"이얍!"

그녀의 입에서 날카로운 기합성이 터져 나왔다. 허리띠를 와락 잡아당기자 활강시가 갑자기 밀려드는 힘을 견디지 못하고 비틀거리며 딸려왔다. 그 틈에 몸을 빼낸 기벽강이 온 힘을 다해 만도를 내려쳤고, 그것이 기어이 활강시의 머리통을 쪼개놓았다.

좌우에서 다섯 구의 활강시들이 불쑥 나타나더니 빠르게 달려들었다. 수련의 허리띠가 다시 한 구의 목을 휘감아 이리저리 내둘렀다. 그리고 기벽강이 젖 먹던 힘까지 짜내 한 구의 몸을 수십 차례 후려쳐서 주춤거리게 했다.

그러나 세 구는 그러는 사이에 쿵쿵거리며 이칠과 장정, 소봉을 노리고 달려들었다. 이칠이 물러서며 품속에 손을 넣었다.

싯—

짧은 파공성. 그리고 흰 빛줄기 하나.

퍽!

활강시의 한쪽 눈에 그의 유엽비도가 깊이 박혀 부르르 떨었다. 잠시 멈칫거렸던 활강시는, 그러나 더욱 화가 나서 맹렬하게 달려들었다. 눈을 꿰뚫고 머리 속에 박혀 버린 비도는 그것에게 아무 영향을 주지 못한 것이다.

"물러서!"

다급한 외침을 터뜨린 이칠이 기어이 한 개의 화탄을 던졌다.

꽝!

요란한 폭음과 강렬한 열기가 모두를 휩쓸었다. 활강시는 산산이 조각나 무너졌지만, 다시 일어선 불길이 사방으로 빠르게 번져 나가 모두를 가둘 지경이 되었다.

남아 있던 억새가 무섭게 타올랐고, 연기에 연기가 더해지고 불길에 불길이 더해져 견디기 힘들었다.

다행인 것은 활강시들이 그 불길을 보고 주춤거린다는 거였다. 그것들도 이제는 불의 무서움을 아는 것 같았다.

"제기랄!"

기벽강이 땅바닥에 머리를 처박은 채 엉덩이를 하늘로 치켜들고 있는 장정의 뒷덜미를 낚아챘다.

"이 덩치만 큰 겁쟁이, 쓸모없는 놈아! 여기서 뒈지기를 기다릴 참이냐?"

"싫다! 나, 나는 싫다. 무섭다."

장정이 발버둥을 쳤다. 그새 활강시들이 다시 다가와 그들을 에워쌌다. 이대로 더 시간을 끌다가는 그것들에게 잡혀 갈가리 찢길 판이고, 그렇지 않다고 해도 빠르게 타오르는 불길에 휩쓸리고 말 것이다.

"서둘러!"

무진이 다시 한 구의 활강시를 찍어 쓰러뜨리며 소리쳤다. 수련이 소봉을 끌고 무진에게로 다가가기 위해 필사적인 힘을 다했다. 그러는 중에도 다시 허리띠를 채찍처럼 멀리 휘둘러 기벽강의 등을 잡으려는 활강시의 목을 감아 던졌다.

수련의 힘쓰는 법은 교묘하기 짝이 없었다. 상대의 힘에 제 힘을 보태서 몇 배의 위력을 내고 있었으니, 이를테면 차력미기(借力彌氣)의 수법 같은 것이었다. 그녀의 부드러운 허리띠는 무혼불괴시들을 잘라 없애지 못했으나, 그것들의 움직임을 한순간 무력하게 만들기에는 충분했다.

쓰러져 뒹구는 놈을 걷어찬 기벽강이 번쩍 발을 들어올렸다가 힘껏 밟았다. 깡! 하는 쇳소리가 나고 그것의 머리통이 땅속에 처박혔다. 한 번, 두 번, 세 번 그렇게 힘을 다해 밟자 기어이 쇠보다 단단한 무혼불괴시의 머리통이 박살나 흩어졌다.

그새 수련은 소봉을 이끌고 무진 쪽으로 더 다가가 있었고, 이칠과 기벽강도 장정을 끌고 밀며 달려갔다.

"아앗!"

소봉의 뾰족한 비명 소리가 들렸다. 무진이 돌아보니 그녀가 발을 헛딛고 넘어져 나뒹굴고 있었다. 수련은 허리띠를 휘둘러 두 구의 무혼불괴시를 옭아매고 있는 중이었고, 기벽강과 이칠은 장정의 큰 몸에 달라붙어 그를 이끄느라 정신없었다.

"가서 도와줘!"

무진이 힘껏 칼을 휘둘러 한꺼번에 두 구의 무혼불괴시를 쳐 넘기며 소리쳤다. 염능파가 헐떡이는 숨을 돌릴 새도 없이 장력을 날려 제게 달려들던 무혼불괴시 한 구를 밀어내고 소봉에게 달려갔다.

"아아악!"

그녀의 찢어지는 듯한 비명이 넘실거리는 불길을 뚫고 치솟았다. 짙은 연기 속에서 불쑥 튀어나온 한 구의 무혼불괴시가 시커멓게 그슬린 손을 뻗어 소봉의 옷자락을 움켜쥔 것이다.

소봉은 너무 무섭고 놀라서 혼백이 달아날 지경이었다. 제가 무공을 익히고 있다는 것마저 까맣게 잊었다. 심약한 소녀의 본성으로 돌아가 미친 듯 비명을 질러댈 뿐이다.

"키키키키—"

웃는가 보다.

무혼불괴시가 시커멓게 타버린 얼굴을 흔들며 괴이한 소리를 냈는데, 쩍 벌어진 입 사이로 하얀 이빨이 드러나 더욱 끔찍했다.

"저, 저, 저놈이!"

그것을 본 장정이 눈을 부릅뜨고 이를 악물었다. 소봉이 막 무혼불괴시의 품 안으로 끌려 들어가고 있었던 것이다. 이제 저 괴물이 한 번 힘을 쓰기만 하면 소봉의 육신은 찰흙처럼 짓이겨지고 말 것이다.

"놔!"

어디서 그런 힘과 용기가 치솟은 것인지, 장정이 이칠과 기벽강을 뿌리쳤다.

"내 소저를 놓지 못해!"

울부짖듯 소리친 그가 허리춤에서 철괴를 꺼내 있는 힘껏 던졌다. 좌라락, 하고 쇠사슬 풀어지는 소리가 무혼불괴시의 끔찍한 괴성 속으로 파고들었고, 그것의 뒤통수에서 꽝! 하는 엄청난 충돌음이 터졌다.

철괴에 정통으로 맞은 마물의 머리통이 흔적도 없이 부서져 흩날렸다. 검은 피가 확 뿌려지고 역겨운 냄새가 진동했다.

무혼불괴시가 소봉을 끌어안은 채 넘어졌다. 움직임이 멎었으면서도 그것의 팔은 여전히 소봉을 꽉 끌어안고 있었던 것이다. 소봉은 의식을 잃었는지 꼼짝도 하지 않았다.

"끼긱, 끽, 끽!"

역겨운 소리들이 빠르게 다가왔다. 운무처럼 짙은 연기와 넘실거리는 불길을 뚫고 세 구의 무혼불괴시들이 튀어나왔다. 소봉이 있던 곳에 구멍이 뚫려서 죄다 그리로 쏟아져 들어오는 것 같았다.

뒤늦게 도착한 염능파는 다시 한 구의 무혼불괴시에게 가로막혀 쩔쩔매고 있었고, 이칠과 기벽강도 사정은 마찬가지였다. 수련은 두 구의 마물을 한꺼번에 상대하면서 이리저리 움직이고 있었는데, 소봉의 위급함을 보면서도 마물들을 옭아맨 허리띠를 풀 수가 없어서 쩔쩔매고 있었다.

남은 건 장정뿐이다.

철괴를 거둬들인 그가 눈을 부릅뜨고 이리저리 돌아보았다. 정신을 차리게 되자 지금 자신들이 처해 있는 상황이 얼마나 위급하고 험악한 것인지 절실히 느껴졌다.

그가 검은 피가 묻어 끈적거리는 철괴와 머리통이 사라진 채 소봉을 꽉 끌어안고 쓰러져 있는 무혼불괴시를 번갈아 바라보았다.

"쳇, 괴물도 별거없군."

철괴가 그것의 머리통을 날려 버렸다는 게 신기하고 자신이 그렇게 했다는 건 더 더욱 신기하기만 했다.

"해봐! 넌 할 수 있어!"

저쪽에서 이칠이 악을 썼다. 돌아보니 그는 지금 한 구의 무혼불괴시를 상대하는 중이었다. 그가 마물의 손을 피해 두 발로 힘껏 그것의 가슴을 찼다. 무혼불괴시는 쿵쿵거리며 두 걸음 물러섰고, 이칠은 뒤로 내던져진 듯 날아갔다.

"크윽!"

그의 입에서 비명이 터져 나왔다. 무혼불괴시가 그에게 걷어차이면서도 한 손을 뻗어 어깨를 움켜쥐었던 것이다. 이칠이 뒤로 튕겨지면서 어깨의 살점이 뚝 떨어져 피가 솟구쳤다.

불길은 이제 그들이 차지하고 있는 공간마저 넘보며 밀려들었다. 더 지체할 수가 없다.

"어헝!"

장정이 그 큰 몸을 불쑥 일으켜 세우며 포효하듯 부르짖었다.

쉬아앙—

철괴가 삼 장이나 되는 쇠사슬을 끌며 무섭게 날아갔다.

꽝!

기벽강을 아슬아슬하게 스쳐 간 그것이 그의 만도를 움켜쥔 무혼불괴시의 얼굴 복판에 부딪쳤다.

"으헉!"

놀란 기벽강이 펄쩍 뛰어 물러섰고, 그의 눈앞에서 박살나 버린 불괴시의 머리통 파편과 검은 피가 사방으로 뿌려졌다.

"이런 죽일 놈이!"

기벽강이 장정을 돌아보고 소리쳤다. 철괴가 조금만 빗나갔더라도 자신의 머리통이 저렇게 박살나 흩어졌을 거라고 생각하자 온몸에 소름이 돋았던 것이다.

"걱정 마. 내 철괴는 빗나가지 않는다."

히죽 웃는 장정에게서 이제 두려움은 없었다. 기벽강을 위기에서 구해준 그가 쿵쿵거리며 쓰러져 있는 소봉에게로 달려갔다.

그녀를 노리고 두 구의 활강시들이 달려들었지만 장정의 무지막지한 철괴 아래 무사하지 못했다.

활강시 한 구가 장정이 내던진 철괴를 두 손을 꽉 붙잡았다. 장정은 이럴 때 어떻게 해야 하는지에 대한 경험이 이미 있다. 그가 주저하지 않고 쇠사슬 반대쪽 끝에 매달려 있던 철괴를 더 힘껏 던졌고, 무혼불괴시는 제 이마로 그것을 받을 수밖에 없었다.

"크하하하! 토우(土偶)를 깨부수듯 모조리 박살 내주마!"

그것들에 대한 공포를 물리치고 자신감을 얻은 장정이 광소를 터뜨렸다. 소봉을 번쩍 안아 어깨에 걸친 그가 쇠사슬을 반으로 접어 잡고는 두 개의 철괴를 한꺼번에 휘두르며 달려갔다.

"비켜! 비켜! 다쳐도 내 책임 아니다!"

허공에 붕붕거리는 요란한 파공성이 가득해졌다. 쿵쿵거리며 달려오는 장정을 본 무진과 염능파가 재빨리 몸을 낮추었다. 그들의 머리가 있던 곳을 철괴의 시커먼 그림자가 휩쓸어갔고, 장정이 무혼불괴시보다 더 무겁게 쿵쿵거리며 곁을 스쳐 달려갔다.

"나를 따라와!"

이제 그가 선봉에 섰다. 그의 철괴가 미치는 범위에서 무혼불괴시들은 정말 흙 인형이 되기라도 한 듯 모조리 박살나 흩어졌다.

장정의 철괴는 그것에 부딪치는 모든 것을 가루로 만들어 버릴 만큼 위력이 대단했다. 금강불괴처럼 단단한 무혼불괴시들도 소용없다. 몸통을 맞은 것은 갈비뼈와 척추가 박살나 흐물거리며 무너졌고, 팔이나 다리에 맞은 것들은 그것이 부서져 덜렁거렸다. 머리통이 깨진 것들은 말할 것도 없다.

미친 황소처럼 날뛰는 장정의 기세에 질린 것일까? 꾸역꾸역 몰려들던 무혼불괴시들도 두려움을 느끼는 듯 주춤거렸다. 그것들이 감히 접근하지 못하는 사이에 장정을 앞세운 무진과 기벽강 등은 다시 초열지옥 같은 무서운 불길을 뚫고 밖으로 빠져나올 수 있었다.

그들은 다시 한 번 서로를 돌아보고 그 기막힌 모습에 쓴웃음을 지었다. 누구도 온전한 제 모습을 하고 있는 사람이 없었던 것이다.

의식이 돌아온 소봉은 기력을 다 잃은 사람처럼 힘없이 수련의 품에 안겨 있었다. 무혼불괴시에게 붙잡혔을 때 너무 놀라 넋이 나가다시피 했던 것이다. 장정이 눈을 부릅뜨고 그녀의 곁에 붙어 서서 사방을 두리번거렸지만, 그도 이제는 지친 기색이 완연했다.

그 무거운 한 쌍의 철괴를 쉬지 않고 휘두르며 이곳까지 뚫고 온 것만으로도 그의 힘은 가히 천신의 그것에 못지않다고 해야 할 것이다.

하지만 그도 뼈와 살로 된 사람이다. 쓸수록 샘솟는 힘이란 있을 리가 없지 않은가.

무진과 수련만 비교적 아직 멀쩡한 편이었다. 무진은 이칠과 장정이 선봉을 서는 동안 제 힘을 아낄 수 있었고, 수련 또한 차력미기의 수법을 발휘해 제 힘을 다 쓰지 않고 버텼기 때문이다.

기벽강과 염능파는 십여 구의 무혼불괴시를 부순 것만으로도 제 역할을 하고도 남았다. 내력에 있어서 자부신공을 대성한 무진을 따라올 수 없으니 지쳐서 헐떡거리는 게 당연했다. 다시 한 번 무혼불괴시의 무리가 쳐들어온다면 이제는 더 싸울 수 없을 것이다.

그들이 뚫고 지나온 곳은 온통 불바다가 되어서 넘실거리는 불길이 하늘에 닿을 만큼 커져 있었고, 드넓은 벌판 가득 짙은 연기가 안개처럼 뒤덮였다.

무진은 이제 자신이 선봉에 나설 때라는 것을 알았다. 있는 힘을 다해서 기벽강 등을 인도해 이 벌판을 무사히 벗어나야 하는 것이다.

"도대체 유명밀부에서는 얼마나 많은 무혼불괴시들을 만들어놓았던 것일까?"

무진 곁에 다가온 염능파가 헐떡이며 물었다. 무진이 머리를 가로저었다.

"삼십여 구를 데려온 줄 알았더니 그게 아니었다. 어쩌면 수백 구를 이 벌판에 몰아넣은 건지도 모르겠어."

"허—"

할 말을 잃은 염능파가 입만 딱 벌렸다.

하긴, 저 불길 속에 갇혀서 녹아버린 것들도 꽤 될 것이고, 이곳까지 오는 동안 부수어 버린 것들만 해도 서른 구는 거뜬했다. 그러니 정말 수백 구의 괴물들이 천산평 곳곳에 흩어져 들끓고 있는지도 모른다.

"그럼 이제 어떻게 하지?"

기벽강도 다가와 어두운 얼굴을 하고 물었다. 숨을 곳도 없고 돌아갈 곳도 없다. 뒤에는 불길이 치솟고, 앞에는 두려운 마물들이 도사리고 있는 것이다. 불길이 바람에 어지럽게 퍼지며 빠르게 벌판을 태워가고 있었다.

"제기랄, 쉴 새도 없군."

기벽강의 투덜거림을 신호 삼아서 모두는 다시 자리에서 일어났다. 벌써 등짝이 화끈거릴 만큼 불길이 다가와 있었던 것이다.

"내가 앞장선다. 뒤따르면서 힘을 모으도록 해."

무진이 결연히 말하고 성큼성큼 걸어나갔다. 그 뒤를 기벽강과 염능파가 따랐고, 수련과 소봉을 가운데 둔 채 이칠과 장정이 후미를 지켰다.

"쳇, 이렇게 힘들 줄 알았으면 철괴를 좀 작은 걸로 만들어 들고 다닐 걸 그랬나 봐."

장정이 툴툴거리는 소리가 들렸다. 이제는 그 두 덩이의 철괴를 들고 다니기도 힘들 만큼 기력이 쇠진한 것이다. 무진의 얼굴이 어두워지고 굳어졌다.

쿵, 쿵, 쿵—

일 다경쯤 억새를 헤치며 나아갔을까. 사방에서 다시 땅을 구르는 소리가 조여오기 시작했다. 무혼불괴시들이다.

"이놈들이 여기서 끝장을 보기로 작정했군."

기벽강이 쓴웃음을 지으며 말했다. 유명밀부에서는 그들이 애써 만들어 숨겨두고 있던 저 마물들을 모두 가지고 온 게 틀림없다는 생각이 들었다. 그렇다면 이 벌판을 벗어나지 못할지도 모른다. 모두 이곳에서 함께 죽는 것이다.

"불을 지르자."

앞쪽으로 나온 이칠이 그렇게 말했다.

"화탄은 이제 두 개밖에 남지 않았다. 그걸로 고작 두 구의 마물을 없애고 말기에는 너무 아까워."

"그럼?"

무진이 의아해서 묻자 이칠이 흰 이를 드러내고 씩 웃었다.

"여기도 불을 질러 버리는 거야. 그러면 한쪽은 신경을 쓰지 않아도 되지 않겠어?"

그것만으로도 큰 도움이 된다. 무진이 마주 웃어주자 이칠이 더 망설이지 않고 왼쪽의 성한 억새밭을 향해 화탄을 던졌다.

쿵! 하는 폭음과 함께 불길이 치솟더니 곧 마른 억새를 태우며 무섭게 번져 나갔다. 적어도 저 불길을 곁에 두고 나아간다면 왼쪽에서 쳐들어올 활강시들에 대한 걱정은 덜게 된다.

이칠에게는 이제 한 개의 화탄이 남았을 뿐이다. 그는 그것을 쓰지 않기로 작정했다. 언젠가 더 위급한 상황이 닥쳤을 때를 대비할 필요가 있다고 여긴 것이다. 그러므로 이칠에게 기댈 수 있는 건 지금이 마지막이었다.

타다닥거리며 무섭게 타 들어가는 불길을 왼편에 두고서 무진 일행은 빠르게 걸었다. 불길이 번져 나가는 것과 속도를 맞추어야 하니 달려갈 수가 없는 것이다.

불은 바람을 타고 이리저리 번진다. 그러니 그것이 꼭 왼쪽만 태우며 나아갈 것이라는 보장은 있을 수 없다. 언젠가는 사방을 모두 태우며 이글거리겠지만 그때까지는 아직 시간이 있었다. 그리고 그 시간 동안 이곳을 빠져나가야 한다.

"끼이악!"

앞쪽에서 쇠를 긁어대는 듯한 역겨운 소리가 들리더니 무혼불괴시들이 불쑥불쑥 치솟아올라 왔다. 세 번째의 공격이 시작된 것이다.

"떨어지지 마라!"

외친 무진이 머리 위로 칼을 치켜든 채 그것들에게 부딪칠 듯 맹렬하게 달려나갔다.

"이아압!"

홀쩍 뛰어오른 그가 자부신공을 아낌없이 칼에 실어 내려쳤다. 꽝! 하는 굉음을 내며 첫 번째로 부딪친 활강시 한 구가 두 쪽이 나 좌우로 갈라졌다. 고약한 악취를 풍기는 검은 피가 비처럼 쏟아져 몸을 적셨지만 신경 쓸 새가 없다.

무진은 미친 듯했다. 몸 안의 고통을 참지 못해 이리저리 날뛰며 발악을 하는 사람 같기도 했다.

"끼야앗!"

괴수의 울부짖음 같은 소리가 터져 나올 때마다 그의 칼이 붉은 기운을 뿜어내며 사방을 휩쓸어갔다. 그리고 그 자리에는 어김없이 머리통이 쪼개지거나 절단된 무혼불괴시들이 나뒹굴었다.

■ 제6장 ■

신검대(神劍隊)의 위용

신검대(神劍隊)의 위용

얼마나 되는 마물들을 쳐 넘겼는지 모른다. 팔목이 저려오고 어깨의 근육이 뭉쳐서 감각이 사라졌다.

'이대로는 안 된다.'

무진이 비 오듯 흐르는 땀을 뿌리며 어금니를 악물었다. 품속에는 귀면탈 괴한으로부터 받은 다섯 개의 구슬이 있다. 그자는 그 안에 담겨 있는 화혈독(化血毒)이 무혼불괴시를 녹여 버릴 것이라고 했다. 그렇다면 다섯 구의 저 마물들을 없앨 수 있겠지만 그것으로 끝나는 게 아니다.

무진이 흐려진 눈으로 앞을 노려보았다. 사라졌던 피리 소리가 다시 급박하게 들려왔고, 껑충거리며 이쪽으로 빠르게 다가오고 있는 것들이 수십 구는 되어 보였다.

잠시 숨을 돌려서 휴식을 취하며 그것들이 다가오기를 기다렸다. 기벽강과 염능파, 이칠과 장정 등은 아직 힘을 회복하지 못하고 있었다.

무진이 신공을 대성했다고 하지만 무궁무진해 보이는 그의 내력도 시간이 가면 점차 바닥을 드러낼 것이다. 그때에는 모두가 죽는 길밖에 달리 없다.

사정이 급하게 된 것을 그들도 느낀 듯, 기벽강과 염능파가 그 자리에 털썩 주저앉았다.

"호법을 부탁한다."

빠르게 말하고는 즉시 눈을 감고 운기조식에 빠져드는 그들을 보며 무진은 절망을 느꼈다.

그들의 판단은 옳았다. 이와 같은 상태로 더 나아가 봐야 결국 저 마물들의 밥이 되고 말 것이다. 그러느니 조금이라도 시간을 내서 운기조식을 해 내력을 회복하는 게 효과적일 것이다.

소진되어 버린 내력을 반이라도 회복한다면 적어도 맥없이 그것들에게 붙잡혀 죽지는 않을 것이기 때문이다. 그렇게 되면 무진을 도와 이곳을 빠져나갈 수 있을지도 모른다.

문제는 무진이 과연 얼마나 저 마물들을 막아줄 수 있느냐에 달려 있었다. 기벽강과 염능파는 적어도 반 시진은 그가 버텨주기를 바라는 수밖에 달리 없었다.

그들이 잡념을 떨쳐 버리고 운기삼매에 몰입해 들어가는 걸 지켜보던 무진이 머리를 세게 흔들어서 정신을 돋우었다. 이제는 자신의 칼에 모든 사람들의 삶과 죽음이 달려 있다. 책임감으로 가슴이 무거워졌지만 반드시 해내야 하는 일이었다.

차 한 잔을 마셨을 만한 시간이 지났을 때쯤 드디어 그것들이 눈앞에 닥쳐들기 시작했다. 장정은 소봉을 지키고 있었고, 이칠은 수련과 함께 왼쪽을 지키고 있었다.

이칠에게는 이제 남은 수단이 없고, 장정은 내공심법을 알지 못하니 제 원래의 힘이 회복될 때까지 무작정 기다리고 있을 수밖에 없다.

믿을 사람은 수련뿐이지만 그녀에게 기댈 수는 없었다. 그녀가 제 스스로를 지켜주기만 해도 큰 힘이 된다.

끼이익—

무진이 잠시 한눈을 파는 사이에 어느덧 눈앞에 닥쳐든 무혼불괴시가 뼈마디 부딪는 괴이한 소리를 내며 손을 뻗어왔다.

"합!"

무진이 크게 칼을 휘둘러 그것의 목을 쳤다. 하지만 무혼불괴시의 움직임도 예사롭지 않았다. 그것이 한 팔을 번쩍 들어 무진의 칼을 막아낸 것이다.

깡!

쇠와 쇠가 부딪친 것처럼 굵은 소리가 났다. 무진이 눈살을 찌푸렸다. 그것의 팔은 잘라져 떨어졌지만 여전히 쿵쿵거리며 달려들고 있었다.

무진이 급히 물러서며 다시 칼을 휘둘러 쳤다. 힘을 다했으므로, 동작이 느린 무혼불괴시는 그 일격을 피하지 못하고 드디어 목이 잘려 떨어졌다.

무진은 자신의 힘도 많이 소진되었다는 걸 그 한 번의 칼질에서 절실히 느꼈다. 무혼불괴시가 일격을 막아냈을 정도로 느리고 약해져 있었던 것이다.

한 번에 잘라 버리지 못하고 이렇게 두 번, 세 번 칼을 휘둘러야 한다면 힘의 소진이 더 빨라질 것이다. 무진은 이제 그것을 걱정해야 했다.

마물들은 사방에서 끼긱거리는 괴음을 흘리며 꾸역꾸역 몰려들었다. 반 시진 동안 그것들이 기벽강과 염능파, 소봉에게 접근하지 못하도록 막아줘야 하니 무진은 한순간도 쉴 틈이 없었다.

그가 기벽강 등을 가운데 두고 원을 그리듯 내달리며 척가보도를 휘둘러 닥쳐드는 무혼불괴시들을 베어 넘겼다. 그럴 때마다 저릿저릿한 충격이 팔목을 타고 밀려들었고, 시간이 흐를수록 몸에 쌓여갔다.

핏—

무진의 귀밑을 스치고 유엽비도 하나가 번개처럼 날았다.

"끄으—"

막 곁에서 무진을 낚아채려던 무혼불괴시가 눈 깊이 박혀든 비도를 움켜쥐고 주춤거렸다. 그 순간 홱 돌아선 무진의 칼이 맹렬하게 그것의 목을 쳐 떨어뜨렸다.

다시 정면에 있던 놈에게 돌아선 무진이 그것의 머리를 내려쳤고, 칼이 반쯤 파고들어 박혔다. 단번에 턱밑까지 쪼개 버리지 못했으니 일격의 효과가 반감되었다. 무혼불괴시가 머리통에 칼이 박힌 끔찍한 모습으로 끽끽거리며 팔을 허우적거렸다. 그 강철의 갈고리 같은 손에 무진의 옷자락이 잡혔다. 무진은 아직 칼을 뽑아내지 못하고 있었다.

싯—

위기의 순간 또 한 자루의 유엽비도가 날아와 깡! 하는 쇳소리와 함께 무혼불괴시의 손목에 박혀 부르르 떨었다. 순간적으로 그것의 손아귀에서 힘이 빠져나갔고, 그 틈에 옷자락을 찢고 빠져나온 무진의 얼굴이 놀람으로 하얗게 변했다.

그가 힐끗 이칠을 바라보았다. 그는 손에 두 자루의 유엽비도를 쥔 채 두리번거리고 있는 중이었다. 그것으로 무혼불괴시들을 없앨 수는

없지만 위급한 때마다 적절히 날려 무진에게 한 번씩의 기회를 주곤
했다.

"이놈아! 언제까지 놀고 있을 셈이냐?"

이칠이 어정쩡하게 서서 눈알만 굴리고 있는 장정에게 소리쳤다. 장
정이 눈을 끔벅이다가 마지못해 일어섰는데, 철괴를 땅에 끄는 것이 아
직 소진한 힘을 되찾지 못한 게 분명했다. 하지만 그는 소봉 곁에서 떨
어지려 하지 않았다. 이칠의 눈치를 보고 고군분투하고 있는 무진을
보다가 소봉을 내려다보기를 거듭할 뿐이었다.

무진의 온몸은 악취 풍기는 검은 피와 자신의 땀으로 범벅이 되어
있었다. 그가 내쉬는 거친 숨소리가 들렸다. 벌써 그는 이곳에서만 여
섯 구의 무혼불괴시를 쳐 넘긴 뒤였다. 아직까지 버티고 있다는 게 믿
어지지 않을 지경인 것이다.

너무 큰 두려움에 질려서 넋이 나간 듯 멍하니 있던 소봉이 정신을
차렸다. 그녀가 백지장처럼 창백해진 얼굴로 무진을 바라보았다. 그는
힘겹게 움직이며 한칼 한칼을 내려치고 있는 중이었다.

수련은 춤을 추듯 긴 허리띠를 이리저리 휘둘러 다가오는 무혼불괴
시들의 목을 감아 휘돌리고 있었는데, 그것만으로는 그 마물들을 죽일
수 없어서 수시로 위기에 빠지곤 했다. 그럴 때마다 이칠이 비도를 날
려 그녀를 도와주고 무진을 도와주느라 눈코 뜰 새 없었다.

스무 자루의 비도는 어느덧 바닥을 드러내고 있었다. 그의 허리춤에
는 이제 네 개의 유엽비도만 꽂혀 있었던 것이다.

"괘, 괜찮아?"

장정이 걱정스런 얼굴로 물었다. 그를 노려본 소봉이 발딱 일어서며
소리쳤다.

"넌 뭐 하고 있는 거야? 왜 도와주지 않지?"

"그, 그건……."

"시끄러! 겁쟁이 같으니라구!"

주먹을 쥐고 악을 쓰는 소봉의 얼굴에 다급한 기색이 역력했다. 그녀는 이 상황이 오래가지 못하리라는 걸 알았다. 무혼불괴시들의 끽끽거리는 괴이한 소리가 벌판을 뒤덮을 듯했고, 뒤에서 치달아오고 있는 불길도 머지않아 이곳에 이를 것이었다.

이런 상황에서는 기벽강과 염능파가 운기를 마친다고 해도 크게 달라질 건 없을 것이다.

이제 그녀가 믿을 건 딱 한 가지밖에 없었다. 흑룡보를 떠날 때 사부로부터 받았던 폭죽이다.

"위급할 때 한 번 너를 지켜줄 것이다."

사부의 말이 귓가에 쟁쟁 울렸다. 소봉은 지금이야말로 그것을 써야 할 때라고 결정했다. 그녀가 품에서 손가락 굵기의 대나무통을 꺼냈다. 자루 끝에 삐져 나와 있는 심지를 힘껏 잡아당기자 팍, 하는 가벼운 소리와 함께 불꽃이 반짝 일고 매캐한 연기 한줄기가 스며 나왔다.

펑—!

곧 대나무통 끝에서 폭음이 터지고 한줄기 불길이 하늘을 향해 맹렬한 기세로 쏘아져 올라갔다. 무려 삼사십 장 위에서 그것이 꽝! 하고 요란한 소리를 내며 터지자 붉고 푸른 불꽃이 하늘을 아름답게 물들이며 넓게 퍼졌는데, 그 속에서 끊임없이 작은 폭발들이 일어나 불꽃은 좀체 사라지지 않고 계속되었다.

따다다닥— 하면서 맹렬하게 터지던 작은 폭발들이 그치는가 싶었는데 다시 한 번 꽝! 하는 큰 폭발음과 함께 불길이 기름을 부은 듯 하늘로 치솟았다. 마치 한 마리 화룡(火龍)이 용틀임을 하며 솟구쳐 오르는 것 같은 그 모습이 실로 장관을 연출했다.

"뭐, 뭐야?"

이칠이 깜짝 놀라 하늘을 보고 소봉을 보며 입을 딱 벌렸고, 무진도 그랬다.

머리 위에서 갑자기 터져 나온 폭음에 놀란 것일까? 쉴 새 없이 밀려들던 무혼불괴시들도 우뚝 멈추어 서서 모두 하늘을 바라보았다.

하늘에는 요란한 폭음과 불꽃이 가득했고, 드넓은 천산평에는 잠시 화르륵거리며 타 들어오고 있는 불길도 주춤거리는 듯한 적막이 가득해졌다.

그리고 그 적막 너머, 억새풀 우거져 흔들리는 저쪽 어디로부터인가 기이한 소리가 들려오기 시작했다.

처음에는 멀리서 불어오는 센 바람 소리 같았다. 그러더니 조금씩 딛고 있는 땅이 흔들리기 시작했고, 이내 두두두두— 하고 빠르게 대지를 두드려 대는 듯한 소리가 들렸다.

그때쯤 기벽강과 염능파가 운기를 끝내고 눈을 떴다. 벌떡 뛰어 일어난 그들이 예상치 못한 광경에 어리둥절해서 두리번거렸다.

"뭐야? 무슨 일이냐?"

기벽강이 팔꿈치로 염능파의 옆구리를 찌르며 물었지만 그라고 알리가 없다.

두두두두—

멀리에서 들리던 그 웅장한 소리가 빠르게 가까워졌다. 그럴수록 딛고 있는 땅이 더 크게 요동쳤고, 심상치 않은 무엇을 느낀 듯 무혼불괴 시들이 이리저리 움직이며 술렁거리기 시작했다.

"말발굽 소리다!"

가만히 듣고 있던 기벽강이 커다랗게 소리쳤다. 과연 그것은 말발굽 소리였다. 많은 말들이 전 속력을 다해 빠르게 밀려들고 있는 것이다.

머지않아 그것들의 모습이 억새풀 너머로 멀리 보였다. 일자(一字)로 길게 벌려선 대형을 유지한 채 밀려들고 있는 그것들이 마치 먼바다에서부터 흰머리를 들고 무섭게 달려오고 있는 해일같이 느껴졌다.

"저게 뭐지?"

소봉 곁으로 달려온 무진이 칼을 들어 그 기마대를 가리키며 물었다. 이마에 손을 얹고 잠시 바라보던 소봉의 얼굴이 활짝 펴졌다.

"신검대다!"

"신검대?"

모두가 의아해서 그녀를 바라보았다. 소봉은 미칠 듯 기뻐하고 있었다.

"오 사숙, 유 사숙이다! 사숙! 여기예요, 여기!"

팔짝팔짝 뛰면서 손뼉을 쳐대며 마구 외치는 그 모습이 모두를 어리둥절하게 했다.

그들은 과연 대룡협(待龍峽)에서 철웅방의 무리와 조우했던 흑룡보의 신검대였다.

사십여 필의 기마가 지금 물밀듯이 쇄도해 오자 여기저기에서 다시 피리 소리와 북소리가 요란하게 들리기 시작했다. 급박함을 느끼게 하는 빠르고 높은 그 소리들이 말발굽 소리에 섞여 불협화음을 이루고 귀를 따갑게 했다.

무혼불괴시들의 움직임이 달라졌다. 원통하다는 듯, 무진 일행을 노려보는 눈 속에 붉은 기운이 이글거려서 무서웠지만, 그것들은 더 이상 무진 등을 핍박해 오지 않았다.

서서히 돌아서더니 사십 기의 기마들을 향하고 빠르게 뛰어갔다.

"어떻게 된 거야?"

무진이 소봉에게 물었다. 그녀의 입가에 배시시 웃음이 피어올랐다.

"사부님이 안배해 놓으셨던 일이다. 이젠 걱정할 것 없어."

"흑룡보주가?"

"사부님은 세상 모든 일을 다 알고 계셔."

소봉의 얼굴에 한껏 오만한 자부심이 어렸다. 그러자 기벽강이 코웃음을 치고 중얼거렸다.

"쳇, 나는 믿을 수 없다. 겨우 기마대 몇십 기로 뭘 어쩌겠다고? 무혼불괴시가 어떤 괴물인지 모르고 있다는 것밖에는 안 되지."

"뭐라고? 너는 내 말을 믿지 못한다는 거냐? 그럼 저길 봐!"

소봉이 빽, 소리치고 손가락을 들어 가리켰다. 모두의 눈길이 가 닿은 그곳에서는 바야흐로 신검대의 검수들과 무혼불괴시들이 정면으로 부딪치고 있는 중이었다.

"엇!"

기벽강이 놀라서 눈을 크게 떴고 무진도 억! 하는 고함을 터뜨렸다. 마상의 검수들이 일제히 검을 뽑아 무혼불괴시들 속으로 뛰어들며 휘둘렀는데, 창백한 검빛이 번쩍이는 곳마다 청동으로 빚어놓은 듯 단단하기 짝이 없던 그것들의 목이 툭툭 떨어져 날고 있었던 것이다.

마상검술의 시연이라도 해 보이듯 그들은 거침없이 달리며 닥치는 대로 마물들의 머리통을 쪼개고 목을 쳐 날렸다. 그들의 검 앞에서 무혼불괴시는 세워놓은 볏짚단에 지나지 않았다.

손을 들어 막는 것은 손목이, 팔꿈치가 잘려 떨어졌고, 어깨를 맞은 것은 몸통이 반쪽으로 갈라져서 비틀거렸다. 무른 진흙을 베어내듯 무혼불괴시의 단단한 몸뚱이를 잘라내는 그 광경에 모두는 할 말을 잃었다. 그렇게 거칠 것 없이 좌충우돌하는 기마대의 기세가 순식간에 천산평을 뒤덮어 버렸다.

"저게, 저게 도대체 어떻게 된 거냐?"

염능파가 제 눈을 비비며 중얼거렸다. 기벽강은 벌어진 입을 다물지 못했고, 장정 또한 넋을 잃었다.

"신검인가?"

무진에게 들은 바가 있는 이칠이 물었다.

"그럴 거야."

"정말 무시무시하군. 검법의 고수가 신검을 쥐면 어떻게 되는지를 똑똑히 보여주는 것 같다."

"저런 검이 백 자루다."

"허—"

무진의 말에 이칠도 입을 딱 벌렸다.

사십 명의 신검대가 보여주고 있는 위력이 저와 같은데, 백 명이나 되는 자들이 모두 쏟아져 나온다면 과연 누가, 무엇으로 그 앞을 가로막을 수 있을 것인가.

"흑룡보주는 천하제일의 검사대를 거느리고 있으니 그를 당할 자가 없겠구나."

이칠이 한탄하듯 말했다. 무진은 흑룡보주가 신검을 그토록 광적으로 수집했던 게 어쩌면 유명밀부의 무혼불괴시들을 염두에 두었기 때문인지도 모른다고 생각했다. 그것들의 위력을 알고 있었기에 고민 끝에 신검대를 탄생시켰으리라.

'그렇다면 무혼불괴시 또한 자부동천에서 나왔을 것이다.'

그랬기에 동천의 비밀을 알고 있는 흑룡보주가 그 마물들의 존재를 걱정했던 것이고, 역시 동천의 비밀을 나누어 갖고 있는 유명밀부에서 그것들을 만들어내지 않았겠는가.

이제 신검대는 앞에 닥쳐든 수십 구의 무혼불괴시들을 죄다 무찔러 버리고 네 명씩 짝을 이루어 사방으로 흩어져 천산평을 종횡으로 치닫고 있는 중이었다. 무혼불괴시와 억새풀 속에 숨어 있는 유명밀부의 인혼사들을 낱낱이 찾아내 도륙하려는 것이다.

그 무섭던 무혼불괴시들도 신검대의 신검 앞에서는 흙덩이로 빚어 놓은 인형에 지나지 않았다. 곧 곳곳에서 처절한 비명이 들려왔고, 무혼불괴시들이 악쓰는 기괴한 비명 소리도 울려 퍼졌다.

무진 일행은 등 뒤에서 쫓아오는 불길을 피해 습지를 첨벙거리며 건넜다. 가는 곳마다 참혹하게 잘려 널브러진 무혼불괴시들의 잔해가 깔려 있어서 끔찍하기 짝이 없었다. 유명밀부에서 굳게 믿었던 그 마물들이 오늘 천산평의 억새밭에 들어와 전멸해 버린 것이다.

불길은 습지를 건너오지 못했다. 바람도 이제는 방향을 바꾸어 앞에서 불어왔으므로 자욱했던 연기가 뒤로 빠르게 밀려나 눈앞이 밝아졌다.

태울 것을 다 태워 버린 불길은 처음 시작되었던 곳에서부터 서서히 잦아들고 있었다. 머지않아 천산평은 새까만 잿더미로 남을 것이다.

두두두두—

사방으로 흩어졌던 신검대의 기마들이 지축을 울리며 달려왔다.

"오 사숙! 유 사숙!"

소봉이 수련의 품에서 빠져나와 두 팔을 벌리고 마주 달려갔다. 무진 등은 그 광경을 넋을 잃고 바라볼 뿐이다.

"하하하! 많이 놀랐던 모양이구나!"

"집 떠나면 고생이라더니, 네 꼴이 볼 만하다."

두 노인이 말에서 훌쩍 뛰어내려 소봉을 번갈아 놀려댔다. 소봉이 눈물을 글썽거리며 어리광 부리듯 투정했다.

"나빠요, 만나자마자 놀려대기부터 하다니."

"반가워서 그런 거지."

소봉이 눈을 흘기자 오 노인이 재촉했다.

"이곳은 오래 있을 곳이 되지 못한다. 우선 여기를 떠나자."

무혼불괴시들로부터의 위험은 사라졌다고 해도 아직 꺼지지 않은 불길과 짙은 연기가 있다. 그것들이 벌판의 나머지를 죄다 태워 버리기 전에 빠져나가야 한다.

무진 일행은 파묻히듯 사십 기의 기마들 가운데에서 호위를 받으며 벌판을 달렸다. 그렇게 한 시진 가까이 달리자 천산평이 끝나고 숲이 울창한 산들이 앞을 가로막았다.

상음(湘陰)으로 가려 했는데 방향이 어긋나 박라현(泊羅縣)의 경계에 이른 것이다. 동정호를 바라보고 북서쪽으로 비스듬히 기울듯 경사져 올라가 있는 수많은 산들은 평야에 우뚝우뚝 솟아 있어서 더 높아 보였다.

무진 등은 커다란 바위가 이마를 맞대듯 마주 서 있는 골짜기 입구에서 멈추어 저 멀리 천산평에서 피어오르고 있는 연기들을 바라보았다.

불길은 이제 보이지 않았다. 넓게 퍼졌던 연기들이 십여 개의 덩어리로 뭉쳐져서 무럭무럭 피어올라 하늘까지 오르고 있었는데, 마치 천산평의 습지에 몸을 숨기고 있던 이무기들이 용이 되어서 일제히 승천하고 있는 것 같았다.

조금 전의 악몽 같았던 일이 아득하게만 여겨진다. 신검대를 이끌고 온 두 노인은 그들 모두를 골짜기 안으로 인도해 들어갔다.

위험이 사라지고 원병과 함께하게 되자 소봉은 어느덧 본래의 모습을 되찾고 있었다. 그녀가 두 노고수에게 투정을 부리듯 했는데, 두 노인도 그런 소봉이 사랑스러운 듯 조금도 귀찮아하지 않고 응대해 주었다.

"저는 정말 무서워서 죽을 뻔했답니다. 그런데 가까운 곳에 있었으면서 어째서 여태까지 구경만 하고 있었던 거죠? 죽통을 터뜨리지 않는다면 제가 죽어도 구해주지 않을 작정이셨나요?"

"흘흘, 그럴 리가 있겠느냐? 다만 보주의 명이 지엄한지라 눈치를 보고 있었을 뿐이지."

"그럼 제가 이곳에서 위험에 빠질 거라는 짐작을 했었군요?"

"우리야 어디 알 수 있나. 보주께서 급히 천산평으로 달려가라시기에 왔을 뿐이다."

"사부님께서요?"

그녀는 보를 떠날 때 받았던 사부의 명령대로 사흘마다 은밀히 표식을 남겼다. 그러니 흑룡보주는 소봉과 무진의 행적을 예측했을 수 있었던 것이다. 그리고 유명밀부의 움직임도 예의주시했던 게 틀림없었다.

소봉이 배시시 웃었다. 과연 사부님은 빈틈이 없으시다는 믿음과 자부심이 커졌다.

남빛 장삼을 입은 천룡검객 오문걸이 수염을 쓰다듬으며 흐뭇한 얼굴로 말했다.

"오는 길에 엉뚱한 것들이 길을 가로막는 바람에 조금 지체하기는 했다만, 아주 적절한 때에 호응할 수 있었으니 나중에 보주에게 이 일을 잘 말해 주어야 한다."

"쳇, 왔으면 진작 도와주실 것이지, 내내 구경만 하고 있었으니 그렇게 말씀드릴 거예요."

"하하, 그렇지 않느니라. 네 곁에는 저렇게 많은 사람들이 있고, 그들 하나하나가 무섭기 짝이 없는데 어찌 무혼불괴시 따위가 위협이 되겠느냐?"

오 노인의 말에 백색 장삼을 입은 화산신검 유재량이 껄껄 웃고 거들었다.

"우리는 이곳까지 왔다가 아무 하는 일 없이 그냥 돌아가게 될까 봐 내심 초조했었느니라. 네가 때맞추어 죽통을 터뜨려 주었으니 다행이었지."

"그런데 오는 길에 엉뚱한 것들을 만났다니요? 무혼불괴시들이 감히 흑룡보 주변에까지 출몰했었단 말인가요?"

"유명판관 최홍이 보주가 어떤 분인지 잘 알고 있는데, 간덩이가 붙지 않고서야 감히 그런 짓을 할 수 있겠느냐?"

오 노인은 유명밀부의 부주를 이웃집 개 이름 부르듯 했다. 이제는 무진과 기벽강, 염능파 등도 모두 호기심을 갖고 두 노인의 말에 귀를 기울이고 있었다. 소봉이 다시 채근했다.

"그럼 대체 누가 감히 신검대를 가로막았단 말이에요?"

"철웅방."

백색 장삼의 유 노인이 서슴없이 말했으므로 무진 등은 깜짝 놀랐다.

"무적금편 상곡운이 백여 명이나 되는 자들을 대동하고 와서 우리 길을 가로막았지."

"아!"

무진이 깜짝 놀라 급히 물었다.

"상 방주가 직접 왔다고요? 그럼 그들은 어떻게 되었습니까?"

"너는 그를 잘 아느냐?"

오 노인이 의아한 얼굴을 했다.

무진은 상여상을 잊을 수 없었다. 상곡운이 비록 원수와 관계된 인물이 확실하다 해도 상여상을 생각하면 모질게 대할 수가 없어서 언제나 갈등을 유발시키는 인물이었다.

*   *   *

그 시간에 상곡운은 대룡협 어귀에서 한참 벗어난 곳에 있는 낡은 관제묘 안에 있었다.

그를 따르는 자들은 고작 열대여섯 명에 불과했다. 그나마 성한 자는 하나도 없다. 부상이 가벼운 자라고 해도 몸에 여러 군데 검상을 입어 피를 흘리고 있었고, 심한 자는 팔이나 다리가 잘려 있었다.

"이제 철웅방은 더 이상 낯을 들고 행세할 수 없게 되었다."

상곡운이 처연하게 말하고 한숨을 쉬었다. 그가 자랑하던 금편은 뭉텅뭉텅 잘려서 이제는 말채찍처럼 변해 버렸다. 몸의 다섯 군데에 크고 작은 검상이 난 것은 아무렇지도 않았다. 평생을 일구어온 철웅방과 자신의 명성이 모래성처럼 단번에 무너져 버렸다는 아픔이 그를 더 괴롭게 했다.

스스로 자학하고 자조의 웃음을 흘리면서 기다리기를 한 시진쯤 했을까. 눈앞이 흐릿해지더니 검은 옷을 입은 깡마르고 강퍅해 보이는 노인이 홀연히 나타났다.

"보주(寶主)를 뵈오."

상곡운이 머리를 숙였다. 그의 피에 절어 뻣뻣해지고 새집처럼 헝클어진 머리를 묵묵히 바라보던 흑의노인이 한숨을 쉬었다.

"내가 너무 가볍게 생각했구나."

"부끄럽습니다."

"너는 할 만큼 했다. 다만 흑룡보의 힘이 우리 모두의 상상을 뛰어넘을 만큼 대단했던 거지."

"크흐흑—"

상곡운이 기어이 비통한 울음을 터뜨렸다.

그의 눈앞에 다시 그때의 광경이 떠올라 마음이 찢어지는 듯 괴로웠다.

좁은 협곡 안에 그들 사십 기의 기마대를 몰아넣고, 일백 명의 고수들로 무극성라진(無極星羅陣)을 펼쳤으니 흑룡보의 무리들을 섬멸하는 건 시간문제라고 굳게 믿었다.

그러나 고작 한 식경 만에 상곡운의 그런 꿈은 낱낱이 깨져 버렸다. 쇠를 무 베듯 해버리는 마흔 자루의 신검 앞에서는 진법이고 무엇이고 다 소용이 없었던 것이다.

그들은 좌충우돌하며 닥치는 대로 쳐 넘겼다. 창검을 썩은 새끼줄 끊어내듯 해버렸고, 청동의 방패를 내세우면 그것과 사람을 한꺼번에 베어 넘겼다.

진법이란 그것을 펼친 자들이 일사불란하게 움직여야 가장 큰 효과를 볼 수 있게 된다. 독특한 원리에 따라 실처럼 하나로 꿰인 모두의 움직임이 수시로 변하면서 점점 상대를 궁지로 몰아넣고 힘을 쓸 수 없도록 핍박하는 것이다.

열 명, 스무 명이 한 덩어리가 되어 정교하게 움직이니, 진 안에 갇힌 자는 한꺼번에 그들 모두를 상대해야 하는 어려움에 빠진다. 또한 진법은 다수로 소수를 가두고 섬멸하는 걸 주로 한다. 진법을 펼치고 있는 자들보다 더 많은 적이 진법 안으로 뛰어들 수는 없는 것이다.

철웅방의 일백 고수가 흑룡보의 사십 명 검수들을 진법 안에 가두고 몰아쳤으니 필연코 승리해야 했다. 하지만 그들의 신검 앞에서는 무참히 깨지고 무너져 버렸다. 진법의 운용이고 뭐고를 따질 정신도 없었던 것이다.

상곡운이 직접 나서서 금편을 휘둘렀지만 불쑥 뛰어나온 젊은 무사의 검 앞에서 무적을 자랑하던 금편은 종이를 꼬아 만든 것인 양 쉽게 절단되어 버렸다.

그렇게 무참히 진법을 유린해 버린 기마대는 피의 내와 시체의 산을 남겨두고 유유히 떠나 버렸다.

상곡운의 설명을 묵묵히 듣고 있던 흑의노인이 다시 한숨을 쉬었다.

"애석하다. 흑룡보주가 무혼불괴시를 위해 준비해 놓은 신검인데, 너희들이 그것들에 앞서서 제물이 되고 말았구나."

"보주의 명을 실행하지 못해 죄송합니다."

"너는 최선을 다했으니 탓할 수 없지. 돌아가서 다음을 준비해라."

"존명!"

상곡운이 머리를 조아리고 분루를 흘렸다. 그는 내심 구중천(九重天) 중 변천(變天)의 천주이기도 한 이 냉혹한 상전이 의외로 너그럽게 자신의 실패를 용서해 주는 데 대해서 의아한 마음까지 들었다.

하지만 면죄의 말을 받았으니 어찌 더 머뭇거리고 있을 것인가.

상곡운이 머리를 조아리고 급히 묘당에서 나갔다. 한동안 어둠 속에 우두커니 서 있던 흑의노인, 엄가경(嚴加耕)이 탄식하고 중얼거렸다.

"흑룡보의 힘이 이처럼 막강하다니, 우리는 그동안 눈을 감고 살았던 것이었구나."

잠시 침묵하던 그가 이를 부드득 갈았다. 눈에서 흉광이 번쩍거리고 살기가 은은히 내비쳐 주위의 어둠마저 얼려 버렸다.

"따지고 보면 이 모든 게 곽문탁이 그놈에게서 비롯되었으니……. 그는 살아 있을 때 우리 모두를 불러내더니 죽어서까지 우리를 묶어두는군. 흥!"

눈을 끔벅여서 번쩍이던 살기를 거두어들인 노인이 허공에 대고 낮게 일갈했다.

"언제까지 숨어서 엿보고 있을 셈이냐?"

노인의 말에 허공 중에 '허허―' 하는 웃음이 흩어졌다. 그리고 유령처럼 한 사람이 희끗한 모습을 드러냈다. 잔뜩 먼지 앉은 관공의 낡은 목상 곁이었다.

백의에 풍채가 당당한 노인은 이미 엄가경과 만나 대책을 논의한 적이 있던 이 노인, 이목기(李木起)였다. 그는 구중천 중 창천(蒼天)의 천주이기도 하다.

이목기가 빙글빙글 웃으며 엄가경을 바라보다가 느긋하게 말했다.

"그 두 놈이 드디어 만났다."

"응? 누구 말이냐?"

"손숙숙(孫熟肅)과 상운춘(商雲春)인지 누구겠어?"

그들 또한 구중천의 천주들이었다. 신검문의 조종자인 손숙숙은 유천(幽天)의 보좌를 차지하고 있는 유천주였고, 상운춘은 호천(昊天)의 천주인 것이다. 그들은 각기 천주였지만, 구중천의 윗전이자 천외천이라고 할 수 있는 대라천의 천주와 구별하기 위해서 자신들을 보주(寶主)라고 겸양해 불렀고, 아래 사람들도 그렇게 불렀다.

"그 꼴 보기 싫은 놈들도 기어이 모습을 드러냈구나."

"어쩌겠느냐? 그들과 만나봐야 하지 않겠어?"

"흥! 너와 나 둘이서도 안 된다면 그때 그놈들을 이용하면 그뿐이지."

마른 노인, 엄가경이 한 번 고집을 부리면 쉽게 설득할 수 없다는 걸 누구나 안다. 이목기가 희미하게 웃고 머리를 끄덕였다.

"좋다. 그런데 네가 애써 키웠던 철응방이 저렇게 무참히 무너졌으니 이제 어쩔 셈이냐?"

"비웃는 거냐?"

"호호호, 스스로 번거로움을 자초했으니 보기에 안타까워서 하는 말이다."

"쳇, 네놈은 홀홀 단신이라 거리낄 게 없다는 자랑이로군."

빙긋 웃은 이목기가 엉뚱한 말을 했다.

"좋은 구경거리가 있는데 가보지 않을 테냐?"

"좋은 구경거리?"

"흘흘, 진천무(鎭天武) 그놈이 돼지는 모습이 보고 싶을 텐데?"

"뭐라고?"

엄가경이 크게 놀라 저도 모르게 버럭 소리쳤다.

"흑룡보주 진천무 그놈이 죽는다고? 어디서? 어떻게?"

"가보면 알게 된다. 어쩔 테냐?"

"가자, 가!"

이목기의 엉뚱한 말이 엄가경을 크게 흥분시켰다. 그런 엄 노인을 보며 이 노인은 소리없이 웃기만 했다.

＊　　　　＊　　　　＊

북쪽 산 능선을 타고 오르자 거기 울창한 송림과 바위를 뒤에 두고 자리한 오래된 절 하나가 있었다.

낡은 산문이 삐거덕거리며 활짝 열리더니 흑의 무복을 입은 영준한 청년 한 명이 천천히 걸어 나왔다.

"사표!"

그를 알아본 무진이 놀란 소리를 냈다.

"사 사형!"

소봉도 놀란 눈을 동그랗게 뜨고 바라보더니 활짝 웃으며 달려갔다. 그녀는 어려서부터 사표와 뜻이 잘 맞았다. 빙긋 웃은 사표가 오, 유 두 노인에게 허리를 숙였다.

"두 분 사숙께서 수고가 많으셨습니다."

"그저 한바탕 신나게 뛰놀았지."

"보주께서는?"

사표가 옆으로 물러서서 그들에게 길을 열어주었다.

"안에서 기다리고 계십니다."

"응? 사부님께서도 이곳에 오셨단 말이야?"

소봉이 더 크게 놀라 소리쳤고, 무진과 기벽강, 염능파 등도 눈을 부릅떴다.

사표가 그들에게 정중한 모습으로 안을 가리켰다.

"사부님께서 손님들을 기다리고 계시니 드시지요."

"어떻게 된 일이냐?"

무진이 살짝 눈살을 찌푸리고 물었다. 그를 바라보는 사표의 눈 속에서 불덩어리 하나가 이글거렸다. 그의 태도는 한껏 정중했지만 얼굴에는 미움과 질투의 기색이 어려 있었다.

"내부의 일을 네가 알려고 할 건 없지. 어쨌든 사부님께서 보기를 원하신다."

한 번도 보를 떠나본 적이 없다는 흑룡보주가 이곳에 와 있다는 게 무진에게는 뜻밖의 일이기만 했다. 그러나 망설인 건 없었다. 흑룡보주가 해를 끼칠 사람이 아니라는 믿음이 있기 때문이다.

폐찰 안에는 또 한 무리의 신검대 스무 명이 있었다. 모두 삼 개 대 육십 명이나 되는 자들이 흑룡보를 나와 이곳에 모여 있는 것이다.

"건재한 모습을 보니 반갑구나."

치렁한 백염을 늘어뜨린 백색 장삼의 노인이 십여 명의 호위대를 거느리고 당 앞의 계단 위에서 기다리고 있다가 껄껄 웃으며 반갑게 맞이해 주었다. 음산검로(陰山劍老) 구양순(邱陽珣)이었다.

그는 보주의 호위대 사십 명을 이끌고 앞서 강호로 나와 호남의 유명밀부 조직들을 기습했었는데, 지금 이곳에 와 있었던 것이다.

"사부님이 저 안에 계신가요?"

소봉이 인사도 잊어버린 채 급하게 묻자 음산검로가 따뜻한 눈길로 머리를 끄덕였다.

"사부님!"

소봉이 갑자기 외치고는 무진을 밀쳐 내고 대전을 향해 달려갔다. 울먹이며 계속 사부님 하고 부르는 것이 마치 억울한 일을 당한 아이가 부모를 부르는 것 같았다.

무진 일행은 구양순과 보주의 호위대를 지나쳐 먼지 냄새가 풀풀 나는 음침한 대웅전 안으로 들어갔다.

불상이 있던 단 위에 보주가 앉아 있었다. 그 왼쪽과 오른쪽에 두 사람의 장정이 검을 차고 호위해 서 있었는데, 무진은 그들이 그동안 볼 수 없었던 대룡과 이호라는 것을 알았다.

소봉이 보주의 무릎에 얼굴을 묻고 어깨를 들썩이며 울고 있었다. 그녀의 등을 토닥여 주던 보주가 무진 등을 바라보았다. 얼굴에 희미한 웃음이 번져 있었다.

무진은 재빨리 보주를 호위하고 서 있는 두 청년을 훑어보았다. 왼쪽에 있는 장한이 대룡(大龍)이고, 오른쪽에 무뚝뚝하게 서 있는 자는 이호(二虎)가 분명했다.

대룡은 이제 서른을 바라보는 늠름한 장한이었다. 구레나룻이 거뭇거뭇하고, 떡 벌어진 어깨와 탄탄해 보이는 몸집이 웅장한 기상마저 풍기고 있어서 은연중에 위압감이 느껴졌다. 누구든 그를 보면 보주의 젊었을 적 모습을 떠올릴 것이다.

이호는 십팔 년 전에 보았을 때와 다름없이 무뚝뚝하고 거칠어 보였다. 그 또한 스물대여섯은 되었을 것인데, 호목(虎目)에 은은한 금광이 어려 번쩍이는 것이 신공을 대성하고 있는 듯했다.

"보주를 뵈오!"

무진이 앞으로 나서서 포권하고 우렁차게 말했다. 타는 듯한 눈길로 그를 묵묵히 바라보던 보주가 껄껄 웃었다.

"하하하, 며칠 보지 못한 사이에 신공을 대성했구나?"

"그렇습니다."

무진이 겸양하지 않고 담담히 말했다.

"흑풍객이 너에게 이처럼 정성을 들이고 공을 기울이는 이유를 모르겠다."

보주가 가볍게 한숨을 쉬고 말했으므로 무진은 속으로 깜짝 놀라 재빨리 그의 표정을 살펴보았다. 보주가 아쉽다는 얼굴로 무진을 내려다보더니 다시 탄식했다.

"그는 보기 드문 영웅이라 내 능력으로도 붙잡아둘 수 없었으니 그게 아쉽구나."

보주는 무진을 한 번 본 것만으로 흑풍객이 그를 도와주었고, 이곳을 떠났다는 걸 알아챘다.

무진이 내심 놀람을 감추고 넌지시 물었다.

"보주께서 흑룡보를 떠나 이곳까지 왕림하셨으니, 이제부터 강호의 일에 직접 나서기로 하신 겁니까?"

"그렇다. 너 때문에 모든 계획이 몇 년이나 앞당겨져 진행되고 있으니 불가피한 일이지."

살짝 눈살을 찌푸렸던 보주가 무진 곁에 붙어 서 있는 수련을 보고 나서 기벽강과 염능파, 이칠, 장정을 차례로 둘러보았다.

보주의 얼굴에 감탄지색이 떠올랐다. 그가 머리를 크게 끄덕이더니 엄지손가락을 치켜세웠다.

"좋다. 매우 좋아. 너는 네 아비와 달리 인복이 있어서 이와 같이 보기 드문 인재들이 절로 곁에 모여드니 장차 무림에 커다란 복이 될 징조다."

잔뜩 긴장하고 있던 기벽강과 염능파 등의 얼굴에 흐뭇한 웃음이 떠올랐다.

그들은 흑룡보주가 대단한 사람이라는 걸 무진을 통해 들었을 뿐, 이렇게 직접 보기는 처음이었다. 한 번 보자 과연 사람을 압도하는 커다란 기세가 느껴져서 마음속으로 이 사람은 그 누구보다 무서울 것이라는 생각에 절로 이마에 진땀이 배어나던 중이었다. 그런데 흑룡보주가 자신들을 칭찬하는 듯하자 절로 가슴이 뿌듯해지면서 기쁨이 우러났다.

염능파가 눈치 빠르게 나서서 포권하고 머리를 조아렸다.

"보주께서 이처럼 좋게 봐주시니 감읍할 뿐입니다."

"네가 도화곡에서 나왔다는 염능파로군."

"그렇습니다."

"좋다. 내 도화곡주를 한 번도 만나본 적은 없으나 너와 같은 인재를 제자로 거두어 가르칠 정도의 사람이라면 곡주 또한 범상치 않은 기인이라는 것을 알겠다."

염능파의 얼굴에 웃음이 번졌다. 사부를 치켜세우는 말을 들으니 더욱 기분이 좋아진 것이다. 그가 은근한 눈길로 보주 곁에 서 있는 소봉을 훔쳐보았다. 우쭐거리는 기색이었다.

"흥!"

그와 눈길이 마주친 소봉이 매섭게 흘겨보며 쌀쌀맞은 코웃음을 쳤다. 염능파의 얼굴이 금세 무안함으로 벌겋게 달아올랐다. 그것을 눈치챈 흑룡보주가 껄껄 웃었다.

"하하하, 젊은 사람들의 일에 늙은이가 나설 건 아니다만 또 방해할 것도 아니지."

"사부님!"

보주의 말은 염능파와 소봉이 잘 어울린다는 뜻을 담고 있었으므로 소봉이 발을 구르며 소리쳤다.

"저 염치없는 자를 혼내주세요!"

이상한 건 장정의 태도였다. 다른 때 같으면 염능파가 소봉에게 치근거리는 걸 보고 가만있을 그가 아닌데 지금은 꿀 먹은 벙어리처럼 입을 꾹 다문 채 불안한 눈길만 뒤룩거리고 있었던 것이다.

그에게 늘 관심을 기울이고 있는 이칠이 그런 장정의 기색을 눈치채고 머리를 갸웃거렸다.

드디어 흑룡보주의 눈길이 특이하게 생긴 장정에게 멎었다. 그의 이글거리는 시선을 의식한 장정이 어깨를 움츠리고 부르르 떨었다. 한동안 그를 살펴보던 보주가 흠, 하고 탄성을 흘렸다.

"네가 철괴신 장정이렷다?"

"예? 예, 예. 소인이 그 장정입죠. 예."

장정이 어쩔 줄 모르고 쩔쩔매며 말마저 더듬거렸다.

"그 철괴 하나의 무게가 얼마나 나가느냐?"

"그, 그것이…… 소인도 잘……."

장정은 대전에 들어와 흑룡보주를 본 순간부터 알 수 없는 두려움에 떨고 있었다. 정신이 멍해지고, 손발에 힘이 빠져나가는 것이 마치 고양이와 눈을 마주친 쥐처럼 꼼짝할 수 없었다. 그건 장정으로서도 처음 경험하는 기묘한 느낌이어서, 그는 그런 제 자신의 마음에 어리둥절해 있기도 했다.

　다음으로 보주의 시선이 이칠에게 가 닿았다. 이칠의 무표정하던 얼굴에도 긴장이 스쳐 갔다. 한동안 그의 무료해 보이는 모습을 물끄러미 바라보던 보주가 희미하게 웃었다.

　보주가 이칠을 가리키며 곁에 시립해 서 있는 대룡과 이호에게 넌지시 말했다.

　"너희들은 장차 저놈과 친구가 되어야지 절대로 적이 되어서는 안 된다. 그의 원한을 산다면 죽어서 염라부에 들었다 해도 두려워하고 불안해하게 될 것이니 내 말을 명심하여라."

　이칠이 얼른 머리를 숙여서 보주의 눈길을 피하고 어눌하게 말했다.

　"감당할 수 없습니다. 소인은 그저 제 한 몸을 돌보기에도 바쁜데 어찌 감히……."

■제7장■
마정지체(魔精之體)의 전설

마정지체(魔精之體)의 전설

　오후의 해는 금방 넘어간다. 천산평에서 피어오르던 연기도 가물거리
릴 때쯤 산야에는 밤의 기운이 드리워지기 시작했다.

　천산평 북쪽 오십 리 떨어진 곳에 우뚝 솟아 있는 귀둔산(龜遁山) 쌍
곡(雙谷)에도 잿빛 땅거미가 짙어졌다.

　새와 짐승이 깃들었을 뿐, 오래전부터 인적이 끊겼을 버려진 낡은
절 안에 지금은 많은 사람들이 모여 있었다. 모두가 날렵한 경장을 입
고 검을 등에 진 검수들이었다.

　흑룡보의 신검대는 스무 명씩 다섯 개의 단으로 나뉘어 있는데, 보
주의 호위대를 겸하고 있는 백룡단과 흑룡단이 있고, 청룡과 금룡, 적
룡단이 있다. 그들 다섯 개 단 일백 명의 청년 고수들이 이처럼 한자리
에 모인 것은 매우 드문 일이었다.

　폐찰 주변에는 십여 걸음마다 하나씩의 횃불이 활활 타오르고 있어

서 대낮처럼 밝았다. 흑룡단과 금룡단의 검수들 사십 명이 폐찰을 둘러싼 채 엄중한 경계를 섰고, 폐찰 안에는 다시 청룡단과 적룡단의 사십 명 검수들이 출진 채비를 한 채 명령을 기다리고 있었다.

보주가 머물고 있는 대전을 중심으로 해서는 호위대인 백룡단의 검수 이십 명이 철통같은 경계를 펼치고 있었으므로 폐찰은 천라지망의 그물을 펼쳐 놓은 듯 삼엄하기 짝이 없었다. 나는 새라고 할지라도 그들의 허락 없이는 함부로 담을 날아 넘지 못할 지경이었던 것이다.

대전 안에서 무진은 보주와 둘이 마주 앉아 있었다.

"신검대는 흑룡보의 모든 힘이라 할 수 있습니다. 그런데 이처럼 그들을 이끌고 나온 것은 뜻하는 바가 있어서입니까?"

무진이 궁금해하던 것을 묻자 보주가 고개를 끄덕였다. 그의 얼굴빛이 엄숙하고 무거워져 있어서 무진은 긴장하고 대답을 기다렸다.

"한 사람을 죽이기 위해서다."

"한 사람이라고요? 아니, 고작 한 사람을 죽이기 위해서 이 많은 사람들을 이끌고 나오셨단 말입니까?"

"그렇다."

"허!"

보주의 말이 이해되지 않았다.

"대체 그가 누구이기에 보주께서 이처럼 조심한단 말입니까?"

무진이 알고 있는 한 보주는 흑풍객과 함께 천하제일을 다툴 만한 사람이었다. 그런데 고작 한 사람을 죽이기 위해서 신검대를 모두 이끌고 나왔다니 아무래도 납득이 되지 않는다.

흑룡보주가 이글거리는 눈으로 허공을 노려보다가 천천히 말했다.

"유명판관(幽冥判官) 최홍(崔洪)."

"헛!"

무진이 깜짝 놀랐다.

"유명밀부의 부주 말입니까?"

"그렇다."

"저는 도저히 보주의 그 말을 이해할 수가 없습니다. 유명밀부주가 비록 고수라고 해도 보주께서 직접 나설 만한 정도는 되지 않을 것입니다. 더구나 일백 명의 신검대라니……."

"그렇지. 내가 어찌 그자를 두려워하겠느냐?"

"하오면, 이 일은……."

"너는 마정지체(魔精之體)라는 말을 들어보았느냐?"

"마정지체?"

무진이 어리둥절한 얼굴을 했다. 그 누구로부터도 들어본 적이 없는 말이었던 것이다.

"마중마(魔中魔)를 이룬 것이라 할 수도 있고, 마를 극복해서 신의 경계에 든 것이라고도 할 수 있다. 불생(不生)이면서 불사(不死)이고, 난득생(難得生)이면서 또한 부득살(不得殺)의 존재이니 그렇게 말할 수밖에 없지."

"대체 그게 무엇입니까?"

"이 땅에 나와서는 안 되는 마물 중의 마물을 일컫는 말이다."

보주의 얼굴이 어두워졌다. 근심하는 것 같기도 하고 두려워하는 것 같기도 해서 무진은 더욱 알 수 없게 되었다. 보주의 말을 들으면 의문이 풀릴 줄 알았는데, 들을수록 깊은 안개 속으로 빠져드는 것만 같아서 얼떨떨해지기까지 했다.

"그럼 최홍이 바로 그런 존재란 말입니까?"

"흥! 그놈에게 어찌 그런 복이 있겠느냐?"

그러더니 보주가 머리를 갸웃거리고 다시 고쳐 말했다.

"아니, 그건 저주라고 해야겠군. 차라리 백 번을 죽을지언정 난득생이요, 부득살의 존재로 태어나는 일은 없어야겠지."

"그런 존재가 실제로 있단 말씀입니까?"

"그럴 것이다. 아니, 나는 그것이 이미 존재한다고 믿는다. 그래서 신검대를 모두 이끌고 강호로 나왔지만, 과연 내 힘으로 그 마신을 제거할 수 있을지는……."

보주가 말끝을 흐리고 한숨을 쉬었다. 무진은 더럭 겁이 났다. 보주의 말대로라면 산 것도 아니면서 죽은 것도 아닌 무엇이고, 절대로 죽일 수 없는 무엇이니 차라리 괴물이라고 해야 하리라. 그런 것이 정말 살아서 움직인다면 그 자체로 공포가 아니랴.

보주가 다시 말했다.

"나는 무혼불괴시들이 나왔다는 말을 듣고 최홍이라는 놈이 기어이 일을 저질렀다는 걸 느꼈다. 그전까지만 해도 설마, 하는 마음이었기에 모르는 척하고 있었지만, 무혼불괴시들이 쏟아져 나온 이상 이제는 그럴 수가 없다."

"그게 유명판관의 짓이란 말입니까?"

"그렇다. 그놈이 무혼불괴시들을 만들어냈지."

"그것과 그 마정지체라는 것과 무슨 관계가 있습니까?"

"마정지체를 만들기 전 단계에 이루어지는 게 바로 무혼불괴시란다."

"아! 그렇다면 무혼불괴시들은 마정지체를 만드는 과정에서 생긴 것들이군요?"

"그렇다. 그것들은 모두 마정지체를 목적으로 하고 만들어진 것들이다. 하지만 대부분은 무혼불괴시의 단계에서 그치고 말지. 백 구의 무혼불괴시 중 한 구 정도가 마정지체로 탄생할까 말까 한 거란다."

"대체 그런 일이 어떻게 가능하단 말입니까?"

"자부동천이라면 가능하다."

"자부동천!"

무진의 얼굴이 잔뜩 찌푸려졌다. 모든 것이 그곳에 귀결되니 그렇다. 도대체 그 안에 무엇이 들어 있기에 이처럼 점점 거대한 비밀로 드러나는 건지 모를 일이었다.

"그곳에는 무수한 비급과 보물들이 묻혀 있다. 일부는 이미 밖으로 나와 누군가의 손에 들어갔는데, 내가 자부선노로부터 받은 것들과 네가 가지고 있는 것도 그 일부다."

그건 무진도 이미 알고 있는 일이었다.

"원나라 시절에 귀음신군(鬼陰神君)이라는 자가 있었는데, 활강시를 만들어내 천하를 놀라게 했었지. 그자는 그 수단을 점점 발전시켜 말년에 이르자 드디어 완벽한 불사지체를 만들어내는 비법을 이루었다. 하나는 스스로의 기를 운용해 그렇게 되는 신공이었고, 다른 하나는 천지간의 음기를 모아 산 자를 조종해 그렇게 만들어내는 것이었다. 귀음신군 자신은 신공을 통해 불사지체를 이루지 못했지만 그의 비법은 무음비경(無陰秘經)이라는 책으로 전해졌느니라."

아득한 옛날얘기였다. 무진이 호기심을 갖고 귀를 기울이는 걸 본 보주가 빙긋 웃고 말을 계속했다.

"귀음신군이 남긴 비서에는 바로 그 강시를 만드는 법이 있는데, 보통의 강시보다 열 배는 더 무서운 활강시의 제조법이었다."

"아, 그것이 무혼불괴시로군요?"

"그렇다. 바로 그것들이지."

무진은 제가 겪었던 그 마물들을 떠올렸다. 다시 생각하기 싫은 끔찍한 것들이라 진저리가 쳐졌다.

무혼불괴시들에게는 흐릿하나마 약간의 의식과 판단력이 있었다. 그 몸의 단단하고 질김이 또한 강시와는 다르기도 했다.

제 스스로 판단할 수 있어서 상대의 수법에 대응하는 데다가, 몸마저 불괴지신에 가까웠으니 과연 꼭두각시 노릇을 할 뿐인 강시와는 비교할 수가 없는 마물이다. 때문에 살아 있는 강시, 활강시라 불리는 것 아니겠는가.

일반적으로 강시는 죽은 자를 술법을 통해 되살려내는 걸 말했다. 영혼이 없는 도구가 되어서 시전자의 의지에 따라 움직이는 꼭두각시인 것이다. 한 번 죽은 자이니 다시 죽을 것을 염려하지 않았고, 이성과 지각이 있을 리 없어서 두려움을 모른다.

강호에 가끔 출몰하는 강시는 술법과 약물을 써서 피부와 근골을 철골처럼 단단하게 변형시킨 것이라 그 위력이 범인의 상상을 초월하는 바가 있었다.

하지만 그것은 강시일 뿐이다. 스스로의 내공을 쌓아서 신공을 이룰 수 없다는 말이다. 그러나 보주의 말을 들어보니 마정지체는 그렇지 않은 모양이었다.

보주의 말이 계속되었다.

"귀음신군은 그 비서 속에 활강시를 뛰어넘어 완전한 불사체를 이루는 방법을 두 가지로 기술해 놓았다. 하나가 조금 전에 말한 마정지체를 만드는 것이지. 그것은 산 사람에게 모든 방법을 써서 불사지체로 만들어내는 것인데, 그 과정에서 혼백을 그대로 남겨두었으니 놀라운 일이 아니냐?"

"그렇다면 마정지체는 살아 있는 사람과 똑같겠군요?"

"완전히 같다고 할 수는 없다. 통제하기 위해 그것의 머리에 금제를 가하기 때문이다. 때문에 이성과 지각에 있어서 무혼불괴시보다 훨씬 영민하나 보통의 사람에게는 미치지 못한다. 하지만 그 능력은 무혼불괴시 따위와 비교할 수 없을 정도로 극대화되어 있다. 그러니 마정지체를 이룬 그것은 불사불멸하는 신의 경계를 넘보는 마물 중의 마물이라 아니 할 수 없지."

"그런 것이 정말 존재할까요?"

보주의 말을 들으면 들을수록 무진은 더욱 믿기 어려웠다. 그러한 괴물을 만들어낼 수 있다는 것도 믿기 어려웠을뿐더러, 사람의 손으로 불멸불사의 지체를 만들어낸다는 것 자체가 불가능한 것이라고 여겨졌기 때문이다.

"나도 선노에게서 그러한 말을 들었을 때는 믿지 않았다. 무혼불괴시라는 존재 자체도 반쯤은 의심할 수밖에 없었느니라."

세상에 강시도 아니고 사람도 아닌 금강불괴의 괴물이 어찌 존재할 수 있단 말인가? 그래서 보주는 처음 자부선노로부터 그런 말을 들었을 때 그저 과장되고 부풀려졌을 뿐이라고 여겼다.

하지만 그것에 대한 꺼림칙함만은 내내 떨쳐 버릴 수 없었는데, 귀음신군이라는 자가 삼백여 년 전에 존재했던 자이고, 그가 당시 활강시를 제조했다는 것 또한 사실이기 때문이었다.

"자부선노는 그것을 어떻게 알았을까요? 알았다면 어째서 그런 마서(魔書)를 없애 버리지 않았을까요?"

"사정이 있었겠지. 때문에 선노가 자부동천을 금했는데도 그 무음비경이 밖으로 유출된 것 아니겠느냐? 어쩌면 선노가 동천을 금하기 전에 그 마서는 이미 누군가의 손에 들어갔던 건지도 모른다."

"그래서 그것들이 나타났을 때를 대비해 신검대를 만들었던 것이로군요."

"그렇다. 내 대에서 자부동천에 얽힌 일들이 어떻게든 다 밝혀질 것이니 당연히 대비를 해야 했지. 네가 짐작하고 있는 것처럼 나 또한 귀음신군의 마서가 그들 신비 집단의 손에 들어갔을 거라고 추측했기 때문이다."

보주는 무진의 마음속을 들여다보고 있는 것 같았다.

"그러면서도 설마 설마 하고 있었는데 몇 년 전부터 내 귀에 유명밀부에서 마물들을 만들고 있다는 정보가 들어왔다. 나는 즉시 그들을 의심했고, 모든 수단을 동원해 뒤를 캐보았지."

무진이 머리를 끄덕였다. 그것이 사표가 유명밀부에 잠입해 있던 이유라는 것을 알았기 때문이다. 어쩌면 사표뿐 아니라 대룡과 이호도 그 일을 위해 은밀히 활약했을 것이었다. 그랬기에 그동안 내내 그들을 볼 수 없었던 것이리라.

보주가 한층 어두워진 얼굴로 다시 말했다.

"천산평으로 무혼불괴시들이 집결했다는 보고를 받은 순간 나는 쇠망치로 뒤통수를 맞은 것처럼 멍해졌었다. 최홍이라는 놈이 천인공노할 짓을 했다는 걸 느낀 것이지. 다행히 나의 신검대가 그 마물들을 제거할 수 있었으나, 그게 다가 아닐 것이다. 대체 그놈은 무혼불괴시들을 얼마나 많이 만들어놓은 것일까?"

보주가 침통해진 얼굴을 숙였고, 무진도 그랬다.

그들은 무혼불괴시가 살아 있는 강시라는 것을 잘 알았다. 그것을 만들기 위해서는 살아 있는 사람을 붙잡아서 혼백을 빼앗았을 것이다. 그러니 유명밀부에서는 수백 명의 멀쩡한 사람을 저희들의 야욕을 위한 제물로 삼은 것이나 다름없었다.

"그놈들은 이 땅에서 사라져야 할 악종들입니다."

무진이 부드득 이를 갈고 말했다. 보주가 탄식하고 혼잣말처럼 중얼거렸다.

"문제는 과연 그자가 마정지체를 만들어냈느냐 하는 것이다. 무혼불괴시가 그렇게 많이 만들어졌으니 어쩌면 그중에서 정말 마정지체가 나왔을지도 모르지. 그렇다면 이건 보통 심각한 일이 아니다."

바로 그것 때문에 보주는 지금 유명판관 최홍을 제거해서 더 이상 그런 짓을 하지 못하도록 하려는 것이었다.

지금 밖에서는 음산검로 구양순과 대룡이 신검대 중 두 개의 단 사십 명을 점고하고 있었다. 무진은 보주가 그들을 보내 최홍을 제거하려 한다는 것을 알았다. 그렇다면 최홍은 이 밤이 새기 전에 최후를 맞게 될 것이다. 하지만 그가 만약 이미 마정지체를 만들어냈다면 그것만은 누구도 어떻게 할 수 없을 것 아닌가.

무진의 얼굴이 어두워졌다.

"그것을 제거할 방법이 없는 겁니까?"

"없다."

보주가 머리마저 가로저으며 단호하게 말했으므로 무진은 낙심하고 말았다. 하긴, 죽일 수 있는 방법이 있다면 불사(不死), 불괴(不壞)라고 불리지 않았을 것이다.

한동안 멍하니 허공을 응시하던 보주가 중얼거리듯 말했다.

"하지만, 하지만 말이다. 어쩌면 상대할 수는 있을지도 모르지."

제거할 수는 없지만 상대해서 싸울 수는 있다는 말이 아리송했다. 게다가 그 말을 하는 보주의 얼굴에는 자신감이 없었다. 그건 그 또한 확신하지 못하고 있다는 것이었으므로 무진의 마음이 더욱 어두워졌다.

"죽일 수 있는 방법이 없는 것이로군요. 그렇다면 그것이 나타났을 때 우리는 모두 속수무책으로 죽음을 기다릴 수밖에 없단 말입니까?"

그건 너무 억울한 일이라는 듯 말하자 보주가 한숨을 쉬고 외면했다. 잠시 무거운 침묵이 흐른 뒤 보주가 신중한 어조로 말했다.

"죽일 수는 없겠지만, 적어도 그것의 악행을 막을 수 있는 방법이 두 가지 있기는 하다."

"무엇입니까?"

"하나는 너에게 있고, 또 하나는 나에게 있지."

"예?"

무진이 어리둥절해하자 흑룡보주가 의미심장한 미소를 짓고 그를 지그시 바라보았다.

"지금쯤은 문탁이가 숨겨놓았을 현천무경의 정화를 네 것으로 만들었겠지?"

"아! 그것을 어떻게……?"

무진이 깜짝 놀라 눈을 크게 떴다.

"하하, 영리한 문탁이가 아무 대비책도 없어 그자들, 오천주에게 그리 쉽게 무경을 내주었겠느냐? 내 짐작이 맞는다면 아마도 그것의 정수는 벽옥소 속에 고스란히 들어 있었을 것이다."

"아! 과연 보주의 혜안은 범인으로서 헤아릴 수가 없습니다!"

무진은 진심으로 감복했다. 흑룡보주의 영민함은 지나치다고 할 만큼 뛰어난 바가 있었다. 누구도 그의 면전에서 무엇을 속이거나 거짓말을 할 수 없을 것이라는 생각이 들자 보주가 더욱 무서워졌다.

"너는 그 안에서 무엇을 얻었느냐?"

무진은 감출 생각을 버리고 사실대로 모든 것을 털어놓았다. 묵묵히 그의 말을 듣고 있던 보주가 머리를 끄덕였다. 표정에 무진에 대한 신뢰와 따뜻한 애정이 가득했다. 사문의 계보를 따지자면 무진은 그의 사질이 되니 더욱 아껴주고 싶은 마음이 우러난 것이리라.

"금강지는 과거 문탁이가 벽사탄에서 나왔을 때 가장 먼저 나와 사부 앞에서 보여준 적이 있는 절기이고, 또한 그의 모든 것이 담겨 있는 절정의 신공이지. 네가 그것을 얻었다니 옥소에 담겨 있는 두 번째 비밀을 얻은 것이다."

그는 봉두난발한 채 맨발로 벽사탄(闢邪灘)에서 태연하게 걸어 나왔다. 그리고 꾸짖는 사부와 사형 앞에서 아무렇지 않게 손가락을 뻗어 커다란 바위를 가리켰었다. 그러자 한줄기 자광(紫光)이 어리더니 무쇠처럼 단단한 바위를 관통해 버렸다.

곽문탁이 깔깔거리고 웃으며 말했다.

"도란 이렇게 통쾌하고 거침없는 것이지요."

그때의 일이 아련히 떠올라 흑룡보주는 잠시 그리움과 회한 속으로 빠져들었다.

"한번 보여주겠느냐?"

문득 정신을 차린 보주가 말했는데, 그 어조에 곽문탁에 대한 그리움이 담겨 있었다. 가볍게 고개를 숙여 보인 무진이 검지손가락을 말아 쥐었다. 그가 신공을 운용하자 손가락이 자색 기운을 띠고 밝아졌다.

싯!

무진이 대전의 벽을 향해 가볍게 그것을 튕기자 작은 구슬처럼 뭉친 자색의 강기가 쏘아져 나가 착, 하는 경미한 소리와 함께 벽 속으로 빨려 들어갔다. 그리고 이내 꽝! 하는 요란한 폭음이 터져 대전을 뒤흔들었다.

우르르르—

흙이며 돌덩이들이 사방으로 어지럽게 날렸다. 자욱하게 일었던 먼지가 가라앉으면서 벽에 커다란 구멍이 뻥 뚫려 있는 게 보였다. 그리로 바깥의 서늘한 바람이 불어 들어왔다.

"아!"

보주가 놀란 얼굴로 탄성을 터뜨렸다.

"그 수법은 예전 네 아비가 보였던 것보다 더 무섭고 파괴적이다. 그것도 금강지력이냐?"

"흑풍객의 장법을 응용해 보았습니다. 그분은 강기를 쳐내서 무혼불괴시를 이와 같이 터뜨려 버렸지요."

"오, 단옥강(斷玉罡)을 말이지? 그건 그가 감추어두고 있던 절세의 신공이지. 과연 그의 솜씨는 무섭구나!"

보주가 감탄을 금하지 못했다.

"하지만 너 또한 대단하다. 금강지에 실린 강기를 그처럼 뭉쳐서 튕겨낼 수 있다는 것도 놀랍거니와 그것이 화탄을 터뜨린 것 못지않게 위력적이라는 게 더욱 놀랍다. 과거 네 아비가 보였던 것보다 한층 위력적인 수법이다."

"과찬이십니다."

무진이 겸양하자 흑풍객이 손을 흔들었다.

"아니다. 너의 그 지공은 칭찬을 받을 만하다. 천하에 그것을 능가할 지공은 없을 것이다. 그러니 이제 내가 한 말을 이해할 수 있겠지?"

무진이 깜짝 놀라 몸을 바로 했다.

"그렇다면 마정지체를 상대할 수 있는 게 바로 이 금강지란 말씀입니까?"

"그렇다."

무진은 보주의 말을 믿었다.

아버지가 죽기 전 자신에게 자부신공을 대성해야 한다고 당부했던 걸 떠올렸다. 무진은 아버지의 그 말속에 이와 같은 일에 대한 염려가 포함되어 있었던 것이라고 생각했다. 흑룡보주가 자부선노로부터 마정지체에 대한 이야기를 들었듯 아버지 또한 그랬으리라.

"그렇다면 보주께서 지니고 있다는 또 한 가지의 방법이란 무엇입니까?"

"하하, 그건 차차 알게 될 게다."

보주의 여유있는 웃음이 무진에게 안도감을 주었다. 아무리 무서운 마정지체의 마물이라 할지라도 자신과 보주가 힘을 합한다면 제압할 수 있을 것이라는 믿음이 생겼기 때문이다.

*   *   *

폐찰에서 서쪽으로 오십여 리 떨어진 산속에도 어둠은 깃들었다.

제법 높은 산봉우리가 천산평을 밟듯이 우뚝 서 있었는데, 일곱 개의 뾰족한 봉우리를 거느리고 있는 그 산을 사람들은 운등산(雲嶝山)이라고 불렀다. 드넓은 평야의 끝에 솟아 있었으므로 더 높아 보이기도 했으려니와, 일대에서는 그 산만큼 크고 높은 산이 없기도 했다.

　그 일곱 개의 봉우리 중 서쪽 끝에 있는 소운봉(小雲峰) 아래의 깊은 골짜기에 여섯 개의 누각을 지닌 커다란 도관(道觀)이 있었다. 동정호에서 불어오는 바람이 언제나 습하고, 물안개가 이곳까지 밀려와 밤낮으로 자욱했으므로 용이 노니는 곳이라 해서 용소궁(龍道宮)이라 이름 지은 곳이다.

　낮게 저물녘 안개를 깔고 있는 도관은 멀리서 보기에도 음산하고 차가운 기운이 감돌았다. 승천을 꿈꾸며 머리 들고 있는 용이 아니라 음습하고 괴악한 이무기가 똬리를 틀고 머물러 있는 것 같은 분위기인 것이다.

　도관이니 당연히 상제를 모시는 도사들이 있어야 하건만 지금 용소궁에는 낯선 자들이 가득했다. 전각마다 가득한 것은 흑의에 냉막한 얼굴을 한 장한들이었고, 동정호의 용왕을 모신 용왕전에는 흑의에 흑건을 쓴 자들이 귀졸을 대신해 가득 도열해 서 있었다. 음습한 귀기가 감도는 것은 그들 때문이었다.

　모두 오십여 명이나 되는 자들이었는데, 하나같이 생기가 느껴지지 않는 것이 죽은 자에게 옷을 입혀 세워놓은 것 같았다.

　무혼불괴시들이었다.

　용소궁의 도주(道主)가 머물던 정갈한 정실은 북쪽 벼랑에 의지해 세워져 있는 용무전(龍武殿)에 있었다. 등 뒤의 벽은 팔선(八仙)의 모습이 그려진 한 폭의 선화(仙畵)로 채워져 있었고, 방 중앙에 팔선탁(八仙卓)이 있었다.

　여덟 사람이 둘러앉게 되어 있는 그 탁자 앞에 지금은 두 사람이 마주 보고 앉아 있었다. 팔선도를 등 뒤에 둔 상석에는 검은 옷을 입고 머리에 흑건(黑巾)을 묶은 한 사람의 노인이 앉아 있었다. 얼굴에 주름이 가득한 노인임에도 불구하고 단단한 몸집은 청년의 그것 못지않았다.

어둠을 빨아들이듯 깊고 음유하게 가라앉아 있는 두 눈에서 신광이 이글거렸다. 앉아 있는 것만으로도 위엄과 권위가 절로 우러나는 노인은 천외쌍도 우문강이었다.

그 앞에는 붉은 옷에 붉은 건을 쓴 강퍅해 보이는 인상의 초로인이 무릎에 손을 얹고 공손한 모습으로 앉아 있었다. 입을 꾹 다물고 탁자를 바라보는 시선에 두려움이 어려 있었다. 유명밀부의 부주인 유명판관 최홍이다.

두 사람은 말이 없었다. 언제부터 그런 침묵이 이어졌는지 모르고, 언제까지 그렇게 무거운 침묵을 마주하고 있을지 모를 일이다.

밖에는 어둠이 짙어졌다. 전각을 경비하는 자들 중 누군가가 횃불을 밝혀놓아 그 붉은 불빛이 방 안까지 흘러들어 너울거렸다.

"너는 실패했다."

한참이 더 지난 후에 우문강이 침중한 음성으로 낮게 말했다. 최홍의 어깨가 부르르 떨렸다.

"무려 이백 구나 되는 무혼불괴시를 잃었다. 그러면서도 얻은 건 아무것도 없지."

"……."

"진천무, 그 음흉한 놈에게 우리의 비밀을 낱낱이 드러내 보인 결과만 가져왔을 뿐이다."

"속하는, 속하는 다만……."

"변명은 필요없다."

우문강의 냉엄한 눈길이 최홍의 이마에 달라붙었다. 최홍은 감히 머리를 쳐들지도 못했다. 어깨를 떠는 그의 이마에 어느덧 진땀이 배어 나오고 있었다.

"너도 잘 알 것이다, 구천의 천주들 중 나의 현천보좌(玄天寶座)가 가장 막강했던 이유를."

"알고 있습니다."

"그렇게 되기까지에는 너의 공이 컸다. 무혼불괴시들을 차질없이 만들어냈으니까."

우문강이 잠시 말을 멈추고 최홍을 바라보았다. 최홍의 목에서 마른침 넘어가는 소리가 들렸다.

"그런데 그것들이 이제는 쓸모없이 되어버렸다. 흑룡보의 신검대가 그렇게 했고……."

다시 침묵하던 우문강이 부드득 이를 갈고 스산하게 말했다.

"무진과 그를 따르는 놈들이 그렇게 했다."

천산평에서만 이백여 구에 이르는 무혼불괴시들을 잃었다. 그건 최홍은 물론 우문강으로서도 전혀 생각하지 못했던 일이었다. 이백여 구의 무혼불괴시들을 풀었다면 한 지방이 초토화되고도 남음이 있다. 그런데 천산평에서는 그렇지 못했다. 반은 불타 버렸고, 반은 신검대의 검 아래 맥없이 동강나 버린 것이다.

참패도 그런 참패가 없었다. 최홍은 입이 열 개라도 할 말이 없었고, 우문강은 대라천의 보좌를 다투는 다른 천주들에게 얼굴을 들 수 없게 되었다. 모두가 손가락질하며 비웃을 것 아닌가? 하는 생각을 하자 견딜 수 없는 분노가 치솟았다.

살기로 이글거리는 우문강의 시선이 최홍을 더욱 위축시켰다.

한참 만에야 가까스로 마음을 진정시킨 우문강이 억눌린 음성으로 말했다.

"그를 불러와라."

"예?"

최홍이 깜짝 놀라 머리를 들었다가 우문강의 이글거리는 시선을 받고는 다시 고개를 떨어뜨렸다.

그가 머리를 들지 못한 채 정실을 나가고 조금 뒤에 한 사람이 걸어 들어왔다.

재색의 헐렁한 승포를 걸쳤고, 목에는 철염주(鐵念珠)를 두른 중년의 중이었다. 합장한 그가 머리를 숙이고 아미타불을 중얼거렸다.

"어떠냐?"

우문강이 번쩍이는 눈으로 중년의 중을 한동안 바라보다가 불쑥 물었다. 중이 얼굴을 들어 우문강을 마주 보았는데 그 눈빛이 흐리멍덩했다. 정기가 없는 데다가 생기마저 미약해서 마치 중병을 앓고 있는 사람의 눈 같았다.

"무엇이…… 말씀입니까?"

그가 어눌한 음성으로 느릿느릿 말했다. 머리를 갸웃거리는 것이 우문강의 말뜻을 곰곰이 생각하지만 끝내 알 수 없어서 곤혹스러워하는 것도 같았다.

우문강이 싸늘한 미소를 흘렸다.

"내가 누구냐?"

"저의…… 주인…… 이시지요."

"그렇다. 너는 주인의 명을 받겠느냐?"

"하명하소서."

중이 다시 합장하고 아미타불을 중얼거렸다. 우문강 앞에서도 어디까지나 태연하고 의젓해서, 어눌한 말투와 생기없는 눈빛을 뺀다면 득도하여 초연한 고승 같기도 했다.

우문강이 그가 잘 기억하도록 하려는 듯 천천히, 또렷하게 말했다.

"동쪽으로 오십 리 떨어진 귀둔산 쌍곡의 폐찰에 흑룡보주 진천무가 있다. 그의 목을 가져오너라. 또한 거기에 곽무진이라는 녀석이 있는데, 그놈은 죽이지 말고 사로잡아 와야 한다. 지금 즉시 가라."

"명을 받듭니다."

중이 천천히 돌아서서 걸어나갔다. 그의 뒷모습을 바라보는 우문강의 얼굴에 회심의 미소가 떠올랐다.

흐린 달빛이 한줄기 누런 황톳길을 은은히 비춰주었다. 소운봉의 용소궁에서 귀둔산 쌍곡으로 가는 동쪽 지름길이다.

세 개의 산 능선을 넘어 왼쪽 멀리 시커멓게 불타 버린 천산평이 바라보이는 비탈길을 따라 한 사람이 터벅터벅 걸어가고 있었다.

인적 끊긴 어두운 산길을 홀로 걷고 있는 사람이란 언제나 수상해 보이기 마련이다. 게다가 잿빛 승복을 입고 한밤중인데도 머리에 갓 넓은 죽립을 눌러쓰고 있어서 더 이상해 보였다.

달빛 아래 산책이라도 나온 사람인 듯 한가로운 걸음걸이였으나 한 번 발을 떼어놓을 때마다 십여 장을 쭉쭉 미끄러져 나가는 것이어서 마치 귀신이 움직이는 것 같았다.

괴승이 송림 우거진 산모퉁이를 돌았을 때 저 앞쪽에서 뽀얀 먼지가 일었다.

두두두두—

지축이 은은히 흔들리고, 먼 데서 산사태라도 난 듯한 소리가 들려왔다. 괴승이 문득 걸음을 멈추고 살짝 죽립을 들어올렸다. 저 멀리서 무섭게 질주해 오고 있는 기마대의 모습이 보였다. 중은 다시 죽립을 눌러쓰고 태연하게 걷기 시작했다.

　사십 기의 기마대가 빠르게 다가왔다. 땅이 지진을 만난 듯 흔들리고 말발굽 소리에 귀가 먹먹해질 지경이 되었다. 그러나 홀로 밤길을 가는 중은 아무것도 모르는 듯 태연하기만 했다. 한 걸음 한 걸음이 무심할 뿐이다.

　가까워지는 기마대의 선두에는 두 사람이 있었다. 백발을 날리는 노인과 웅장한 기상이 엿보이는 청년이었는데, 노인은 화산신검 유재량이고, 청년은 흑룡보의 대제자인 대룡이었다. 그들이 신검대 청룡단과 적룡단 사십 명을 이끌고 미친 듯 질주해 오고 있는 것이다. 그들의 목표는 용소궁이 분명했다.

　"응?"

　유재량의 백미가 꿈틀했다. 저 앞에서 한가롭게 걸어오고 있는 괴승을 발견한 것이다. 노인과 대룡의 시선이 마주쳤다.

　"어떻게 할까요?"

　대룡의 눈이 그렇게 물었다. 유재량이 잠깐 갈등했다.

　"급하게 갈 데가 있는 중인 모양이지. 그냥 가자."

　사십 필의 말이 조금도 속력을 늦추지 않은 채 질주해 나갔다.

　괴승은 보지 못하고 듣지 못하는 사람 같았다. 죽립을 깊이 눌러쓴 채 여유있는 걸음걸이로 제 길을 갈 뿐이었다. 곧 코앞에 들이닥친 기마대와 마주쳤고, 말들이 부딪칠 듯 아슬아슬하게 중의 곁을 스치며 지나갔다.

뽀얀 먼지가 자욱이 일고, 말발굽 소리에 귀가 먹먹해졌다. 실수라도 해서 그것들에게 부딪쳐 나뒹군다면 어떻게 될지, 상상만 해도 끔찍하련만 괴승은 여전히 태연하게 걸음을 옮길 뿐이었다.

그렇게 사십 필의 말들이 질풍처럼 스쳐 지나갔고, 곧 등 뒤로 멀어져 보이지 않게 되었다. 옷에 묻은 먼지를 툭툭 털어낸 괴승이 힘껏 땅을 박찼다.

쉬아앙—

바람을 가르는 소리를 남기고 그의 신형이 쏘아진 살처럼 달려나가 어둠 속으로 잠겨 버렸다.

*　　　　*　　　　*

"귀음신군이 무음비경 속에 완전한 불사지체를 이루는 방법을 두 가지로 기술해 놓았다고 했습니다. 그중 하나가 마중마라는 마정지체인 건 이제 알았습니다. 하오면 다른 한 가지는 또 무엇입니까?"

무진의 질문에 빙긋 웃은 흑룡보주가 엉뚱한 말을 했다.

"너는 혹시 구소자라는 이름을 들어보았느냐?"

"구소자?"

"삼백여 년 전에 살았던 분이다."

"들어본 적이 없습니다."

"그렇겠지. 그때의 일은 무림비사로 숨겨져 있을 뿐이니까."

"그것이 무슨 관계가 있는지요?"

"불사포령지체(不死抱靈之體)라는 건 아느냐?"

"모릅니다."

삼백여 년 전이라면 원 말, 명 초일 것이다. 강호의 일에 무관심했던 무진이 그때의 일들을 알 리가 없었다.

　"그것을 대성하면 마정지체처럼 불사의 몸이 된다. 금강불괴보다 훨씬 뛰어난 신공이지."

　"아, 그 불사포령지체가 바로 귀음신군이 기술했다는 또 하나의 불사대법이로군요?"

　"그렇다. 하지만 구소자라는 분이 그것을 팔성 정도 이루었을 뿐 아직까지 그 경지에 들었다는 사람은 나타난 적이 없다. 당시 그분의 신공은 비록 팔성에 머물렀지만 무엇으로도, 누구도 그분을 죽거나 상하게 할 수 없었다고 한다. 가히 천하무적이 된 것이지."

　"어찌 그럴 수가?"

　"인체의 회복력이 신통해서, 아무리 큰 상처라 할지라도 두어 번 숨을 쉬는 동안 저절로 아물어 버리니 어떻게 해볼 수가 없지 않겠느냐? 신체의 유연함이 버들가지 같고, 근골의 질김이 용의 힘줄과 같아서 절대로 자르거나 부술 수 없었다고 한다. 들리는 말로는 화포로도 그를 해칠 수 없었다고 하니 가히 신선의 몸이 된 것이라 해야겠지."

　"아!"

　보주의 말은 놀라운 것이었다. 무진이 눈을 크게 뜨고 한동안 벌어진 입을 다물지 못했다. 잠시 후 그가 가까스로 마음을 진정시키고 궁금한 것을 다시 물었다.

　"그것과 마정지체와는 어떻게 다릅니까?"

　"불사포령지체와 마정지체는 불사불괴의 경지에 들었다는 점에 있어서 차이가 없지만, 마정지체는 인성의 반은 죽고 반은 살아 있어서 노예의 신세를 면할 수 없다. 하지만 불사포령지체는 스스로의 신공으로 그렇게 되는 것이니 누구의 조종도 받지 않는다. 살아 있는 사람으로서 이룰 수 있는 최고 최상의 경지에 오르는 것이지."

"그렇다면 그 구소자라는 선대의 고인께서는 귀음신군의 비전을 받았다고 할 수 있겠군요?"

"그랬는지도 모르지. 그때의 자세한 일은 나도 알지 못하니 무어라고 단정해 말할 수가 없다."

"그런데 그분과 오늘날의 일이 어떤 관련이 있습니까?"

"그럴지도 모른다고 생각하기에 말을 꺼낸 것이지."

보주가 빙긋 웃고 나서 전설 같은 이야기를 계속했다.

"태조 홍무제에게 쫓긴 원 황조가 몽고로 달아나면서 그동안 모아두었던 강호의 숱한 절세비급들과 황실의 보물들을 다 가져갔다고 한다. 하지만 한꺼번에 옮겨갈 수가 없어서 일부를 한곳에 모아두고 봉인했는데, 밀선천부라는 곳이었지. 당시 구소자라는 분이 우여곡절 끝에 그곳을 찾아낸 거야. 그래서 천부에 들어간 이후 다시는 세상에서 그를 보지 못했다고 하는데……."

"그럼……."

"그렇지. 나는 그 밀선천부가 오늘날 우리가 찾고 있는 자부동천의 연원이 아닌가 하는 의심을 하고 있다."

"아!"

무진의 머리 속이 밝아졌다.

전설이 이어져 내려오고 있었던 것이다. 밀선천부의 비급과 보물들이 어떤 경로를 거쳐서 자부동천으로 옮겨지게 된 건지도 몰랐다. 그 존재가 자부선노에 의해 드러났고, 구중천의 인물들이 그것을 탐내는 것이리라.

"그런 게 설마 정말 있으리라고는 믿을 수 없군요."

"나도 그렇다. 하지만 무혼불괴시를 보았으니 이제는 믿지 않을 수 없구나."

보주가 길게 탄식하고 입을 다물었다.

"저놈인가?"

어둠 속에서 두 쌍의 눈이 한곳을 노려보고 있었다. 귀둔산 쌍곡의 폐찰로 향하는 인적없는 길 위였다. 그곳으로 죽립을 눌러쓴 괴승 한 명이 느긋한 걸음걸이로 다가오는 중이었다.

짙은 송림 속의 어둠에 몸을 숨기고 그를 노려보고 있는 두 사람이 애써 거칠어지려는 숨을 죽였다.

백발에 백염의 풍채 당당한 노인, 손숙숙(孫熟肅)과 얼굴 가득 흉측한 상처들로 뒤덮여 있는 상운춘(商雲春)이었다.

"저것이 그 괴물이란 말인가? 믿을 수 없군."

손숙숙의 속삭임에 상운춘이 턱을 흔들었다.

"더 놀라운 건 우문강, 그놈이 기어이 저 마물을 만들어냈다는 거다. 아무도 모르게 감쪽같이 해냈으니 과연 기가 막힐 일이지."

"나는 아무리 봐도 믿을 수가 없다. 어디 특이한 구석이라고는 조금도 보이지 않잖아? 그냥 밤길을 가는 중놈처럼 보일 뿐인데……."

"우문강에 대해서는 엄가경만큼 잘 아는 놈이 없지. 그놈의 입에서 나온 말이니 틀림없을 것이다."

"시험해 볼까?"

"흐흐흐, 조금만 있으면 저절로 알게 될 텐데 일부러 힘을 쓸 것 있나?"

"하긴……."

머리를 끄덕인 손숙숙이 더욱 안력을 돋우어 천천히 다가오고 있는 죽립의 괴승을 뚫어지게 바라보았다. 그들의 눈길을 느낀 듯 괴승이 고개를 돌려 바라보았다. 그러자 죽립 속의 짙은 그늘에서 두 줄기 한광이 번쩍이는 것이어서 손숙숙과 상운춘은 급히 머리를 숙였다.

그들이 숨어 있는 곳을 노려보던 눈길이 곧 사라졌다. 괴승은 아무 것도 보지 못했다는 것처럼 그저 제 길을 갈 뿐이었지만, 구중천의 천주인 두 노인은 긴장으로 숨조차 쉬지 못했다.

괴승이 저만큼 멀어지고 나자 상운춘이 억눌렀던 숨을 가늘게 내쉬며 혀를 찼다.

"굉장하군."

"정말 우리의 기척을 느낀 것일까?"

그렇다면 놀라지 않을 수 없다. 몸을 숨기려고 하면 세상에서 자신들의 기척을 눈치챌 수 있는 자가 없다고 믿었는데, 괴승은 먼 곳에서도 이쪽의 기척을 느낀 듯 서늘한 눈길을 던져 온 것이다. 가슴이 철렁하고도 남을 일이어서 손숙숙이 혀를 내둘렀다.

"가보자."

상운춘이 몸을 일으키더니 흐르는 밤안개처럼 흔적도 기척도 없이 숲 속으로 꺼져 들어갔다. 그 뒤를 손숙숙이 따랐는데, 두 사람 모두 한줄기 바람이 된 듯했다.

■제8장■

무적괴승(無敵怪僧)

무적괴승(無敵怪僧)

한 사람이 터벅터벅 다가오고 있었다. 흐린 달빛 아래 잿빛 승복 자락이 펄럭이고, 죽립을 깊이 눌러썼다.

폐찰의 산문을 지키고 있는 건 금룡단 스무 명의 검사들이었다. 산문 앞에 두 명이 검을 짚고 우뚝 서 있었고, 좌우의 숲 속에 나머지가 포진해 있는 것이다.

"중인데?"

장탁이 고개를 갸우뚱하고 중얼거렸다. 호금아가 살짝 눈살을 찌푸렸다.

"아무려면 어때. 들여보낼 수 없다."

그들이 눈을 부릅뜨고 노려보는 동안 죽립의 괴승은 천천히 다가왔다. 장탁과 호금아가 불쑥 손을 내밀었다.

"들어갈 수 없소. 그러니 돌아가시오."

괴승이 합장하고 느릿느릿 말했다.

"아미타불…… 소승은 사람을…… 찾아왔소이다."

말투가 어눌하고 발음이 모호했다. 호금아와 장탁이 서로 마주 보고 머리를 갸웃거렸다.

"누구를 찾아왔단 말이오?"

"이곳에…… 흑룡보주 진천무라는 자가…… 있소?"

"응?"

어눌한 말투가 귀에 거슬리는데, 감히 보주의 이름을 함부로 부르는 게 더욱 마뜩치 않았다.

"또한…… 곽무진이라는 아이가…… 있다던데, 그렇소?"

"허!"

기가 막혀 빤히 바라보던 장탁이 눈을 부라렸다.

"스님은 뉘시며 어디서 왔소?"

"나는, 나는…… 그러니까……."

괴승이 한동안 머뭇거리며 무슨 말인가를 입 안에서 중얼거렸다. 그러더니 머리를 흔들고 나서 탄식하듯 말했다.

"아, 내가 어디에서 왔는지…… 아무리 생각해도 알 수 없으니, 시주의 질문에 대답할 수가……."

"허! 기가 막힐 노릇이군."

물었던 장탁이 어이없다는 얼굴로 호금아를 돌아보았다. 눈앞의 괴승이 아무래도 제정신이 아닌 것 같았다. 그러니 어떻게 하는 게 좋을지 묻는 것이다. 호금아가 잔뜩 눈살을 찌푸리고 괴승을 노려보았다.

생긴 건 멀쩡한데, 말하는 투로 보아 살짝 미친 중이 분명했다. 하지만 보주의 이름 석 자를 똑똑히 알고 있으니 무시할 수도 없다. 그가 윽박지르듯 다시 물었다.

"보주님은 왜 찾는 거요?"

괴승이 머리를 끄덕였다. 대답할 수 있는 질문을 받은 게 기쁜 모양이었다.

"그의, 그의 머리를…… 잘라가기 위해서지. 아미타불……."

"무엇이?"

"뭐라고?"

장탁과 호금아가 크게 놀라 자신들도 모르게 버럭 소리쳤다.

장탁이 손가락으로 괴승을 가리키며 크게 꾸짖었다.

"미친 중놈이구나! 여기가 어디라고 감히 말을 함부로 하다니! 죽기 전에 썩 꺼져 버려라!"

괴승이 머리를 가로저었다.

"나는 진천무의 머리를 잘라서…… 가져가야 한다오……. 곽무진이라는 아이는…… 살려서 데려갈 참이오. 그러니 길을 비켜주시오. 아미타불……."

"허!"

"안 되겠다. 말로 해서는 통하지 않는 미친놈이니 때려서 내쫓을 수밖에!"

더욱 화가 난 호금아가 번쩍 발을 들어 당파(撞波)의 수법으로 맹렬하게 걷어찼다. 발끝이 괴승의 가슴을 노리고 창처럼 뻗어나갔다.

꽝!

괴승의 가슴에서 벼락치는 듯한 소리가 났다.

"억!"

발을 뻗어 힘껏 내찼던 호금아가 비명을 터뜨렸다. 마치 단단한 쇠

뭉치를 힘껏 찬 듯한 충격이 온몸으로 밀려들었던 것이다. 그의 발가락이 모두 꺾였다.

"싸우겠다는…… 거냐?"

괴승이 어눌하고 스산한 음성으로 그렇게 말했다. 그리고 거리낌없이 걸어왔다.

어떻게 된 일인지 어리둥절하던 장탁이 정신을 차리고 신검을 들어올렸다. 번쩍이는 검광에 신기가 어려 보는 것만으로도 위축되련만 괴승은 조금도 개의치 않았다.

"물러가지 않으면 죽이겠다!"

장탁이 냉엄하게 소리쳤다. 아무래도 상대가 승복을 두른 승려인지라 매정하게 검을 휘둘러 찌르기가 꺼림칙했던 것이다. 그러나 괴승은 듣지 못한 듯 다가섰다. 더 이상 머뭇거릴 수 없게 된 장탁이 독하게 마음을 먹고 '이얏!' 하는 기합성과 함께 괴승의 인후(咽喉)를 힘껏 찔렀다.

그들 신검대의 검수들은 하나같이 고절한 무공을 지닌 고수들이다. 손에 보통의 철검을 쥔다 하더라도 강호에 나가면 검법에 특출한 고수로 꼽히기에 손색이 없었다. 하물며 쇠를 무 베듯 하는 신검을 쥐었으니 그 위력은 절정고수를 뛰어넘는 바가 있었다.

살기를 일으킨 장탁의 검이 넘치는 내력을 싣고 부르르 떨며 괴승의 인후를 힘껏 찔렀다. 즉시 종잇장을 뚫듯 목을 꿰뚫어야 정상인 일이다. 장탁은 그렇게 믿었다. 하지만 눈앞의 현실은 그렇지 못했다.

"헛!"

그의 눈이 찢어질 듯 커졌다. 분명 검끝은 괴승의 인후에 닿아 있었다. 그런데 단단한 무엇에 가로막힌 듯 더 이상 나아가지를 못했다. 죽립 속에서 괴승이 번쩍이는 눈으로 장탁을 무섭게 바라보았다.

'이럴 수는 없다!'

이를 악문 장탁이 검을 쥔 손에 더욱 힘을 싣고, 몸의 체중마저 실어서 내뻗었다. 이제는 찌르는 게 아니라 밀어 넣으려는 형상이 된 것이다.

위이잉—

검이 부르르 떨며 울음을 터뜨렸다. 이런 일은 한 번도 없었던 터라, 장탁은 눈앞에서 휘는 검을 보며 현실감을 잃어버렸다.

그의 눈에 괴승이 천천히 손을 뻗어 이제는 활처럼 휘어버린 신검의 예리한 검신을 움켜쥐는 게 보였다. 왼손으로는 밑동을 움켜쥐고, 오른손으로는 휘어져 올라간 중간을 잡았다. 그리고 수수깡 꺾듯 꺾어버리는 것이었다.

깡—!

날카로운 소리와 함께 신검이 동강났다. 갑자기 소멸된 힘을 이기지 못한 장탁의 몸이 왈칵 앞으로 쏠렸다. 그 머리통에 부러진 신검 토막이 쑥, 박혀 들어갔다.

"어?"

"저, 저게?"

숲에서 머리를 내밀고 어찌 된 일인가 하여 바라보던 금룡단의 검수들이 모두 놀란 외침을 터뜨렸다. 눈을 비비고 다시 바라보지만 이건 꿈도 아니고, 잘못 본 것도 아니었다. 현실인 것이다. 그래서 더 비현실적인 것처럼 여겨지기도 했다.

신검을 맨손으로 잡았다는 것도 놀라운데, 그것을 마른 나뭇가지 꺾듯 가볍게 부러뜨려 버리다니…….

"막아라!"

장탁이 완전히 쓰러졌을 때에야 정신을 차린 검사들이 소리치며 뛰어나왔다. 수하들의 보고를 받은 금룡단의 단주 천룡검객 오문걸도 흰 수염을 흩날리며 달려왔다.

"웬 놈이 감히 신검대에 시비를 건단 말이냐!"

오문걸이 벼락같은 호통을 지르자 죽립의 괴승이 천천히 그를 돌아보았다. 죽립 안에서 음산하고 어눌한 음성이 흘러나왔다.

"나는…… 진천무의 목을 가져가야 한다. 가로막는 자는…… 죽는다."

"무엇이?"

오문걸이 대로해서 금룡단의 검수들에게 소리쳤다.

"잡아라! 죽여도 좋다!"

그 즉시 사방에 옷자락 펄럭이는 소리가 가득해졌다. 금룡단의 검수들이 신검을 뽑아 든 채 일제히 몰려든 것이다.

"가로막으면…… 죽는다……."

괴승이 음울하게 중얼거렸다.

"보주! 정체를 알 수 없는 자가 난입해 들어왔습니다!"

전각 밖에서 호위대인 백룡단의 검수가 급하게 보고했다. 무진과 얘기를 나누고 있던 진천무가 살짝 눈살을 찌푸렸다.

"감히 어떤 놈들이 이곳에서 소란을 떤단 말이냐?"

"괴승입니다. 산문 밖에서 금룡단과 충돌했는데, 상황이 심상치 않습니다."

"무엇이?"

보주의 눈썹이 꿈틀했다.

"한 놈이란 말이냐?"

"그렇습니다."

이제는 무진의 낯빛도 변했다. 그가 칼을 쥐고 벌떡 일어섰다. 밖에서 비명 소리가 들려오기 시작했던 것이다. 폐찰 안으로 싸움이 옮겨 온 모양이다.

"으음……."

흑룡보주의 낯빛도 변했다.

이곳에는 육십 명이나 되는 신검대의 검수들이 있다. 그런데 한 놈을 잡지 못해 저처럼 소란을 떨고 있다니 믿을 수 없기도 했다. 무진이 보주를 바라보았다. 그와 보주의 얼굴에 똑같이 불길한 그늘이 드리워졌다.

"혹시, 혹시……."

무진이 머뭇거리며 말꼬리를 흐리자 보주가 버럭 소리쳤다.

"그럴 리가 없다!"

그가 벌떡 일어났고, 무진과 함께 급히 전각 밖으로 걸어나갔다.

"으악!"

다시 한 마디의 처절한 비명성이 밤하늘을 갈랐다.

무진과 보주는 눈을 부릅뜨고 입을 딱 벌렸다. 지나친 놀람으로 한 순간 그들의 몸이 딱딱하게 굳었다.

괴승의 두 손이 각기 한 자루의 신검을 움켜쥐고 있었다. 그의 주위에는 벌써 십여 구의 시신이 널브러져 있었는데, 하나같이 참혹하게 으깨지고 찢긴 모습들이라 바라보는 것조차 끔찍했다.

뚜두둑―

괴승의 맨손에 붙잡힌 신검이 맥없이 부러졌다. 아니, 부서졌다고 해야 옳을 것이다. 단지 동강난 것이 아니라 수십 토막이 되어 떨어졌던 것이다. 그리고 넓게 휘젓는 소맷자락이 두 검수의 얼굴을 쓸었다.

"으아악!"

고통스러운 비명 소리가 귓전에 울리고, 그들의 얼굴이 참혹하게 으깨어졌다. 붉은 피와 뇌수를 뿌리며 가랑잎처럼 훌훌 날려가는 모습이 비현실적으로 커다랗게 눈에 들어왔다.

보주와 무진의 눈길이 서로 마주쳤다.

"이놈!"

수하들의 덧없는 죽음을 믿지 못하고 있던 오문걸이 정신을 차리고 노성을 터뜨렸다. 그가 수족처럼 아끼는 금룡단의 수하들은 이제 고작 서너 명이 남았을 뿐이다. 불과 향 한 자루가 탔을 만한 시간 동안 벌어진 어처구니없는 일이었다.

오문걸이 분노로 수염을 떨며 벼락처럼 달려들었다. 그의 신검이 위잉, 하는 바람 소리를 내며 떨어졌다. 힐끔 그것을 본 괴승이 손을 뻗어 후려치며 다리를 번쩍 들어 걸어찼다. 신속하고 정확한 대응이었으나 고절한 절기와는 거리가 먼 평범한 수법이었다.

"흥!"

번갯불이 치는 것 같은 짧은 순간에 그것이 소림의 수법이라는 걸 알아본 오문걸이 코웃음을 쳤다. 너무 잘 알려져 있는 나한십팔수(羅漢十八手) 중 제일수인 헌원과호(軒轅跨虎)에 바탕을 둔 권각법이었던 것이다.

오문걸의 검이 교묘하게 비틀리며 한순간 열다섯 번의 벼락같은 변화를 내뿜었다. 그가 평생의 절기로 자랑하는 십팔로유성검(十八路流星

劍) 중 한 수였다.

파파파팟—!

노인의 신검이 불꽃을 뿜어내듯 허공에 눈부신 검광을 남기고 괴승의 전신 열다섯 개 요혈을 찍고 그어댔다.

승복이 갈기갈기 찢기고, 검이 살을 찌르고 베어내는 소리가 끔찍하게 들려왔다.

그쯤 되면 순식간에 누더기처럼 되어 피를 뿌려야 옳은 일이다. 하지만 괴승은 그렇지 않았다. 충격을 받은 듯 움찔거리며 쿵쿵거리고 세 걸음 밀려났을 뿐, 조금도 상처를 입지 않았다.

"죽인…… 다……."

죽립 속에서 스산한 음성과 함께 한광이 번쩍이며 뿜어져 나왔다. 부드득, 이를 간 괴승이 밀려났을 때보다 배는 빠르게 달려들며 두 손을 이리저리 휘저어 잡고 때려댔는데, 모두가 소림사의 무공이었다.

오문걸은 마음이 떨려왔지만 더욱 이를 악물고 그런 괴인의 손 그림자 속에서 유령처럼 움직이며 검을 휘둘렀다. 빠르고 신랄하기 비할 데 없는 그의 유성검이 다시 괴인의 몸을 난자해 댔다.

보주와 무진은 괴승의 몸에서 눈길을 떼지 못하고 있었다. 혹시 헐렁한 승복 안에 호신갑(護身甲)이라도 입고 있는 건 아닌가 의심했지만, 괴승의 갈라진 옷자락 사이로는 맨살이 보일 뿐이었다. 유성검에 찔리고 베일 때마다 붉은 혈흔이 맺혔으나 아주 잠깐 동안이었다. 다시 보았을 때는 어느 곳에도 검상이 나 있지 않았다.

"마정지체!"

무진이 저도 모르게 소리쳤다.

이제 오문걸의 검에서는 창백한 검광이 줄기줄기 뻗어나가고 있었다. 그가 온몸의 내력을 검끝에 실어 쳐내기 시작한 것이다.

신검을 타고 흐르는 검광이 더욱 싸늘하고 무시무시해졌지만 괴승은 조금도 개의치 않았다. 오직 죽인다는 말을 어눌하게 중얼거리며 쉬지 않고 손발을 움직여 치고 받아낼 뿐이다.

그의 맨손이, 맨몸이 금석을 두부처럼 가르고 으깰 만한 오문걸의 검광을 고스란히 받아냈다. 괴승에게 있어서 신검은 단지 얇은 회초리에 지나지 않는 것 같았다.

내력을 가득 실은 오문걸의 검이 드디어 괴승의 몸을 뚫었다. 살을 찢고 뼈를 가르는 섬뜩한 소리와 함께 예리한 검봉이 가슴 깊이 박혀든 것이다.

'그러면 그렇지.'

오문걸이 회심의 미소를 지었다. 그리고 죽립 속을 바라보았다.

"헙!"

그가 헛바람을 들이켰다. 죽립 안의 어둠 속에서 번쩍이는 눈빛을 본 것이다. 괴승이 천천히 손을 들어 오문걸의 목을 움켜쥐었다. 노인의 손은 여전히 검을 쥐고 있다. 검봉이 괴승의 가슴을 뚫고 등으로 삐져 나와 있었지만 그것이 괴승의 움직임을 멈추게 하지는 못했다.

우두둑—

괴승의 손아귀 안에서 오문걸의 목뼈가 맥없이 부러졌다.

천룡검객이라는 화려한 명성은 강호를 위진시킨 바 있다. 검 한 자루로 검선의 경계를 넘나들었다는 노고수가 혀를 빼물고 눈을 부릅뜬 채 축 늘어졌다. 그의 노안에는 놀람과 불신이 가득했을 뿐, 고통의 기색은 없었다.

오문걸의 몸뚱이를 내던진 괴승이 천천히 제 가슴에 박힌 검을 뽑아

내더니 허공에 두어 번 휘둘러보았다. 그리고 다시 전각을 향해 뚜벅 뚜벅 다가가기 시작했다.

놀라서 넋이 반쯤은 빠져 있던 보주의 호위대들이 벌 떼처럼 그런 괴승에게 달려들었다. 선두에 음산검로 구양순이 있다.

"이놈!"

분노한 구양순이 신검을 휘둘러 내려쳤다. 그의 검이 그림자조차 떼어놓은 채 벼락처럼 떨어져 괴승의 정수리에 박혔다. 죽립이 갈라져 떨어지고, 검이 박박 민 둥근 머리통에 닿았을 때, 깡! 하고 쇠와 쇠가 부딪치는 소리가 터져 나왔다.

"금강불괴?"

구양순이 크게 놀라 멈칫했다. 그 순간 괴승의 검이 그의 허리를 잘라 버렸다. 구양순은 비명도 지르지 못하고 상체와 하체가 각기 다른 곳을 향해 떨어졌다. 그리고 괴승의 잔인한 검무가 이어졌다.

쩽강거리는 쇳소리가 우박 떨어지는 것처럼 쏟아졌다. 스무 명의 백룡단 검수들이 괴승의 검 한 자루를 당하지 못하고 이리저리 흔들렸다. 동강난 검들이 하늘 높이 튕겨져 올라갔고, 피보라가 허공에 뿌려졌다. 일방적인 도살이라고 해야 할 광경이었다.

"그만두지 못해!"

대전 왼쪽에서 우렁찬 외침이 들려왔다. 몇 사람이 쏜살같이 달려 나왔는데, 기벽강과 염능파, 이칠과 장정이었다.

씨이잉―

가장 앞섰던 기벽강이 만도를 뽑아 후려치며 괴승을 가로막았다. 화려한 기벽강의 도법이 괴승을 가두고 백 가닥, 천 가닥의 칼 그물을 쳤다. 괴승이 말없이 검을 휘둘러 그것과 부딪쳐 갔다. 쩽강거리는 소리가 쉴 새 없이 터져 나오고, 불꽃놀이를 하듯 수많은 불똥들이 화르륵 날려 허공을 밝혔다.

기벽강의 만도 또한 쉽게 찾아볼 수 없는 보도다. 그러나 괴승의 신검과 한차례 격돌을 하고 떨어졌을 때 그의 칼은 톱처럼 변해 있었다.

"이건 도대체……."

기벽강이 질린 얼굴로 주춤거리며 물러섰다. 칼을 들고 있을 수도 없을 만큼 손아귀가 저리고 아파왔던 것이다. 괴승의 검에 실린 힘은 그로서는 처음 겪어보는 무지막지한 것이었다.

괴승도 기벽강과의 일전에 놀란 듯 우뚝 멈추어 서 있었는데, 눈을 끔벅이는 것이 의아해하는 것 같았다.

기벽강이 손목을 움켜쥐고 물러서자 이번에는 염능파가 쏜살같이 달려들었다.

"어디, 얼마나 대단한지 보자!"

외친 그가 즉시 도화장법을 뻗어 후려치며 섭선을 뒤집어 손잡이로 태양혈을 찍었다.

꽝―!

멈칫거리고 있던 괴승의 가슴과 태양혈에서 무지막지한 격타음이 터져 나왔다.

"음."

괴승이 충격을 받은 듯 쿵쿵거리며 세 걸음 밀려났다. 충격은 염능파에게도 똑같이 전해졌다. 그가 오만상을 찡그리고 제 손목을 쥔 채 소리쳤다.

"뭐냐? 저것도 사람이야?"

그의 충만한 내력을 실은 일장을 가슴에 정통으로 맞았으니 피를 토하고 거꾸러져야 정상이었다. 섭선에 찍힌 태양혈이 움푹 함몰되어 있는 것으로 보아 뇌호가 파괴되어 즉사해야 마땅한 일인데, 괴승은 그저 굵은 눈썹을 찡그렸을 뿐이다. 구멍이 뚫린 듯 함몰되었던 태양혈도 서서히 본래의 모습으로 되돌아오고 있었다.

기벽강과 염능파가 각기 괴승과 일수를 나누고 물러서자 다시 이칠이 달려들었다. 싯! 하는 날카로운 파공성과 함께 세 자루의 비도가 괴승의 미간과 양쪽 가슴을 노리고 날았다.

유성이 흐르듯 하는 그것을 제대로 피할 수 있는 자는 없다. 괴승도 마찬가지여서 세 자루의 유엽비도를 고스란히 맞아야 했다. 두 자루가 가슴 깊숙이 박혔고, 미간에 닿았던 비도는 쨍! 하는 소리와 함께 덧없이 튕겨지고 말았다. 또 한 번의 충격을 받은 듯 괴승이 움찔거리며 물러섰다.

"어?"

재차 몸을 날려 공격을 퍼부으려던 이칠이 놀란 외침을 터뜨리고 우뚝 멈추어 섰다. 괴승의 가슴에 박혔던 비도가 마치 탄력이 좋은 가죽 부대를 때린 돌멩이처럼 저절로 튕겨져 나왔기 때문이다.

"비켜!"

저쪽에서 장정이 소리친 것과 함께 허공에 좌라라락— 하고 쇠사슬 풀어지는 소리가 걸렸다. 이칠이 급히 몸을 낮추자 그의 머리 위로 쉬아앙— 하는 요란한 파공성을 내며 철괴가 지나갔다.

꽈앙—!

그것이 무지막지하게 괴승의 머리통을 때렸다. 쇠종이 깨지는 듯한 굉음이 터져 나왔고, 괴승이 머리를 건들거리며 다시 쿵쿵거리고 물러섰다. 그 어느 때보다 심한 충격을 받은 듯 그는 한동안 정신을 차리지 못하고 비틀거렸다.

"어?"

장정도 놀란 외침을 터뜨리고 눈을 휘둥그레 떴다. 머리통이 박살나 흩어지리라 믿었는데 멀쩡하게 서 있으니 그렇다.

"저눔 시키가!"

불끈 오기가 솟구친 장정이 다시 '비켜!' 하고 소리쳤다. 기벽강과 염능파 등이 깜짝 놀라 멀찍이 물러섰고, 이칠은 재빨리 괴승의 뒤로 돌아갔다.

장정이 쇠사슬의 중간을 잡고 두 개의 철괴덩이를 머리 위에서 붕붕 돌려댔다. 그 무거운 것을 바람개비처럼 돌려대는 장정의 무지막지한 힘에 보주가 감탄성을 터뜨렸고, 괴승도 위협을 느끼는 듯 뚫어지게 그 것을 바라보았다.

"귀신이든 요물이든 이제는 하나도 안 무섭다!"

버럭 소리친 장정이 쿵쿵거리며 달려들어서 마구 휘둘러 치기 시작했다. 두 개의 철괴가 번갈아 덮쳐 오는 게 바람처럼 빨라서 정신을 차릴 수 없을 지경이었다. 그것이 스치고 지나갈 때마다 찢어지는 듯한 바람 소리가 났고, 그 여파로 괴승의 몸이 흔들렸다.

괴승이 감히 그것과 마주치지 못하고 비틀거리며 세 걸음 물러섰다. 대전 앞까지 밀고 들어와 있던 그가 기벽강과 염능파, 이칠과 장정 등에 의해 뜰 복판으로 다시 밀려난 것이다.

장정이 철괴를 무지막지하게 휘두르자 장내가 텅 비어버렸다. 누구도 감히 그의 철괴가 미치는 범위 안으로 뛰어들 엄두를 내지 못했기 때문이다. 그래서 이제는 장정과 괴승 두 사람만의 대결이 되었다.

깡—!

날카로운 쇳소리가 났다. 괴승이 불쑥 신검을 들어 머리통을 노리고 날아드는 철괴를 비스듬히 쳐낸 것이다. 요란한 소리와 함께 불똥이 어지럽게 날았고, 철괴에 깊은 검흔이 새겨졌다. 하지만 그뿐, 워낙 두껍고 무거운 쇳덩이는 잘라지지 않았다. 겨우 방향을 틀어 빗나갔을 뿐이다.

철괴신(鐵塊神)이라는 별호에 걸맞게 장정의 힘은 무궁무진한 것 같았다. 태풍처럼 거침없이 몰아치는 기세가 흉흉하기 짝이 없었다.

뚜벅뚜벅 걸어와 순식간에 금룡단과 백룡단을 괴멸시켜 버린 괴승도 장정의 그 힘과 무지막지한 철괴 앞에서는 몸을 사리는 기색이 역력했다.

장정은 약이 올라 미칠 것 같은 심정이 되었다. 여러 사람이 지켜보는 앞에서 한껏 솜씨를 뽐냈건만 괴승을 어떻게 할 수 없으니 그렇다.

"이눔 시키가! 안 맞지? 어서 대갈통을 내밀지 못해! 거기 서 있어! 이게 정말? 말 안 들을래?"

쉴 새 없이 호통을 치며 한 쌍의 철괴를 휘두르지만 괴승은 이리저리 몸을 움직여 피했다. 싸움이 계속될수록 어눌했던 몸놀림이 한층 가볍고 민첩해졌으며, 검을 휘두르는 솜씨도 점차 익숙해져 갔다.

그것을 지켜보던 보주가 침통한 얼굴로 말했다.

"오히려 저 마신의 본래 무공이 되살아나는 것 같다."

괴승은 아직 몸의 반응이 어눌해 있었는데, 장정과의 전력을 다한 싸움이 지속되면서 신경들이 예민하게 살아나고, 신체의 유기적인 움직임이 본래의 능력을 발휘해 가고 있었던 것이다. 오랫동안 쓰지 않던 물건에 기름칠을 해준 것과 같다.

어눌할 때도 신검대의 금룡과 백룡단을 괴멸시키는 무시무시한 위력을 발휘한 괴승이다. 본래 제 몸의 상태를 회복하게 된다면 그때는 더욱 무서워질 것이다.

꽝!

요란한 충돌음이 터졌다. 드디어 장정의 철괴가 괴승의 몸에 부딪친 것이다. 괴승이 괴로운 신음을 흘리며 쿵쿵거리고 다시 물러섰다. 그것을 본 보주의 눈에 기쁨이 어렸다.

"저것을 상대할 수 있는 또 한 명이 있었구나."

흑룡보주는 장정이 무지막지한 힘과 철괴의 위력으로 마신으로 불리는 마정지체와 능히 싸울 수 있다는 걸 알고 기뻤다. 자기가 있고 무진이 있으며 이제 장정의 위력을 보았으니 저놈을 제압할 수 있겠다는 자신감이 생긴 것이다.

그러나 장정은 점점 지쳐 가고 있는 중이었다. 그가 무려 향 한 자루를 태울 만한 시간 동안 쉬지 않고 철괴를 휘두를 수 있었던 건 오기 때문이었다. 자신의 철괴에 정통으로 맞고도 꿈쩍하지 않는 괴승에 대한 호승심이 크게 일었던 것이다.

하지만 오기가 언제까지나 지치지 않는 힘을 가져다 주지는 않는다. 그는 가쁜 숨을 헐떡이기 시작했다. 움직임이 눈에 띄게 느려졌고, 철괴를 휘두르는 것도 그만큼 둔해졌다.

한쪽 어깨에 철괴를 맞은 괴승이 고통스런 신음을 흘리고 잔뜩 낯을 찌푸렸지만 여전히 쓰러지지는 않았다. 사람의 뼈가 오히려 철괴보다 더 단단하고 질긴 것이다. 이제는 그도 크게 화가 난 듯했다.

"다, 죽인…… 다……."

이를 부드득 갈며 중얼거리더니 '까아아!' 하고 엄청난 괴소를 터뜨렸다. 머리 위에서 화탄이 폭발한 것같이 갑자기 터져 나온 소리에 땅이 흔들리고 전각의 기둥이 삐걱거리며 요동을 쳤다.

그 한 소리에 실려 있는 공력의 무지막지함이 인간의 그것이라고는 믿어지지 않을 지경이어서 모두의 낯빛이 새파랗게 질렸다.

획—

괴승이 장정을 향해 몸을 날렸다. 방금 철괴에 부딪쳐 충격을 받은 자라고는 믿어지지 않는 몸놀림이었다.

놀란 장정이 들고 있던 철괴 하나를 힘껏 내던졌다. 괴승이 달려오던 기세를 멈추더니 미련없이 신검을 내던지고 두 손을 뻗어 그것을 붙잡았다. 장정은 내심 쾌재를 불렀다. 바로 이와 같은 수법에 몇 번 재미를 보지 않았던가.

그가 힘껏 쇠사슬을 잡아당겼다. 마치 괴승의 손에서 철괴를 빼내려는 것 같았다. 괴승이 철괴를 잡은 두 손에 더욱 힘을 주었다. 끼기긱— 하는 날카로운 소성이 귀를 찌르고 소름이 돋게 했다.

장정과 괴승은 철괴를 두고 서로 힘 겨루기를 하는 형국이 되었다. 장정의 힘이 실로 놀랍다는 것이 다시 한 번 드러났다. 괴승에 맞서서 조금도 밀리지 않았던 것이다. 팽팽하게 당겨진 쇠사슬이 곧 끊어질 듯 뿌드득거리는 소리를 냈다.

두 사람은 마치 줄다리기를 하고 있는 것 같았다. 모두 손에 땀을 쥐고 그 기이한 광경을 바라보며 마른침을 삼켰다. 드디어 힘이 어느 정점에 이르렀을 때, 장정이 쇠사슬 끝에 매달려 있는 또 하나의 철괴를 힘껏 내던졌다.

"미련한 놈! 이거나 처먹어라!"

괴승이 잡아당기는 힘에 장정이 던져 낸 힘이 더해진 두 번째 철괴가 무시무시한 속도로 날아갔다. 괴승은 두 손으로 철괴를 붙잡고 있었으므로 코앞에 닥쳐드는 또 하나의 철괴를 쳐낼 수가 없다.

장정은 저의 이와 같은 수법이 반드시 통하리라고 굳게 믿었다. 무혼불괴시들과 싸울 때도 몇 번 써먹었는데, 그때마다 미련한 그것들은 두 번째 철괴에 머리통이 박살나지 않았던가.

눈 깜짝할 사이에 철괴가 괴승의 면전에 이르렀다. 다들 통쾌한 장면을 연상할 때 괴승이 뜻밖의 움직임을 보였다. 뒤로 크게 머리를 젖혔다가 힘껏 숙이며 날아드는 철괴를 들이받은 것이다.

쿠앙ㅡ!

가슴이 울리는 엄청난 소리가 났다.

누가 보더라도 괴승의 저와 같은 짓은 무모하기 짝이 없었다. 자살하려는 것이 아닌 다음에야 저럴 수가 없는 것이다.

"어?"

장정이 눈을 부릅떴다. 보주와 무진도 억! 하고 놀란 외침을 터뜨린 채 입을 딱 벌렸다. 신검으로도 잘려지지 않았던 철괴가 괴승의 박치기 한 방에 부서져 날리고 있었던 것이다.

비록 머리가 박살나지는 않았지만 적지 않은 충격을 받은 듯 괴승이 멍한 모습으로 우뚝 섰다.

그때 수련은 거미줄 늘어진 선방에서 깊은 잠에 빠져 있다가 바깥의 소란에 깨어났다. 계속되는 비명과 고함 소리에 낯을 찌푸렸지만 제 일이 아니었으므로 나서기를 꺼려했다. 온통 낯선 남정네들뿐이니 그랬고, 신검대와 흑룡보주가 있으니 설마 위급한 일이야 있을 것인가 하는 믿음 때문이기도 했다.

그러던 중에 기벽강과 장정의 호통 소리가 들려왔고, 그들의 당황한 외침도 들려왔다. 수련은 비로소 밖에서 벌어지고 있는 일이 심상치 않다고 여겼다.

그녀가 자리를 박차고 나왔을 때는 괴승이 장정의 철괴에 박치기를 할 때였다. 그리고 그것이 산산이 깨지는 것을 보았다.

수련이 너무 놀라 입을 틀어막고 우뚝 멈추어 섰다. 저와 같이 무지막지한 일은 상상해 본 적도 없었던 것이다. 그녀는 제가 혹시 꿈을 꾸고 있는 건 아닌가 해서 눈을 비볐다.

괴승은 아직 멍한 눈길을 허공에 둔 채 서 있기만 했다. 수련은 소란의 주인공이 중년의 낯선 중이라는 데에 의아해졌다. 게다가 주위에 숱하게 쓰러져 있는 참혹한 주검들이 모두 신검대의 검수들이라는 데에는 질리고 말았다.

"이때다! 저 괴물을 처치하자!"

정신을 차린 염능파가 소리치고 달려들었다. 그의 섭선이 무혼불괴시의 머리통을 깨뜨리던 위력을 싣고 괴승의 정수리 위에 떨어졌다. 깡! 하는 쇳소리가 났을 때 기벽강의 만도가 괴승의 전신을 난자해 댔고, 이칠의 비수도 다섯 개나 날아가 요혈에 박혔다.

충격에 충격이 더해지자 오히려 정신이 드는 듯, 괴승의 흐릿하던 눈에 다시 혈광이 감돌았다. 그리고 움직이기 시작했다.

괴승은 제 몸에 떨어지는 그 무수한 칼과 권장과 비수를 모두 무시했다. 그가 한껏 호신지기를 일으키자 그것들은 얼음에 미끄러진 것처럼 모두 튕겨지고 비껴 흘렀다. 기벽강의 만도도, 염능파의 권장과 섭선은 물론, 이칠의 비수도 이제는 조금의 위협도 되지 못했다.

괴승이 춤을 추듯 너울거리며 그들을 한꺼번에 휩쓸어갔다. 넓은 소맷자락이 날카로운 바람 소리를 내며 휘젓는 곳에 감당할 수 없는 기의 폭풍이 몰아친다. 뻗어 치고 내지르는 일권, 일퇴가 막중한 내력을 뿜어냈다.

꽝꽝꽝꽝—!

사방에서 벼락치는 소리가 터져 나왔다. 괴승의 권각에 부딪친 기벽강의 만도가 맥없이 부서져 날렸고, 염능파는 비명을 터뜨렸다. 어깨와 팔꿈치와 손목의 뼈들이 모두 부러진 그가 남의 것처럼 되어버린 오른팔을 덜렁거리며 훌훌 날려가 섬돌 아래 처박혔다.

이칠만이 특이한 신법으로 간신히 이리저리 괴승의 권각을 피하고 있을 뿐이었는데, 스쳐 가는 경풍에 살갗이 쩍쩍 갈라져 피를 뿌렸다.

"앗!"

미처 손써 볼 새도 없이 순식간에 벌어진 일이다. 놀란 무진이 급히 몸을 날렸지만 염능파를 구할 수 없었음은 물론, 괴승의 일권이 이칠의 어깨를 내려치는 걸 막을 수도 없었다.

꽝—!

경력의 폭발음과 우욱! 하는 신음성이 동시에 들려왔다. 이칠이 모래알처럼 부서져 버린 어깨를 건들거리며 비틀거렸다. 무진이 막 그의 곁에 내려선 것과 괴승이 걷어찬 발끝이 이칠의 가슴에 박혀 버린 것이 동시의 일이었다.

우지직, 하는 끔찍한 소리와 함께 가슴뼈가 함몰된 이칠이 피를 토하며 이 장여나 훌훌 날려가 잣나무 둥치에 세게 부딪치고 떨어졌다. 몸이 축 늘어진 채 움직이지 않는 것이 심상치 않아 보였다.

"이 마물!"

무진이 지나친 놀람과 흥분과 분노 때문에 스스로를 주체하지 못하고 벼락처럼 소리쳤다. 그의 넘칠 듯한 내력이 실린 그 한 번의 호통 소리에 괴승이 움찔하고 반응했다.

"죽인…… 다."

무진을 돌아보는 눈에 핏발이 가득 서려 있었다. 끔찍한 안광이 줄기줄기 뻗어 나오고 있었는데, 어둠 속에서 빛나는 야수의 그것과도 같았다.

"나도 너를 죽이고 말 테다!"

소리친 무진이 척가보도를 뽑아 들었다. 쨍, 하고 울리는 칼의 울음소리가 스산했다.

"기다려!"

그제야 수련도 정신을 차리고 몸을 날리며 날카롭게 소리쳤다. 그녀가 두려움없이 무진 곁에 훌훌 날아 내리더니 그의 옷자락을 잡아당겼다.

"모두…… 죽인…… 다."

괴승이 수련을 노려보며 다시 으르렁거렸다. 수련이 그 끔찍한 눈길과 위협적인 말투에 놀라 부르르 몸을 떨면서도 무진을 가로막고 비켜서지 않았다.

한쪽에서는 장정이 급히 달려가 이칠을 부둥켜안았는데, 이미 숨이 끊어졌는지 이칠은 그의 품 안에서 사지를 축 늘어뜨린 채 움직이지 않았다.

"우아악! 형! 형 놈아! 정신 차려라!"

장정의 처절한 부르짖음이 폐찰을 넘어 어두운 골짜기에 쩌렁쩌렁 울려 퍼졌다.

기벽강은 손잡이만 남은 만도를 내던지고 염능파를 안았다. 그는 의식을 잃은 채 뼈마디가 모두 부러져 버린 팔을 늘어뜨리고 있을 뿐이었다. 화려하게 섭선을 부쳐 대고, 손가락질하며 놀려대던 그 팔을 이제는 영영 쓰지 못할 것이다.

"크흐흑!"

기벽강이 제 품 안에서 무겁게 늘어진 염능파의 얼굴에 볼을 비벼대
다가 기어이 억눌린 울음을 터뜨렸다.

그런 어수선하고 비통한 상황을 냉정하게 돌아본 수련이 무진을 밀
어내며 속삭였다.

"내가 달래보겠어."

"달랜다고?"

"맡겨봐."

눈에서 원독의 불길을 확확 뿜어내는 무진을 애써 밀어낸 수련이 흘
러내린 머리카락을 쓸어 올리며 괴승과 마주 섰다.

"당신은 소림사 출신인가요?"

"어?"

엉뚱한 수련의 말에 괴승이 눈을 크게 떴다. 소림사 출신이냐고 묻
는 그 한마디에 멍한 얼굴이 되더니 점차 무시무시하게 떠올라 있던
살기가 가라앉아 갔다. 그리고는 천연덕스런 얼굴이 되어서 고개를 갸
웃거렸다.

"소림…… 사……."

괴승이 이맛살을 잔뜩 찌푸린 채 중얼거리는 것이, 무엇인가를 골똘
히 생각하는 모양이었다. 수련은 그런 괴승의 변화를 지켜보았다. 괴
승이 드디어 생각난 듯 제 머리통을 툭툭 두드리며 히죽 웃었다.

"맞다…… 나는 소림사에서…… 왔다."

수련을 바라보는 눈길이 평화로워졌다. 그가 천천히 고개를 돌려 무
진과 흑룡보주와 주위의 참혹한 주검들을 하나씩 바라보았다. 그 시간

이 꽤 길고 지루했지만 누구도 말리거나 흥분하여 소리치지 않았다. 무언지 모를 엄숙하고 무거운 분위기가 장내를 압도했던 것이다.

"그런데…… 내가 왜 여기에 있지? 왜…… 이 사람들은 죽어 있는 거냐? 아미타불……."

괴승이 잔뜩 낮을 찡그리고 불호를 외웠다. 자비로운 불승의 본래 모습으로 돌아온 것이, 조금 전의 그 아수라 같고 야차 같았던 모습과는 전혀 상관없는 사람인 듯했다.

"당신이 이렇게 했답니다."

수련이 탄식하고 떨리는 음성으로 말했다. 괴승의 얼굴에 곤혹스러워하는 기색이 가득해졌다.

"내가? 내가…… 왜……."

"그것을 묻고 싶군요. 당신은 소림사의 승려로서 자비와 불심에 대한 깊은 이해를 가지고 있을 텐데 왜 이처럼 끔찍한 일을 저지른 거지요?"

"내가 이렇게 했다고? 내가…… 아니, 이것은…… 내가 한 일이 아니다. 그럼 누가 이렇게 했단 말이냐?"

곤혹스러워하던 괴승이 떠듬떠듬 말했다. 음성이 떨리는 것이 그의 감정 속에 죄책감이 생겨난 듯해서 그를 바라보던 사람들이 모두 의아해했다.

'어떻게 된 건가? 저놈은 마정지체가 아니란 말인가?'

흑룡보주는 그런 의문 때문에 머리 속이 혼란해졌다. 마정지체라면 인지력을 지니고 있으나 이성과 감정은 대부분 상실해야 옳았다. 오직 그에게 주입된 '주인'의 존재만이 머리 속에 들어 있을 뿐이고, 그의 명령을 따를 뿐이다. 잘 훈련된 개와 같은 것이다.

그런데 지금 괴승은 스스로의 행위에 대한 혼란에 빠져 있었다. 감정이 남아 있는 듯하지 않은가. 또한 옳고 그름에 대한 분별력이 아직 있는 것 같으니 더욱 이상한 일이었다.

'저 마물을 만들어낸 자는 어쩌면 완전한 통제에 실패했는지도 모른다.'

보주는 그런 결론을 내릴 수밖에 없었다. 그렇다면 잘된 일인지, 아니면 더욱 나쁜 상황이 된 건지 이제는 그게 궁금해지는 한편 불안해졌다.

한참 망설이던 괴승이 울 듯한 얼굴이 되어서 중얼거렸다.

"나는, 나는…… 명령을 받았다."

"어떤 명령이지요?"

"흑룡보주 진천무의 목을…… 가져가야 한다. 곽무진이라는 아이를 잡아가야 한다."

"누구에게 가져간단 말인가요?"

"그건, 그건…… 주인의…… 명령……."

수련과의 대화 중에 잊고 있었던 생각이 다시 떠오른 듯, 괴승의 눈빛에 흉흉한 살기가 살아났다. 수련의 낯빛이 핼쑥해졌다. 괴승을 조종하는 자와 그 목적을 알아낼 욕심에 그만 가라앉혔던 그의 마성을 다시 촉발시켰다는 걸 깨달은 것이다.

"저런!"

호기심을 갖고 그들을 지켜보던 흑룡보주도 안타까운 탄성을 흘렸다.

"우흐흐흐— 나는 명령을 수행한다. 막는 자들은 다 죽인다."

괴승이 핏빛으로 번뜩이는 눈을 이리저리 굴리며 음침하게 웃었다.

"위험해!"

무진이 버럭 외치고 수련을 힘껏 떠민 것과 괴승이 불쑥 손을 뻗어 일장을 쏟아낸 것이 동시의 일이었다.

무진이 수련을 품에 안고 급히 몸을 쓰러뜨려 땅바닥 위를 굴렀고, 그가 있던 곳을 무시무시한 장력이 휩쓸고 지나갔다. 가까스로 피했지만 음산한 냉기가 훅 끼쳐 와 뼛속까지 얼얼해졌다.

"에잇!"

무진이 상체를 일으키며 힘껏 칼을 뿌렸다. 씨잉, 하는 휘파람 소리를 남기며 뻗어나간 칼이 괴승의 무릎 어림을 쳤다. 퍽! 하는 둔탁한 소리가 났다. 무진은 경황 중에도 놀라움을 감추지 못했다. 칼이 저절로 미끄러지면서 그것에 쏟아 넣었던 힘이 고스란히 되돌아왔던 것이다.

"죽인다!"

버럭 소리친 괴승이 무진을 향해 홱, 돌아섰다. 벌떡 뛰어 일어선 무진이 보도에 신공을 실어 다시 한 번 후려쳤다.

괴승의 음랭한 장력을 번개 치듯 쪼개고 들어간 칼이 그의 옆구리를 치고 빠져나왔다. 그토록 질기고 단단하던 몸이 이번에는 견디지 못하고 쩍 벌어져 시뻘건 속살을 드러냈다. 뜨거운 피가 뿜어져 나와 허공에 뿌려졌다. 괴승이 신음을 흘리며 비틀거리고 물러섰다.

괴승을 없애 버리기로 작정한 무진이 손가락 끝에 금강지력을 한껏 끌어 모았다. 그의 손이 순식간에 은은한 자색으로 물들었다.

자부신공을 극한까지 끌어올린 무진이 손가락 끝에 구슬처럼 맺힌 강기의 탄환을 쏘아냈다.

피잉—

허공을 가르는 날카로운 파공성이 들렸다. 그리고 비틀거리는 괴승이 본능적으로 두 팔을 엇갈려 얼굴을 가렸다.

픽! 픽!

금강지력이 박히는 섬뜩한 소리가 두 번 울리고, 괴승이 눈을 부릅떴다.

■제9장■

이 칠 의 최 후

이칠의 최후

꽝!

괴승의 몸에서 터진 강기가 그를 내동댕이쳤다. 팔과 가슴 부위가 화탄을 맞은 듯 검게 변색되었고, 조각난 살점들이 떨어져 너덜거렸다.

"아!"

수련이 그 끔찍한 모습을 차마 보지 못하고 손으로 얼굴을 가렸다. 보주와 무진은 눈을 부릅뜨고 괴승을 지켜보았다. 죽은 것일까? 하는 의문이 들었으나 곧 그들의 얼굴이 일그러졌다.

괴승은 막중한 타격을 받았지만 죽지 않았다.

무진의 지력이 그의 몸속으로 파고들지 못했던 것이다. 피부를 찢고 살과 근육에 상처를 준 것에 지나지 않았다. 지력에 실린 막강한 힘이 괴승에게 그 어느 때보다 큰 충격을 주었겠으나, 그것만으로는 목숨을 끊어놓을 수가 없었다.

"저런, 저런!"

보주가 놀라 소리쳤고, 무진도 눈을 부릅뜨고 믿어지지 않는 광경을 바라보았다.

쓰러져 있는 괴승의 상처가 급속히 아물어가고 있었던 것이다. 팔목은 뼈가 드러날 정도로 깊이 파헤쳐져서 너덜거렸는데, 그것이 빠르게 회복되었고, 가슴의 상처도 마찬가지였다.

"끄으으—"

잠시 의식을 잃고 처박혔던 괴승이 신음을 흘리며 꿈틀거렸다. 그리고는 천천히 몸을 일으켰다.

무진과 보주는 할 말을 잃었다. 저와 같은 일이 있으리라고는 상상할 수도 없었던 것이다.

괴승이 아픈 듯 얼굴을 잔뜩 찡그리고 자신의 팔목과 가슴을 바라보았다. 그러는 동안에도 상처는 급속히 아물어 거의 부상의 흔적을 찾아볼 수 없게 되어갔다.

"아프다……."

중얼거린 괴승이 머리를 흔들었다. 내부에 가해진 충격도 컸을 것이다. 내상으로 장기가 파손되고 심근이 가루가 되었어야 하련만, 그는 멀쩡해 보였다. 아니, 울컥 한 모금의 검붉은 피를 토해내기는 했다. 그러나 그것뿐이었다.

절대로 죽일 수 없고, 파괴할 수 없는 마물이라는 말이 실감되었다. 그렇다면 저것을 어떻게 제압할 수 있단 말인가. 어떻게 죽여서 염능파와 이칠의 복수를 해줄 수 있단 말인가.

무진이 빠드득, 이를 갈았다. 칼을 거둔 그가 이번에는 두 손에 자부신공을 한껏 끌어 모으고, '이야압!' 하는 기합성을 터뜨리며 연달아지력을 쏟아냈다. 손목을 털 때마다 강기의 탄환이 빛살처럼 뻗어나가 괴승의 몸에 다시 작렬했다.

꽈광, 꽝, 꽝—!

소나기처럼 퍼부어진 금강지력이 폭죽 터지는 소리를 내며 번쩍거렸다. 괴승이 온몸을 흔들흔들 떨면서 쿵쿵거리고 밀려났다. 그의 몸뚱이 전체가 폭죽이 된 듯 요란하게 터져 나가고 있었다. 지력이 폭발할 때마다 번쩍이는 자색 섬광이 일었고, 충격의 여파가 멀리까지 전해졌다.

그렇게 십여 대의 금강지를 맞았지만 괴승은 처음과 달리 쓰러지지 않았다. 고통스런 비명을 터뜨리며 비틀거렸을 뿐, 끝내 몸을 가누고 버틴 것이다.

무진의 안색이 창백해져 있었다. 한순간 진기를 과도하게 쏟아낸 탓이다.

휘청거리는 무진을 향해 괴승이 걸음을 옮겼다. 전신이 벌집처럼 변해 버린 징그러운 모습이었다. 그러나 세 걸음을 걸었을 때는 차마 볼 수 없을 만큼 끔찍한 그 상처들이 아물기 시작했다. 그리고 열 걸음을 채 걷지 않아서 다시 멀쩡한 모습이 되었다.

괴승의 더욱 붉어진 눈에 분노와 살기가 가득했다. 그가 무진을 노려보며 거친 숨을 씩씩 내쉬었다. 자신을 아프고 괴롭게 한 자에 대한 노여움이 폭발한 것이다.

"끼야아—!"

괴승이 충만한 마기를 실은 외침을 터뜨렸다. 괴수의 울부짖음 같은 그 소리에 다시 땅이 흔들리고 폐찰의 낡은 전각들이 들썩였다.

"죽인다!"

무시무시한 흉광을 쏟아내는 눈이 무진에게 고정되었다.

더 지켜보고 있을 수 없게 된 흑룡보주가 홀쩍 몸을 날렸다. 그가 마치 거대한 새처럼 허공을 훌훌 날아 괴승의 앞을 막아섰다.

"이놈!"

보주의 일갈이 벽력성처럼 터졌다.

꽈앙ㅡ!

그가 힘껏 후려친 일장이 괴승의 가슴에 작렬했다.

"커억!"

꽈지직! 하고 뼈가 부러지는 소리와 함께 괴승이 또 한 모금의 피를 토해내며 훌훌 날려가 처박혔다.

보주의 일장에 실린 힘은 무진의 금강지 못지않게 위맹했다. 그것에 정통으로 맞은 괴승의 가슴이 움푹 함몰되어 있었다.

금강불괴보다 더 단단하고 질긴 몸이었지만, 연거푸 무진의 금강지와 보주의 흑룡장에 맞자 이제는 회복될 수 없을 만큼 깨진 것 같았다.

처음 보는 보주의 무서운 일장에 모두는 숨을 죽였다. 보주가 손을 뻗었다. 그러자 바닥에 떨어져 있던 신검 한 자루가 쭉 빨려 들어왔다. 그것을 윙윙 휘둘러 본 보주가 스산한 눈빛으로 중얼거렸다.

"오늘 반드시 저 마신을 죽여야 한다. 그렇게 하지 못한다면 강호가 장차 저것 때문에 전무후무한 혈겁에 휘말리고 말리라."

수련이 재빨리 무진을 한쪽으로 끌어냈다. 무진은 수련의 어깨에 기댄 채 급히 운기조식을 했다. 조금이라도 기력을 되찾아 보주와 힘을 합해야 한다는 생각에서다.

보주가 무거운 걸음으로 땅을 쿵쿵 울리며 쓰러져 있는 괴승에게 다가갔다. 그것이 꿈틀거리더니 천천히 몸을 일으키고 있었다. 함몰되었던 가슴도 급히 아물어가고 있는 중이다.

위이잉—

신검이 부르르 떨며 울었다. 검신에 주입된 보주의 신공을 감당하기 벅찬 듯 스스로 떨고 있는 것이다.

"이얍!"

보주가 괴승을 향해 힘껏 검을 뿌렸다. 한 가닥 시린 검광이 일어 맹렬하게 뻗어나갔다. 아무런 소리도 들리지 않는 무음의 백색 검강(劍罡)이었다.

꽈앙—!

"끄아악!"

막 몸을 일으키고 구부정하게 서 있던 괴승의 가슴이 쩍 벌어졌다. 그가 괴이한 비명을 터뜨리며 다시 훌훌 날려가더니 담에 부딪쳤다.

우르르르—

돌담이 모래벽처럼 무너졌고, 괴승의 몸은 그것을 뚫고 밖으로 날려나갔다.

수련이 무진의 명문에 장심을 붙인 채 뜨거운 기운을 쏟아 넣어주었다. 그것을 본 기벽강도 달려와 무진의 기해혈에 제 손바닥을 붙이고 아낌없이 내력을 쏟아 넣어주었다. 무진은 그들 두 사람의 내력을 이끌어 제 몸 안으로 돌리며 다시 자부신공을 운기했다.

신공이 한 번 꿈틀거리자 혈맥이 따뜻해지고 급속하게 부풀려진 기운이 임독양맥을 타고 맹렬하게 치달려갔다. 텅 비었던 기해가 자부신공의 막중한 내력으로 빠르게 채워졌다.

비록 괴승이 담 밖으로 날려갔지만 흑룡보주는 안심하지 않았다. 그가 신검을 쥔 채 이글거리는 눈으로 무너진 담을 노려보는데, 과연 담

밖에서 괴승이 쏜살같이 날아들었다.

가슴에는 아직 깊게 패인 검상이 남아 있었지만 그의 움직임은 조금 전보다 배는 더 빠르고 맹렬했다.

"끼야아—!"

허공에 떠 있는 괴승의 부르짖음이 쌍곡 위에 쩌르릉 울려 퍼졌다.

그가 말았던 몸을 쭉, 펴며 보주를 향해 맹렬하게 일장을 쳐냈다. 허공을 격하고 장력이 곧장 뻗어 나왔다.

"음!"

이를 악문 흑룡보주가 다시 검을 들어 후려쳤다. 새파란 무음의 검강이 유성처럼 허공을 가르고 숏구쳤다. 그것이 괴승이 때려낸 장력과 충돌하자 쿠앙! 하는 격렬한 폭음이 터졌다.

괴승의 움직임은 갈수록 사납고 빨라졌다. 그가 충돌의 여파를 타고 홀홀 날아 더 높이 숏구치더니 몸을 뒤집었다. 머리를 아래로 향하고 발을 하늘로 뻗은 채 떨어져 내리며 쌍장을 번갈아 쳐냈다.

우르릉거리는 뇌음이 허공에 가득하고, 새파란 강기가 번갯불처럼 떨어지는 모습이 장관이었다.

짜자자작—!

허공에 뇌전이 치는 듯한 소리가 났다. 주변의 공기들이 파열되며 터져 나온 소음으로 귀가 먹먹해질 지경이었다.

흑룡보주가 감히 마주칠 생각을 하지 못하고 몸을 기울였다. 그가 옆으로 쏜살같이 난 것과 괴승이 쳐낸 강기가 폭발한 것이 동시였다.

쿠앙—!

천번지복의 굉음이 터졌다. 일만 근의 폭약을 묻었다가 터뜨린 것처럼 흙먼지가 하늘 가득 숏구치고, 땅이 지진을 만난 듯 요동을 쳤다.

기의 폭풍이 사방으로 쏟아져 나가 제대로 버티고 서 있을 수가 없을 지경이다.

서서히 먼지가 가라앉았다. 괴승이 우뚝 서 있었는데, 흑룡보주가 있던 자리에는 두어 장 깊이의 함몰된 구덩이가 생겨나 있었다.

두리번거리던 그가 십여 장 밖으로 물러나 놀란 얼굴로 바라보고 있는 보주를 찾아냈다.

"죽인다!"

그 즉시 땅을 박차고 달려나가는 기세가 질풍 같았다.

"비켜!"

무진이 수련과 기벽강을 뿌리쳤다. 그는 괴승과 보주를 잇는 직선거리 옆에 서 있었으므로 괴승이 일 장 거리를 두고 그의 앞을 날아가는 중이었다.

"이얍!"

무진이 즉시 칼을 뽑아 허공을 격하고 후려쳤다. 칼을 타고 흐른 자부신공이 새파란 강기가 되어 쭉 뻗어 나갔다.

괴승이 힐끔 무진을 바라보았다. 그의 이목은 조금 전과는 비교할 수 없이 영민해져 있었고, 움직임도 그랬다.

괴승이 몸을 웅크렸다 쭉 펴며 맹렬한 일권을 때렸다. 그것이 지척에 다가든 무진의 도강을 후려쳤고, 바윗돌을 깨는 쇠망치처럼 그것을 산산이 깨뜨렸다.

꽝!

폭음과 함께 움찔했던 괴승이 흥! 하는 코웃음을 날리고 그대로 흑룡보주를 향해 쏟아져 나갔다. 무진이 뒤따르며 또 한 번 칼을 휘둘러 도강을 쳐냈지만 괴승은 돌아보지도 않고 주먹을 내쳐서 그것마저 부수었다.

"와라!"

온몸의 기운을 끌어 모아 기다리고 있던 보주가 괴승을 향해 마주 달려들며 힘껏 검을 뿌렸다.

쉬아앙—!

검강이 바람을 찢고 쳐나갔다. 괴승이 금리도천파(金鯉倒千波)의 신법으로 몸을 뒤챘다. 흑룡보주의 검강이 무섭다는 걸 한 번 겪어보아 아는 것이다. 허공에 몸을 띄운 상태에서도 뒤채고 트는 것이 자유로운 그의 신법이 놀라웠다.

검강이 아슬아슬하게 스쳐 지나갔고, 괴승은 번쩍 하는 사이에 흑룡보주의 면전에 떨어져 내리고 있었다.

우르릉—

그가 충혈된 눈을 번뜩이며 벼락처럼 일권을 내질렀다. 주먹에 실린 암경이 쇠뇌처럼 쏘아져 보주의 가슴을 노렸다.

"흥! 그깟 소림의 권법 따위로 무얼 어떻게 하겠단 말이냐?"

보주가 경황 중에도 비웃으며 검을 후려치고 찔러댔다. 번쩍이는 검광이 눈을 어지럽히고, 검봉이 일으키는 수많은 변화가 팔을 뻗으면 닿을 만한 좁은 공간에 가득 찼다.

보주의 검을 두려워하는 듯 괴승이 주춤거렸다. 감히 함부로 손을 뻗어 잡거나 때리지 못하고 이리저리 피하는데, 그 몸놀림이 또한 예상 밖이었다.

십여 초가 지나도록 두 사람은 승부를 가리지 못했다. 괴승은 처음의 어눌하고 굼뜨던 움직임에서 완전히 벗어나 있었다. 싸움이 거듭될수록 더욱 빠르게 적응해 가는 것이다. 일권, 일장이 쓸어가는 곳마다 사나운 경력의 폭풍이 몰아쳤다.

보주는 옷자락과 수염을 펄럭이면서 한 치도 물러서지 않고 괴승과 어울려 싸웠다. 그의 입에서 끊임없이 낮고 무거운 기합성이 터져 나왔고, 눈에 보이지도 않을 만큼 맹렬하고 사납게 쳐나가는 신검이 허공 가득 반짝이는 검기의 궤적을 남겼다.

그들 세 사람이 한데 어울려 싸우는 기세가 어찌나 사납고 흉맹한지 다른 사람들은 감히 근처에 얼씬거릴 수조차 없었다. 폐찰 뒤쪽을 지키고 있던 흑룡단 이십 명의 검수들이 몰려와 있었지만 그들은 손에 땀을 쥐고 관전할 뿐 보주를 도와줄 엄두조차 내지 못했다.

윙윙거리고 검이 우는소리가 끊이지 않고, 검기와 검강이 이리저리 어둠을 가르고 흐르는데, 괴승은 조금도 두려워하지 않고 그 속에서 좌충우돌하며 권각을 퍼부었다.

처음에는 보주의 신검을 두려워하는 듯하더니, 싸움이 계속되는 동안 괴승은 어느덧 두려움을 잊었다. 자신감이 붙은 것이다.

괴승의 재빠른 솜씨와 여태까지 겪어보지 못한 엄청난 내력이 보주를 당황하게 했다. 그가 '합!' 하고 짧은 기합성을 터뜨리며 검을 힘껏 내뻗었다. 괴승이 기다렸다는 듯 그것을 움켜쥐었다. 손 안에서 신검이 끼기긱, 하는 날카로운 소리를 내며 비틀렸다.

땅—!

기어이 신검이 괴승의 맨손 안에서 몇 토막으로 부러져 떨어졌다. 훌쩍 뛰어 물러선 보주가 손을 내뻗었고, 떨어져 있던 신검 하나가 다시 그의 섭물신공(攝物神功)에 끌려왔다.

두 번째 신검을 쥔 보주가 벼락같은 호통을 지르며 후려쳤다. 괴승이 손을 휘저어 넓은 소맷자락으로 손목을 둘둘 감더니 그대로 보주의 신검을 마주쳤다.

깡! 하는 요란한 소리가 나고 두 번째 신검도 맥없이 부러져 날았다. 괴승이 소림의 비전 중 하나인 철수신공(鐵袖神功)을 발휘한 것이다. 얇은 소맷자락이 신검의 날카로움을 이겨냈으니 어디에서도 이와 같은 일은 볼 수 없을 것이다.

보주가 눈을 찔러오는 괴승의 손가락을 피해 훌쩍 몸을 날리며 다시 손을 뻗어 신검 한 자루를 빼아들였다. 그리고 결과는 똑같았다. 와락 달려들며 내려친 신검이 여전히 괴승의 팔을 치고 부러져 버린 것이다.

세 번째, 네 번째 신검도 괴승의 철수신공 앞에서는 잘 마른 나뭇가지와 다를 게 없었다. 누가 보든지 보주가 지금 휘두르고 있는 게 쇠를 진흙 베듯 하는 절세의 신검이라고는 믿지 못할 것이다.

그렇게 몇 자루의 신검을 부러뜨리는 동안 괴승은 점점 더 보주를 핍박해서 이제는 그를 붙잡을 지경에 이르렀다. 보주가 위험하다고 여긴 무진이 몸을 날려 뒤에서 괴승을 덮쳤다.

두 손으로 굳게 움켜쥔 칼을 휘둘러 정수리를 노리고 힘껏 내려치자 씨잉, 하는 날카로운 바람 소리가 허공을 찢었다. 괴승이 슬쩍 머리를 기울이고 어깨를 튕겨 올렸다. 빗나간 척가보도가 괴승의 어깨에 떨어졌다.

땅―!

쇠를 후려친 것 같은 소리가 나고, 손목에 감당하기 힘든 충격이 왔다.

"이놈!"

방해를 받자 단단히 화가 난 듯, 괴승이 붉은 눈을 번뜩이며 홱 돌아서서 무진의 목을 움켜쥐려고 했다. 무진이 급히 몸을 틀며 두 발을 들어 번갈아 걷어찼다.

쫭쫭쫭쫭!

무영각보다 더 신랄하고 재빠른 그 발길질이 한 번도 빗나가지 않고 괴승의 몸에 작렬했다. 그때마다 통나무를 후려치는 것 같은 격타음이 둔탁하게 터져 나왔다.

단단한 바윗덩이라도 가루로 만들어 버렸을 발길질이건만 괴승은 꿈쩍도 하지 않았다. 무진이 마지막 발길질을 날리고 반탄력을 빌어 훌쩍 물러서자 괴승이 허공을 격하고 강맹한 장력을 쳐냈다.

은은한 금광이 장심에서 쭉 밀려 나왔다.

"반야선강(般若禪罡)!"

멀리서 그것을 본 수련이 놀라 소리쳤다. 소림사가 자랑하는 칠십이 종 신공 중에서 극강한 위력을 자랑하는 수강이었던 것이다.

무진이 즉시 자부신공을 뽑아 일장을 마주쳐 냈다. 허공에서 두 개의 각기 다른 수강이 충돌했다. 스슷, 하고 기와 기가 뒤섞이는 소리가 났을 뿐 굉음은 터져 나오지 않았다. 그러나 무진은 자신의 장력을 타고 거슬러 올라오는 괴승의 수강에 가슴이 파열되는 것 같은 고통을 느껴야 했다.

"우욱!"

그가 한 모금의 선혈을 토해내며 쿵쿵거리고 물러섰다. 괴승이 그런 무진을 쫓아가려고 하자 뒤에서 흑룡보주가 다시 한 자루의 신검을 쥐고 목을 쳐왔다.

씨잉, 하는 바람 소리를 들은 괴승이 팔을 들어 가로막았다. 검을 휘둘러 후려친 것은 보주의 유인술에 지나지 않았다. 괴승이 팔을 들어 올린 순간 그가 몸을 낮추며 일장을 쳐냈다.

꽝!

단천장(斷天掌)이 혈룡지기(血龍之氣)를 한껏 뿜어내며 괴승의 단전에 적중했다. 괴승이 신음을 흘리며 다섯 걸음이나 쿵쿵거리고 밀려났다. 그 틈에 급히 운기해서 들끓는 기혈을 달랜 무진이 문득 한 생각을 떠올리고 멈칫했다.

귀면탈의 괴한으로부터 받았던 다섯 개의 구슬이 생각난 것이다. 그때 괴한은 그 안에 들어 있는 화혈독(化血毒)이 무혼불괴시를 녹여 버릴 것이라고 하지 않았던가. 그렇다면 저 마신에게도 효과가 있을 거라는 생각이 불쑥 들었다.

"비키세요!"

품을 뒤져 금낭 속에서 한 개의 구슬을 꺼내 든 무진이 버럭 소리쳤다. 흑룡보주는 저쪽에서 무섭게 쏘아져 오는 괴승을 상대하기 위해 잔뜩 몸을 웅크리고 두 손에 혈룡지기를 집중하고 있는 중이었다.

무진이 뛰어나오며 다시 소리쳤다.

"멀찍이 비켜서세요!"

보주는 무진이 손 안에 무엇인가를 쥐고 있는 걸 보았다. 그 즉시 그에게도 떠오르는 생각이 있어서 발끝으로 땅을 맹렬하게 찍었다. 보주의 커다란 몸이 뒤에서 갑자기 잡아당긴 것처럼 쭉, 밀려났고, 그 자리에 괴승의 수강이 작렬했다.

꽝!

엄청난 굉음과 함께 흙먼지가 자욱하게 날았다. 그것이 한순간 괴승의 시야를 가려서 무진이 구슬을 던지는 걸 미처 알아채지 못했다.

괴승이 쉭, 하는 예리한 파공성에 힐끔 얼굴을 돌린 순간 그의 이마에 적중한 구슬이 팍, 하고 깨졌다. 그 즉시 구슬 안에 담겨 있던 화혈독이 괴승의 얼굴에 쏟아졌다. 치지지직 하고 살이 타 들어가는 요란한 소리가 났다.

"끄아아악!"

괴승이 제 얼굴을 감싸 쥐고 끔찍한 비명을 터뜨렸다. 화혈독에 녹아내리는 살과 피가 다시 독이 되고, 그것이 더 빠르게 피부를 녹인다. 얼굴을 감싸 쥐었던 손마저 이제는 독기에 젖어 녹아들기 시작했다.

괴승이 몸부림을 쳐댔다. 부글부글 끓어오르는 소리와 함께 역겨운 냄새가 훅 끼쳐서 무진도 견디지 못하고 더 멀리 몸을 뺐다. 괴승은 제 장력이 만들어놓은 구덩이 속에 쓰러진 채 마구 몸을 굴리며 연신 비명을 터뜨려 댔다.

그 처절하고 끔찍한 모습과 소리는 지옥의 겁화 속에 떨어진 중생의 모습을 그대로 보여주는 듯해서 모두 오만상을 찡그린 채 외면하고 말았다.

드디어 죽은 것일까? 괴승의 몸부림이 점차 잦아들더니, 쓰러진 나무토막처럼 잠잠해졌다. 그래도 사람들은 혹시나 하는 두려움에 눈을 떼지 못했지만, 엎어져 있는 괴승은 더 움직일 것 같지 않았다. 그제야 안도의 한숨들이 여기저기에서 새어 나왔다.

폐찰 안에 무거운 적막이 흘렀다. 곳곳에 널브러져 있는 신검대 검수들의 주검과 격전의 흔적들이 꿈속인 것처럼 보였다. 괴승 하나에 의해서 금룡단과 백룡단 사십 명의 검수들 중 삼십여 명이나 죽었으니 이만저만 큰 피해가 아니었다.

다행히 이칠은 목숨을 잃지 않았다. 하지만 부상이 워낙 깊어서 다시는 그의 본래 모습으로 돌아갈 수 없을 것이다. 그는 아직도 혼절한 채 깨어나지 못하고 있는 중이었다.

염능파는 의식을 찾았지만 팔을 잃은 충격과 고통 때문에 괴로워했다. 보다 못한 기벽강이 그의 수혈을 눌러 잠들게 했다. 철괴를 잃은 장정도, 만도를 잃은 기벽강도 의기소침해져 있었다. 그들은 잠깐 동안 꾼 것 같은 악몽을 평생 잊을 수 없을 것 같았다.

보주와 무진 역시 괴승으로부터 받은 심리적인 충격 때문에 할 말을 잃은 채 멍하니 밤하늘만 바라보고 있었다. 천하제일을 다투는 흑룡보주의 무공으로도 괴승을 처치하지 못했고, 자부신공을 이루어 이제는 두려울 게 없는 무진도 그랬다.

마정지체를 이룬 저 마물이 얼마나 무서운 존재인지 그들은 똑똑히 알았다. 저와 같은 마물이 세상에 나와서는 안 된다던 보주의 말이 비로소 실감되었다.

그들이 잠깐 동안 스쳐 지나간 것 같은 악몽에 멍해져서 우두커니 서 있기를 얼마나 했을까.

"억! 저, 저거……!"

누군가가 비명을 터뜨렸다. 모두의 눈길이 약속이라도 한 듯 구덩이로 향했다. 그리고 '으악!' 하는 비명을 터뜨렸다.

거기 널브러져 있던 괴승이 꿈틀거리고 있었던 것이다. 그리고 천천히 몸을 일으켰다.

"지, 지독한 놈."

보주가 치를 떨었고 무진은 제 눈을 비볐다. 도저히 믿을 수 없었던 것이다. 아니, 믿고 싶지 않기도 했다. 하지만 그의 염원과는 상관없이 마신은 몸을 완전히 일으켜 세웠다.

"악!"

그것을 본 수련이 비명을 터뜨리고 얼굴을 감싼 채 주저앉았다. 곳곳에서 토악질을 해대는 소리들이 들려왔다. 보주와 무진도 차마 그것을 마주 보지 못했다.

괴승의 얼굴은 반쪽이 완전히 녹아내려서 허연 해골을 드러내고 있었다. 그것을 감쌌던 왼손도 허연 뼈만 남아 있었고, 독물이 흐른 가슴 역시 살과 근육이 녹아서 흐물거리고 있었는데, 그 속으로 뼈가 드러나 보였다.

그 상태가 되어서도 죽지 않는 것.

악몽이라고 여겼던 여태까지의 일은 전조(前兆)에 지나지 않았다. 지금 모두의 눈앞에 우뚝 서 있는 괴승의 저 참혹한 모습이야말로 악몽 그 자체였다.

"후욱— 후욱—"

허옇게 번쩍이는 해골이 입을 쩍 벌리고 숨을 내뿜었다. 갈비뼈가 들여다보이는 가슴이 부풀었다 꺼지기를 계속했는데, 어느덧 살과 가죽이 녹아 흘러내리던 진물이 멎어 있었다.

괴승이 뻣뻣하게 선 채 몸을 솟구쳤다. 쿵—! 하고 구덩이 밖에 떨어져 내리는 소리가 모두를 깜짝 놀라게 했다.

우뚝 선 괴승이 반쪽은 해골인 머리통을 좌우로 움직였다. 우두둑거리는 소리가 났다. 해골 속에 휑하니 뚫린 눈이 두리번거리며 사람들을 훑어보았다. 상대를 찾는 것이다. 아니, 지옥으로 끌고 갈 먹잇감을 찾는다고 해야 하리라.

괴승이 드디어 흑룡보주를 보았다. 하나뿐인 눈이 혈광을 토해내고, 남아 있는 볼이 움찔거렸다. 웃고 있는 것이다.

"검! 내 검을 가져와라!"

보주가 그 징그러운 모습에 질린 채 소리쳤다. 무진은 두 개의 구슬을 꺼내 들었다. 그나마 저 마물에게 효과적인 건 화혈독을 담고 있는 이 구슬뿐이라는 생각이 든 것이다.

"끼야아ㅡ!"

무진이 괴성을 터뜨리며 괴물을 향해 달려갔다. 저 끔찍한 모습을, 그것에서 느껴지는 두려움을 이기기 위한 발악 같은 것이다.

"죽엇!"

열 걸음 앞에서 두 개의 구슬을 힘껏 내던졌다. 괴승이 두 손을 휘둘러 그것을 쳐냈다. 그의 뼈에 맞은 구슬이 동시에 터지면서 화혈독을 쏟아냈다.

"끄아아아ㅡ!"

괴승이 마구 소리치며 뒤로 쿵쿵 물러섰다. 그가 있던 땅이 떨어진 화혈독에 녹아들어 갔고, 괴물의 성했던 오른팔도 녹아내렸다. 몸에 몇 방울의 화혈독이 튀었는지, 남아 있던 살점들이 부글부글 끓어오르며 진물로 화해 흘러내렸다.

그러나 괴승은 죽지 않았다. 원래 죽을 수 없는 몸뚱이 아니던가. 그것에 깃들어 있는 마성이 고통을 외면했고, 악마의 숨결은 무한한 지옥의 힘과 능력을 되살려냈다.

펄쩍펄쩍 뛰는 동안 살이 녹아내렸던 곳에 분홍빛의 새 살이 돋아나고 있었다. 그걸 본 보주가 다시 소리쳤다.

"검!"

대전으로 달려들어 갔던 수하가 보주의 신검을 안고 쏜살같이 날아왔다. 무진은 그것이 염차목이 만들었던 금룡검임을 알았다. 보주가 말한, 자기가 가지고 있는 마신을 상대할 수단은 바로 그 검이었던 것이다.

스르릉—

금룡검이 검집을 빠져나와 처음으로 세상에 제 모습을 드러냈다. 창백하게 시린 검인이 은은한 빛을 두른 채 번쩍였고, 검은 검신에 새겨져 있는 한 마리 금룡이 용틀임을 했다.

우우웅—

마신을 향해 겨누자 검이 스스로 흥분해서 울음을 터뜨렸다.

그때쯤, 괴승의 녹아내렸던 얼굴에는 새 살이 돋아나고 있었는데, 보주의 손에 들린 검을 바라본 그가 두려운 듯 움찔 떨었다. 금룡검에 서려 있는 신기(神氣)를 느낀 것이리라. 그가 뼈 위로 새 살이 돋기 시작한 손을 들어 그것을 가리키고 뭐라고 말을 했다. 하지만 아직 얼굴의 근육과 조직이 다 살아나지 않아서 그저 '어, 어……' 하는 괴이한 소리로 들릴 뿐이다.

무진에게 구슬은 이제 두 개밖에 남지 않았다. 그나마도 저 마물에게는 소용이 없다는 걸 알았다. 처음 화혈독에 맞았을 때는 충격이 컸는데, 두 번째는 그렇지 않았으니 그새 내성이 생긴 것이리라. 불사불괴의 신체를 지닌 마물이라는 것이 다시 한 번 증명된 것이기도 했다.

금룡검을 쥔 보주가 땅을 박차고 날듯이 괴승에게 부딪쳐 갔다.

우우웅—

검이 웅장한 울음을 토해내며 허공을 갈랐다. 괴승이 팔을 휘저어 그것을 막자 깡! 하는 쇳소리가 났다. 그의 살이 파헤쳐지고 뼈가 드러났다.

"놈!"

보주가 이를 악물고 다시 금룡검을 휘둘러 내려치고 그었다. 괴승은 아직 녹아버린 몸의 조직이 다 살아나지 못해 움직임이 현저히 느려져 있었다. 그럼에도 불구하고 그는 두 팔을 맹렬하게 휘둘러서 보주의 금룡검을 막아내고 있었다.

검이 한 번 부딪칠 때마다 요란한 쇳소리가 났고, 금강불괴보다 더한 괴승의 뼈는 그것을 용케도 견뎌냈다. 그때마다 살이 뭉텅뭉텅 베어지고 흩어져 떨어졌지만, 그것만 가지고는 마신을 죽일 수 없었다.

머리통을 조각조각 부수어놓는 길밖에는 달리 없다. 하지만 그렇게 할 방법이 없으니 그게 문제였다. 괴승의 호신강기가 철벽을 두른 것 같고, 뼈는 화혈독에도 녹지 않을 만큼 단단했는데, 특히 머리뼈는 그야말로 금강석과 같았던 것이다. 무엇으로도 부수거나 쪼갤 수 없다.

무진의 금강지가 괴승의 움직임을 붙잡아둘 수 있었던 것처럼 보주의 금룡검도 단지 그 마신을 쩔쩔매게 할 뿐이었다. 결코 죽일 수가 없는 것이다.

"나를 던져."

불쑥 힘없는 소리가 들렸다.

"응?"

넋을 잃고 보주와 괴승의 싸움을 바라보던 장정이 깜짝 놀랐다. 그의 품 안에 축 늘어져 있던 이칠이 눈을 뜨고 있었다. 그가 간신히 입술을 달싹여서 다시 말했다.

"저 마물에게로 나를 던져."

"뭐라고? 지금 무슨 헛소리를 하는 거냐?"

"더 늦으면 소용없다. 지금밖에 기회는 없어."

이칠이 제 손을 펴 보였다. 언제 꺼내 들었던 것인지, 무혼불괴시를 날려 버리던 화탄 한 개가 거기 놓여 있었다.

"마지막 한 개다. 그리고 지금이 기회야. 심지에 불을 붙이고 나를 저 마물에게로 던져라."

"혀, 형—!"

"나는 어차피 죽을 몸이다. 아까워할 것 없어."

"살 수 있어. 살 수 있단 말이다! 내가 살려내겠어!"

이칠이 희미한 미소를 띠고 머리를 저었다.

"아니, 평생 네가 얻어다 주는 밥만 먹으면서 누워 살아야 한다면 그건 죽는 것보다 못해. 너라면 어떻게 하겠어?"

"그, 그건……."

"이렇게 죽는 거다. 후회는 없다. 저 마물을 지옥으로 끌고 가는 거야. 내가 그렇게 한다. 멋지지 않아?"

"크흐흑—"

장정이 기어이 이칠의 얼굴에 털투성이인 제 볼을 비비며 울음을 터뜨렸다.

"그동안 너를 놀린 건 미안해."

"빌어먹을 형 놈. 그런 소리는 뭐 하러 해?"

"자, 시간이 없다. 저 마물이 제 모습을 찾기 전에 어서 나를 던져."

피가 나도록 입술을 악문 장정이 이칠을 안아 들고 벌떡 일어섰다.

"무진에게…… 그와 함께 있었던 때가 내 인생에서 두 번째로 맛본 기쁨이었다고…… 전해줘."

이칠이 심지가 타 들어가고 있는 화탄을 꼭 쥔 채 웃었다.

흑룡보주의 이마에 굵은 땀방울이 맺혔다. 이제는 무진까지 가세해서 몰아치고 있었지만 괴승을 어떻게 해볼 수가 없었다. 보주의 금룡검과 무진의 척가보도가 앞과 뒤에서 무지막지하게 찍고 후려쳤는데, 그 마신은 온몸이 갈기갈기 찢기고 갈라져 피를 낭자하게 흘리면서도 위력적으로 두 손과 발을 움직여 맞섰다.

뼈마디가 훤히 드러난 손이 보주의 검과 무진의 칼을 잡기 위해 허공을 휘저을 때마다 역겨운 냄새가 코를 찔렀다. 그것 때문에 숨 쉬기조차 힘들었으므로 보주와 무진은 더욱 빨리 지쳐 가고 있는 중이었다.

괴승의 회복은 얼굴에서부터 시작되고 있었다. 해골을 드러냈던 반쪽의 살점이 되살아나 점차 얼굴의 형체를 잡아갔다. 아직 이마와 눈이 있던 구멍이 남아 있지만 그것도 곧 아물 것이다.

"비켜!"

저쪽에서 장정이 외치는 소리가 들려왔다.

"철괴를 던진다. 비켜서!"

그리고 쉬앙, 하는 파공성이 무겁게 들려왔다. 무진과 보주는 그가 정말 하나 남아 있는 철괴를 던진다고 여겼다. 급히 좌우로 갈라져 몸을 뺀 순간 무엇인가 괴승의 몸에 부딪쳐 가는 게 언뜻 보였다.

"어?"

무진이 깜짝 놀라 바라보았다. 괴승은 제 앞으로 날아오는 것이 무언지 알기도 전에 먼저 손을 뻗어 덥석 그것을 움켜쥐었다.

우드득―

뼈 부러지는 소리가 끔찍하게 났다. 이칠이었다. 그가 괴승의 손에 꽉 잡힌 채 짓이겨지고 있는 중이었다.

이칠은 고통을 느끼지 않았다. 이미 몸의 감각이 죽어버린 탓이다. 그가 한 손을 들어올렸다. 그리고 횅한 구멍이 뚫려 있는 괴승의 눈 속으로 오리알만한 화탄을 쑤셔 넣었다.

뿌드득―

그와 동시에 이칠의 허리가 반으로 접혔다. 숨이 끊어진 그를 안고 있는 괴승의 눈구멍에서 흰 연기가 새어 나왔다.

콰아앙—!

엄청난 폭음이 울렸다. 불길이 치솟고, 검은 화연이 구름처럼 퍼졌다.

산산이 부서진 뼈 조각들이 불길과 연기에 섞여 사방으로 날렸다.

무진과 보주는 그것들이 몸을 때리고 쏟아지는 것도 모르는 듯 멍하니 서서 그 믿을 수 없는 광경을 바라보고 있었다. 폭발의 뒤에 밀려든 폭풍이 그들을 쓰러뜨릴 듯 맹렬하게 불어갔다.

잠잠해졌다.

후두둑거리며 떨어지던 것들도 사라졌고, 검은 화연도 걷혔다. 바람도 불지 않는다.

괴승은 이칠을 부둥켜안은 모양으로 우뚝 서 있었다. 모든 게 멀쩡했지만 그의 어깨 위에는 끔찍하던 머리통이 사라지고 없었다.

살아도 산 게 아니었던 마물이, 죽일 수도 없다던 그것이 비로소 저승으로 간 것이다. 아수라의 세상에서 벗어나게 해준 걸 감사하는 듯, 그래서 안아주고 있는 것처럼 그렇게 이칠을 꽉 끌어안고 있는 모습이 더 이상 끔찍해 보이지 않았다.

날이 밝았다.

운등산(雲嶝山) 소운봉(小雲峰) 아래에 있는 용소궁(龍溯宮)으로 원정을 떠났던 청룡단과 적룡단의 검수들이 돌아왔다. 마흔 명이 떠났는데 돌아온 것은 스무 명이었다. 청룡단을 이끌던 화산신검 유재량이 홀로 그들을 이끌고 복귀했을 뿐, 대룡은 오지 않았다.

그의 죽음 앞에서 보주는 침통해졌다. 유명밀부의 부주인 최홍의 목을 보면서도 기뻐할 수 없었다.

유명밀부는 사라졌다. 그러나 그들은 천외쌍도 우문강이라는 존재에 대해서는 아무것도 알지 못했다. 그를 보지도 못한 것이다.

무진은 장정과 함께 이칠의 무덤 앞에서 아침을 맞이했다. 장정이 전해준 그의 마지막 말이 내내 가슴에 얹혀서 무진을 슬프게 했다.

괴승의 품에서 끝내 이칠을 떼어낼 수 없었으므로 어쩔 수 없이 그 두 사람을 함께 묻어야 했다. 저승에서는 서로 싸우지 않고 잘 지낼 것이다.

이와 같은 마물 중의 마물이 다시는 세상에 나타나지 말아야 한다. 보주는 다른 것들이 또 있을까 봐 걱정했지만 무진은 그렇지 않을 거라고 애써 믿었다. 마정지체가 또 있다는 건 상상하기도 싫은 것이다.

언덕 아래에서 기벽강이 염능파를 업고 올라왔다.

"가겠다."

그가 담담하게 말했다. 이칠의 무덤 앞에 무릎을 꿇고 있던 무진이 돌아보았다.

"이 친구가 도화곡으로 돌아가기를 원해."

기벽강의 등에서 염능파가 힘없이 웃어 보였다. 내상이 깊고, 토막토막 부러졌던 오른팔은 잘라 버린 상태였다. 그가 핏기없는 얼굴로 중얼거리듯 말했다.

"자부동천을 내 눈으로 확인하고 싶었는데 그럴 수 없게 되었으니 억울하지 뭐야."

"너에게 반드시 동천을 구경시켜 줄게."

"정말이지?"

"동천을 열면 누구보다 너에게 먼저 들어가게 해줄 테다. 그러니 억울해할 것 없어."

"히히—"

염능파가 마른 입술을 벌리고 웃었다.

"너는?"

무진이 기벽강에게 묻자 그가 피식 웃었다.

"사문의 보도를 망가뜨렸으니 어쩌겠어? 너한테 미루고 나는 편히 쉬어야지."

"도화곡으로 갈 거냐?"

기벽강이 어깨를 으쓱했다.

"이 친구 꼴을 봐. 혼자서 갈 수 있겠어?"

"그래. 너에게는 천외쌍도의 수급을 보내주마."

"약속한 거다?"

"물론이지."

씩 웃은 기벽강이 장정에게 '간다. 잘 있어라' 한마디를 하고는 돌아서서 휘적휘적 서쪽을 바라보고 멀어져 갔다. 무진은 그와 그의 등에 업혀 있는 염능파가 보이지 않게 될 때까지 눈길을 떼지 못했다.

"너는 어떻게 할 작정이냐?"

무진이 장정에게 물었다. 그는 넋이 나간 사람처럼 멍한 얼굴로 뗏 장도 입히지 못한 이칠의 무덤만 바라보고 있었다.

한참 만에야 그가 어눌한 음성으로 대답했다.

"흑룡보에 남겠어."

보주는 장정을 자기 곁에 두고 싶어했고, 장정도 이제 그렇게 하는 게 좋겠다는 결정을 한 것이다. 장정은 외로운 자였다. 누구든 의지할 사람이 필요했는데, 이칠이 죽은 지금 그는 흑룡보주를 택한 것이다.

수련도 흑룡보에 남았다. 보주가 한사코 그녀를 놓아주려 하지 않았기 때문이다. 무진에게도 그게 더 마음 놓이는 일이어서 그녀를 설득해 보주 곁에 있도록 했다.

이제 무진은 다시 혼자가 되었다.

지난밤의 악몽이 그에게서 모두를 떠나게 한 것이기도 하다.

무진이 천천히 몸을 일으켰다. 장정은 여전히 무릎을 꿇고 앉은 채 꼼짝하지 않았다.

"가겠어."

그가 장정의 등에 대고 말했다.

제10장 ■
고독행（孤獨行）

고독행(孤獨行)

"뭐라고?"

"왜? 내 말을 믿을 수 없어?"

"말도 안 되는 소리!"

"흐흐흐…… 네놈의 음흉한 짓이 그렇게 끝장난 거지."

햇빛도 들지 않는 울창한 숲 속에 세 사람이 서로를 마주 보고 서 있었다.

음침한 웃음을 흘리며 비웃는 자는 얼굴에 끔찍한 칼자국이 남아 있는 상운춘이었고, 그 곁에는 허리에 검을 매달고 있는 손숙숙이었다. 그들 앞에 검은 옷의 노인 우문강이 놀란 얼굴로 서 있었다.

"마정지체가 파괴되다니! 그건 있을 수 없는 일이다!"

우문강이 버럭 소리쳤다.

쌍곡에서 북으로 이십여 리 떨어진 귀둔산 북면의 원시림 안이었다.

우문강이 믿으려 하지 않자 손숙숙이 나섰다. 그가 머리를 설레설레 저으며 말했다.

"그 마물이 신검대를 괴멸시키고 진천무와 싸우는 걸 낱낱이 지켜보았다. 과연 끔찍한 것이더군."

"세상에서 그것을 없앨 수 있는 사람은 오직 나밖에 없다! 그러니 너희들은 지금 거짓말을 하고 있는 거야!"

"으흐흐흐—"

손숙숙을 밀치고 나선 상운춘이 음침하게 웃고 다시 말했다.

"네놈은 우리를 상대하기 위해서 그 마물을 애써 만들어냈겠지만 다 소용없는 짓이지. 오직 너만이 그걸 없앨 수 있다고? 흥! 그것의 머리통이 어떻게 날아갔는지 안다면 그런 말을 할 수 없을걸?"

"어떻게?"

"흐흐, 화탄이지."

"흥! 화탄 따위로는 나의 마정지체를 죽일 수 없어!"

"쳇, 그놈의 고집은 여전하군. 이 미련한 친구야, 잘 들어라."

상운춘이 마신의 최후를 자세히 설명해 주었다. 무진의 독 구슬이 그것의 얼굴을 녹여 버렸고, 눈구멍 속에 이칠이 화탄을 집어넣어 터뜨렸다는 걸 얘기하자 그제야 우문강이 그들의 말을 믿었다.

"아! 그런 방법이 있었다니!"

그가 놀라는 한편, 크게 낙심해서 탄식했다.

머리 속에 화탄을 집어넣어 터뜨린다면 아무리 마정지체라 할지라도 견딜 수 없을 것이다. 하지만 누가 어떻게 그 마신에게 그렇게 할 수 있겠는가. 그런데 무진과 이칠이 그것을 해냈다니 기가 막힐 뿐이었다.

지그시 노려보던 손숙숙이 냉엄한 얼굴로 말했다.

"자, 솔직히 털어놔라. 너는 그런 마물을 몇 개나 만들어낸 거지?"

우문강이 한숨을 쉬고 머리를 흔들었다.

"그것 하나다."

"정말이냐?"

"최홍이라는 놈은 멍청했어. 그 많은 사람들을 썼으면서도 고작 한 개밖에는 만들어내지 못했다. 능력이 없는 놈이었지."

"닥쳐! 우리 종족 중에 멍청한 놈은 없다!"

우문강의 말에 상운춘이 발끈해서 소리쳤다. 우문강이 흐흐, 하고 음침한 웃음을 흘렸다.

"없다고? 여기 이렇게 두 놈이나 더 있는데도 그런 말을 할 수 있을까?"

"무엇이!"

상운춘이 이를 갈며 나서자 그의 옷깃을 붙잡은 손숙숙이 넌지시 물었다.

"정말 하나뿐이냐?"

"믿지 못하겠으면 그만둬라. 너희가 믿든 말든 상관하고 싶은 마음이 없으니까."

"좋아, 그렇다면 내놔라."

손숙숙이 불쑥 손을 내밀었다. 우문강이 어리둥절한 얼굴로 그 손을 바라보았다.

"뭘?"

"네놈이 훔쳐 간 무음비경(無陰秘經) 말이다."

"홍!"

우문강이 코웃음을 치고 한 걸음 물러섰다. 잔뜩 경계하는 기색이 역력했다.

"어째서 훔쳐 갔다고 말하는 거냐? 그게 너희들의 물건이라도 된다는 거냐?"

"흐흐흐, 헛소리할 생각 말아라. 그게 그럼 네놈 물건이라고 할 셈이냐?"

"흥! 비급은 널려 있으니 가져가는 사람이 임자인 거지."

"무엇이!"

상운춘이 발끈해서 노기를 터뜨렸다. 우문강도 지지 않고 그를 노려보며 칼자루에 손을 올려놓았다. 분위기가 험악해지자 손숙숙이 그들 사이로 끼어들었다.

"싸우려고 만난 게 아니지 않아? 그러니 다들 흥분을 가라앉히고 차분히 얘기해 보자."

상운춘과 우문강이 씩씩거리며 노려보았지만 손숙숙의 말에 귀를 기울였다. 손숙숙이 달래듯 말했다.

"우문강 이 친구야, 너는 세상 천지에 오직 혼자 몸이야. 그렇지 않아?"

"......"

"네가 제 발로 토왕곡(土王谷)에 찾아왔을 때 우리 모두 환영해 준 것은 그런 너의 처지를 잘 알았기 때문이지. 천주께서 왜 너를 구천의 보좌에 올려주었겠어? 네가 의지할 곳은 우리밖에 없으니 배신하지 않을 거라고 믿으셨기 때문이다."

"흥!"

손숙숙의 말을 듣던 상운춘이 코웃음을 쳤다. 우문강에 대한 노여움이 다시 고개를 든 것이다. 손숙숙이 그를 한 번 흘겨보고 나서 말을 이었다.

"그런데 천주께서 폐관에 든 틈을 타 우리 모두를 감쪽같이 속이고 비급을 빼내 간 것은 크게 실망할 일이었다."

묵묵히 듣고만 있던 우문강이 버럭 소리쳤다.

"너희들은 처음의 약속을 지키지 않았어! 그래서 내 스스로 내 몫을 챙긴 것뿐이다!"

"현천무경을 말하는 거냐?"

"그렇다! 당시 곽문탁을 죽이고 그것을 되찾았을 때 우리는 똑같이 나누어 갖기로 했다. 하지만 나는 지금 그것이 어디에 있는지도 알지 못한다!"

"어리석구나, 우문강. 곽문탁이 그놈이 무경을 순순히 내주었을 것 같으냐?"

"흥!"

"가장 중요한 운기도해가 빠졌으니 그것은 껍데기에 지나지 않았다."

우문강이 다시 발끈해서 소리쳤다.

"믿을 수 없다! 당시 곽문탁의 품에서 그것을 찾아냈을 때 우리 모두가 확인하지 않았느냐? 훼손된 부분은 없었다!"

"그랬지. 겉으로 보기에 그것은 멀쩡했지. 하지만 운기비결에 이르러서 가장 중요한 대목마다 글자가 훼손되어 있었거든. 불과 열다섯 글자에 지나지 않았으나 그걸 알지 못하면 나머지가 모두 소용없지. 그 일은 천주님께서 우리 모두에게 확인시켜 준 바 있지 않아?"

"……."

"아마도 그 비결은 곽무진 그놈에게 돌아갔을 듯하다. 틀림없을 거야. 그놈이 마정지체를 상대하던 게 제 아비의 금강지였으니까."

"엇?"

그 말에 우문강이 깜짝 놀랐다. 잠시 생각하던 그가 다시 버럭 소리쳤다.

"흥! 어쨌든 나는 천주를 의심한다! 어째서 무경이 그의 손에 들어갔다 나온 뒤에 그 열다섯 글자가 뭉개져 있었던 거지?"

"하! 참으로 답답한 친구로군. 원래 그렇게 되어 있었던 것이라니까 그러네. 천주님은 그런 치졸한 짓을 할 분이 아니시다."

"나는 아무도 믿지 않아!"

우문강이 여전히 고집을 부리자 곁에서 지켜보고 있던 상운춘이 발끈해서 나섰다.

"다 소용없다! 이놈을 죽이고 비급을 회수해 갈 수밖에 없어!"

"해볼 테냐!"

우문강이 다시 칼자루에 손을 올려놓고 허리를 낮추었다.

그의 쌍도는 한 번 뽑히면 반드시 피를 본다. 우문강의 도법이 천외쌍도라고 불릴 만큼 무시무시한 절기라는 걸 아는 이상 함부로 대할 수 없었다.

손숙숙은 저와 상운춘이 합격한다면 우문강을 제압할 수 있겠지만 자신들 또한 무사하지 못하리라고 판단했다. 최악의 상황에는 모두 동귀어진할 수도 있을 것이니 싸운다는 건 무모한 도박이나 같다.

그가 탄식하고 말했다.

"너는 그것으로 마정지체를 다시 만들어볼 작정이냐?"

"그렇다."

"그래서 토왕곡을 손에 넣고 우리를 모두 네 종으로 삼아야만 만족할 셈이군?"

"토왕곡 따위에는 관심없어. 나는 오직 자부동천을 손에 넣으려 할 뿐이다."

그의 말을 들은 상운춘이 흐흐흐, 하고 음침한 웃음을 터뜨렸다.

"그게 그 말이지. 우문강아, 너는 이제야 본심을 털어놓았구나. 그러니 상을 줘야지."

"잠깐, 잠깐만."

상운춘이 두 손에 내력을 끌어올리는 걸 느낀 손숙숙이 다급하게 그를 가로막았다.

"상가는 잠시만 화를 거두어라. 나에게 아직 할 말이 남아 있다."

상운춘을 제지한 그가 우문강에게 엄숙하게 말했다.

"우문강, 이것이 마지막 제안이다. 네가 지금이라도 비급을 내놓고 우리와 다시 손을 잡겠다고 한다면 과거의 일은 따지지 않겠다."

"흥!"

"힘을 합쳐서 자부동천을 열고 드디어는 천하의 패권을 쥔 다음에 부귀와 영화를 사이좋게 나누어 갖는다면 장차 너의 위대한 이름이 강호에 길이 남아 빛나게 될 것이야."

"흥!"

"하지만 끝까지 욕심을 버리지 않는다면 너는 우리 모두의 적이 될 터이니 뜻을 이루기가 쉽지 않을걸? 잘 생각해 보기 바란다."

"나는 너희가 무슨 말을 해도 더 믿지 않는다! 권토중래를 말하면서도 자부동천이라는 눈앞의 보물 앞에서 너희들끼리 서로 다투고 갈라서는 판인데 그런 달콤한 말을 믿으라고? 흥! 나를 어린애 취급 하지 말거라! 그리고 무엇보다 나는 이제 자부동천을 너희들과 나누어 갖고 싶은 마음이 없어졌어."

더 할 말이 없다는 듯 그가 말을 마치기 무섭게 돌아섰다. 상운춘이 뛰쳐나가려 하였으나 손숙숙에게 가로막혀 그러지 못했다.

"저놈을 그냥 보내겠단 말이냐?"

묵묵히 우문강이 보이지 않을 때까지 지켜보고 있던 손숙숙이 빙긋 웃었다.

"너는 네 입으로 늘 중얼거리던 말을 이런 때는 까맣게 잊고 날뛰는 구나?"

"응?"

"이이제이(以夷制夷)."

"어라?"

상운춘이 깜짝 놀라서 멍하니 손숙숙을 바라보다가 껄껄 웃었다.

"하하하. 역시 네놈의 속은 음흉하기 짝이 없어. 맞다. 그 방법이 최고지. 저 비열한 놈을 해치우는 데 우리가 몸소 수고할 필요가 뭐 있겠어? 하하하—"

"홍, 죄다 멍청하기 짝이 없는 놈들이다."

산을 치달아 달리는 우문강이 힐끔 뒤를 돌아보고 비웃었다. 그의 신법은 구름 같고 바람 같았다. 나무 끝에 있는 작은 가지를 딛고 이 나무에서 저 나무로 옮겨가는 것이 물을 차고 나는 제비같이 날렵하고 신속하기 짝이 없었다.

울창한 원시림 위를 그는 그렇게 훌훌 날듯이 건너고 있었다.

"내 손에 비급이 있는데 너희들에게 머리 숙이고 다시 들어오라고? 흥!"

우문강은 그동안 제 세력으로 공들여 키워왔던 유명밀부가 괴멸되고, 유명판관 최홍이 죽은 것쯤은 벌써 잊었다. 은밀히 만들어냈던 이백여 구의 무혼불괴시들이 모두 없어진 게 아쉽기는 하지만 그것도 포기할 수 있다. 하지만 그렇게 믿었던 마정지체마저 사라졌다는 건 분하고 원통했다.

그 생각을 하자 흑룡보주와 무진에 대한 원한이 더욱 커졌다. 이칠이라는 놈이야 마정지체와 함께 죽었다니 어쩔 수 없지만, 흑룡보주 진천무와 무진만큼은 반드시 죽여 복수하리라고 결심했다.

"그런데 그놈이 화혈독을 어디서 구했단 말인가?"

문득 그런 의문이 들었다. 그건 결코 쉽게 구할 수 있는 독물이 아니기 때문이다.

"흐흐흐, 다시 만들면 된다."

머리를 갸웃거렸던 우문강이 득의의 웃음을 흘리고 더욱 빨리 사라져 갔다. 하수인이야 또 끌어 모으면 되는 일이고, 그들을 시켜서 강호인들을 납치해 오면 무혼불괴시든 마정지체든 다시 만들어낼 수 있다. 그것의 힘으로 방해가 되는 것들을 모조리 쓸어버리고 결국 자부동천을 손에 넣으면 그뿐이다.

시간은 걸리겠지만 그건 얼마든지 참아줄 수 있는 문제였다.

*   *   *

무진은 자꾸 주위를 두리번거리고 뒤를 돌아보았다. 허전했기 때문이다.

곁에 늘 있던 사람들이 지금은 한 명도 없었다. 처음 강호에 나왔을 때처럼 다시 혼자가 된 것이다. 그때는 그게 편하고 좋았는데, 지금은 이처럼 허전하게 느껴진다는 것이 이상하기도 했다.

"잘된 일이야. 어차피 내 일이었다. 나 혼자서 해야 하는 일이었어."

그렇게 스스로를 위로했다. 내 복수에 다른 사람들을 끌어들여 그들이 희생당하게 할 수는 없지 않겠는가. 벌써 이칠이 죽었고, 염능파는 심각한 부상을 입었다. 그걸로 족하다고 생각했다.

동정호의 비린 물 냄새가 바람에 실려왔다. 사람들은 어디를 가나 천산평을 태운 커다란 화재에 대해서 이런 저런 근거없는 말들을 하며 수군거렸다.

낡은 창틀 너머로 석양에 물들어 금빛으로 반짝이는 호수와 저 멀리 점점이 떠 있는 섬과 그 사이를 오가는 배들이 그림처럼 보이는 이층 다락에서 무진은 홀로 저녁 식사를 하고 있었다.

아래층 주청은 발 디딜 틈 없이 손님들로 북적거렸는데, 뭍으로 나온 어부들이 대부분인 듯 말투가 투박하고 비린내가 배어났다.

무진은 가만히 귀 기울여 그들의 말을 듣고 있었다. 바다처럼 넓은 저 호수에서 건져 올린 고기들이며, 만선에 대한 희망과 가족들, 그리고 물길에서 만나 형제처럼 가까워진 사람들의 이야기였다.

투박하고 걸걸한 그들의 말속에는 정이 있었고, 사람 사는 냄새가 물씬 묻어났다. 언제나 냉랭한 피 냄새가 떠도는 강호의 삶과는 비교할 수 없는 따뜻함이 비린내와 술 향기에 가득 섞여 있는 것이다.

'나도 저들과 같이 살리라.'

무진은 가만히 그렇게 중얼거렸다.

아버지의 복수를 무사히 끝내고, 자부동천의 비밀을 밝혀서 그것이

다시는 세상에 위해를 가하지 못하도록 한 뒤에도 살아 있다면, 그때는 칼을 버리고 산속의 농부로 돌아가 평화롭게 살고 싶었다.

아니, 한 이삼 년쯤 두루 천하를 여행하면서 옛적에 헤어졌던 그 서당의 친구들을 모두 만나보고 싶기도 했다. 석고서원의 늙은 스승에게로 돌아가 먹을 갈아주며 몇 달 말없이 사는 것도 좋을 것이다.

칼을 버리고 홀가분한 몸이 되어서 한가롭게 떠도는 그 여행은 얼마나 아늑할 것인가. 그 생각만으로도 벌써 가슴이 부풀어 올랐다.

"저, 손님?"

뒤에서 머뭇거리며 부르는 소리가 들려 무진의 행복한 상상을 깨뜨렸다. 돌아보니 점소이가 손을 모으고 서서 눈치를 보고 있었다.

"무슨 일이냐?"

"저기, 어떤 분이 이걸 전해 드리라고 하던뎁쇼?"

그가 내미는 손에 네 번 접은 종이쪽이 놓여 있었다.

"누가?"

"글쎄, 그건 잘…… 죽립을 눌러쓴 손님이었는데, 키가 크고 호리호리했습니다."

"나에게 전해주라고 했단 말이지?"

"그렇습죠, 네."

"알았다."

쪽지를 받자 어린 점소이가 달아나듯 후다닥 다락을 내려갔다. 두려워하는 것이다. 무진은 제 칼을 내려다보며 쓴웃음을 지었다.

천천히 쪽지를 읽던 무진의 눈에서 신광이 번쩍였다.

즉시 창문 밖으로 머리를 내밀고 유심히 살펴보았지만 쪽지를 전해주었다는 자가 보일 리 없다.

술시(戌時)에 떠나는 배를 타지 못하면 내일 아침에 다른 배를 타면 그만이다. 하지만 쪽지에 적혀 있는 시간은 한 번 놓치면 두 번 다시 오지 않을 것이다.

무진이 서둘러 객잔을 나가자 일층 구석에서 홀로 술을 마시고 있던 사람 하나가 슬며시 일어섰다. 희고 탐스러운 수염이 가슴 앞까지 늘어져 있고, 풍채가 좋은 데다가 비단옷을 입고 있어서 부유한 상인처럼 보이는 노인이었는데, 길쭉한 보따리를 등에 지고 있었다.

매종칠검(梅從七劍)의 손숙숙이다.

객잔을 나온 무진은 빠른 걸음으로 동쪽을 향해 갔다. 포구를 벗어나 한적한 길에 이른 그가 더욱 걸음을 빨리했다.

무진이 향하는 곳은 동쪽에 우뚝 솟아 있는 산이었다. 거느리고 있는 능선이 길지 않아서 평지에 말뚝을 박아놓은 것처럼 보이는 봉우리 하나가 있었는데, 그것이 동정호를 굽어보는 할머니 형상을 닮아 있어서 태모산(太母山)이라고 불렸다.

주변의 숲이 울창하고 깊은 것은 그 태모산 아래에 있는 신당 때문이었다. 그곳에 모시고 있는 서왕모가 영험하다고 소문이 나서 태모산 전체가 이곳 사람들에게는 신성하게 여겨지고 있었던 것이다.

무진의 걸음이 점점 빨라지더니 주변에 인적이 완전히 끊기자 드디어 날듯이 치닫기 시작했다. 한 번 땅을 걷어찰 때마다 준마(駿馬)보다 더 빠르게 쭉쭉 뻗어나가는 것이 경신술의 고수라도 된 듯했다.

그가 한 번 훌쩍 몸을 날려 깊은 송림 속으로 뛰어들었다. 그 사이의 오솔길을 따라 향 한 자루가 탈 시간만큼 달리자 저 앞에 음침하게 서 있는 신당이 보였다.

붉은 담 너머로 제법 큰 전각이 보였고, 좌우에는 우뚝 솟아 있는 고루(鼓樓)와 종루(鐘樓)가 있다. 말이 신당이지, 어지간한 절이나 도관 못지않은 규모를 가지고 있어서 무진은 어리둥절해지고 말았다.

이만한 규모의 신당이라면 안에 제사를 주관하는 신관이며 하인들이 여러 명 상주하고 있을 것이다. 그런데도 불빛 하나 없이 괴괴한 어둠에 잠겨 있으니 수상하기도 했다.

그러나 내친걸음이었다. 쪽지를 보낸 자가 이곳으로 오라고 했으니 반드시 만나야 할 것 아닌가.

무진이 이처럼 서둘러 달려온 건 쪽지에 적혀 있는 글 때문이었다.

천외쌍도를 만나보고 싶지 않은가?

글 아래 시간과 장소가 적혀 있고, 서명 대신 귀면탈이 그려져 있었다. 무진은 그것을 보낸 자가 누구인지 당장 알 수 있었다. 아버지의 원수이면서, 두 달 전 불쑥 나타나 화혈독이 든 구슬을 건네주며 손을 잡자고 회유했던 바로 그자인 것이다.

급한 마음에 허둥지둥하며 달려들었다가 그자의 낙화신장에 엄중한 내상을 입고 한동안 고생했던 일이 떠올랐다.

신당의 높이 솟은 문은 활짝 열려 있었다. 잠시 망설이던 무진이 마음을 굳게 먹고 성큼 들어섰다. 넓은 뜰에 은은한 향 냄새가 배어 있었다.

왼쪽의 종루와 오른쪽의 고루는 십여 장이나 되는 높은 다락이었는데, 인기척 하나 없이 어둠 속에 우뚝 서 있어서 마치 커다란 괴물이 내려다보고 있는 것처럼 음산했다.

신전 앞의 넓은 마당에는 검은 석판이 빈틈없이 깔려 있었다. 그 너머에 서왕모를 모신 신전이 있는데, 이층으로 쌓아 올린 기단 위에 세워져 있는 웅장한 모습이었다. 기단 좌우에는 명부(冥府)와 선부(仙府)를 의미하는 두 개의 묘당(廟堂)이 신전을 옹위하듯 서 있었다.

왼쪽의 낮은 담 너머로 숙사의 지붕들이 보였고, 오른쪽 담 너머에도 그랬다. 전면의 대전 외에 담으로 구분된 좌우 측면과 후원에 정원과 집들이 또 있으니 신당치고는 흔히 볼 수 없는 규모를 가지고 있는 곳이다.

제사를 올릴 때면 수백 명의 사람들이 한꺼번에 들어섰을 만한 넓은 신당에 지금은 인기척 하나 없었다. 은은한 향 냄새가 떠도는 괴괴한 어둠이 불안감으로 무진을 옥죄어왔다.

잠시 마당 가운데 우뚝 서서 그 분위기를 온몸으로 느끼던 무진이 쳇, 하고 혀를 찼다. 허리의 칼을 두드려 본 그가 아랫배에 힘을 주고 낮고 묵직하게 소리쳤다.

"숨어서 훔쳐보기나 할 거면 무엇 때문에 불러냈지?"

그의 음성이 메아리가 되어 웅웅 울리고, 그것이 사라질 때 신전 안에서 음침한 웃음소리가 들려왔다.

"흐흐흐, 과연 담이 적지 않군?"

"흥! 원수를 눈앞에 두고 있는데 지옥인들 두려워할까?"

"흐흐흐, 옳은 말이다. 원수가 제 발로 찾아왔으니 서왕모의 영험함이 증명된 것이라 해야겠지."

"응?"

무진이 살짝 눈살을 찌푸렸다. 말하는 투가 이상했으려니와 아직도 기억하고 있는 귀면탈의 음성이 아니었던 것이다.

"너는 누구냐!"

무진이 날카롭게 소리쳤다. 그러자 어둠 속에서 후르륵 하고 옷자락 펄럭이는 소리가 났다. 돌아보니 이십여 명의 흑의인들이 신당과 측실을 구분 짓는 좌우의 붉은 담을 훌훌 뛰어넘고 있는 중이었다. 하나같이 검을 쥐고 있었다.

무진의 빠른 눈이 그들 중에서 낯익은 자를 찾아냈다. 장백노 양처앙이다.

좌우의 담을 뛰어넘기 무섭게 무진을 둘러쌌다. 무진이 한 번 훑어보고 나서 싸늘한 얼굴로 꾸짖었다.

"흥! 이제 보니 신검문이었군? 당신은 고작 이런 자들로 나를 잡을 수 있다고 여기는 것이오?"

"하하하, 어린놈의 허풍이 너무 심하구나."

양처앙이 대소를 터뜨리고 나서 신전을 향해 공손히 손을 모으고 물었다.

"문주, 어떻게 처리하기를 원하십니까? 하명하소서."

"응?"

무진은 노인의 말을 듣고 신전 안에 있는 자가 신검문주라는 걸 짐작했다. 그렇다면 역시 함정이었나? 하는 생각과 함께, 귀면탈의 괴인이 신검문과 밀접한 관계에 있다는 것도 미루어 짐작할 수 있었다.

'하지만 이상하다?'

무진이 머리를 갸웃거렸다. 그가 아는 한 신검문은 매종칠검법을 지니고 있다. 그것 때문에 원수에 대한 최초의 단서를 잡기도 했다. 여산의 철웅방 비무대회에서 신검문의 소문주라고 거들먹거리던 얼간이, 장사검(張思劍)이 바로 매종칠검법을 사용했던 것이다.

그런데 무진이 알고 있는 귀면탈의 괴인은 낙화신장을 쓰던 자였다.

매종칠검과는 상관없는데, 그자가 불러낸 곳에 와보니 엉뚱하게도 신검문의 검사들이 기다리고 있지 않은가.

'서로 통하고 있다는 거겠지.'

무진은 그렇게 생각하기로 하고 잡념을 떨쳐 버렸다. 누가 되었든 원수가 분명한 이상 하나하나 베어버리면 그뿐, 따질 게 없는 일이기도 하다.

대전 안에서 다시 신검수사 장운령의 음침한 음성이 흘러나왔다.

"여산에서의 일을 잊지 않았겠지?"

장사검을 죽인 걸 말하는 것이다. 무진이 피식 웃었다.

"그렇소. 잊을 수 없지."

"너는 네 아비의 원수를 갚겠다고 했다. 하지만 네 스스로는 곳곳에 원수를 만들고 다녔다는 걸 모르고 있다."

"무엇이?"

"너는 하나뿐인 내 자식을 잔인하게 죽였다. 그리고 호남 신검문 분타를 들이쳐서 수하들을 죽였지. 그들의 가족이나 친구에게 너는 원수가 된 것이다. 나 또한 자식을 죽인 너를 용서할 수 없다."

"틀렸어. 뿌린 대로 그 결과를 스스로 거둘 뿐이다. 그들은 오래전에 화가촌의 대장간에 찾아와 아무 죄 없는 염 아저씨를 죽였다. 그 대가를 받은 것이니 나를 원망해서는 안 된다."

"흥! 그자는 흑풍객이 훔쳐 간 본 문의 현철을 가지고 검을 만들었다. 그러니 모르고 한 짓이라 해도 죄가 아주 없다고는 말할 수 없지."

"그렇다면 나에게도 할 말이 있다. 장사검은 매종칠검법을 썼으니 내 원수와 끈이 닿아 있다는 증거. 나로서는 죽이는 게 당연한 일이었다. 호남 분타의 몇 명이야 더 말할 것도 없지."

대전 안에서 무거운 침묵이 흘렀다.

강호의 은원이란 이와 같아서 결과가 있을 뿐 원인을 따지기 애매했다. 서로 죽고 죽였으니 그 원한을 이어가자면 끝이 없을 것이다.

결자해지(結者解之). 맺은 자가 풀 수밖에 없다. 그게 간단하면서도 명쾌한 일일 뿐, 이처럼 누구 때문이라는 논쟁은 아무 결론도 낼 수 없기 마련이었다.

"좋다. 그렇다면 이 자리에서 우리 사이의 은원부터 해결하기로 하자."

한참 뒤에야 장운령이 그렇게 말했다. 무진이 흥! 하고 코웃음을 쳤다. 그 역시 바라던 바이기 때문이다. 그가 턱짓으로 대전을 가리키며 싸늘하게 말했다.

"그렇다면 당신과 나 둘이서 해결하는 게 깨끗하지 않을까?"

애꿎은 수하들을 죽게 하지 말라는 오만한 말이었다.

"과연 네가 본좌와 검을 마주 댈 자격이 있을까?"

장운령의 비웃음을 들은 무진이 다시 코웃음을 쳤다.

"그렇게 거드름을 피우는 자치고 내 칼을 제대로 받아내는 자가 없었지."

"이놈! 하룻강아지 범 무서운 줄 모른다더니, 네놈이 딱 그 짝이구나!"

듣고 있던 장백노가 노성을 터뜨렸다. 문주에 대한 무례함 때문에 끓어오르는 분노를 억지로 눌러 참고 있었는데, 더 이상 그럴 수 없게 되었던 것이다.

무진도 한껏 노여움을 터뜨렸다. 그가 한 발을 뒤로 물려 비스듬히 서며 소리쳤다.

"좋다! 더 길게 말할 것 없다. 강호의 칼밥을 먹고사는 자들답게 이것으로 증명하면 그만이다!"

칼을 두드려 보였다. 장백노가 '잡아라!' 하고 소리쳤고, 신전 안에서 장운령은 침묵했다.

"죽고 사는 건 오직 각자의 솜씨에 달려 있을 뿐이니 나를 원망하지 마라!"

냉엄하게 말한 무진이 선뜻 칼을 뽑아 왼쪽을 노리고 후려쳤다.

발도와 동시에 이루어진 신속한 일격에 모두 깜짝 놀랐다. 무진이 먼저 급습해 오리라고는 예상치 못했던 것이다. 좌측에서 두 명이 튀어나오며 검을 휘둘렀다. 쨍! 하는 소리가 울린 순간 그들의 검이 부러져 날렸고, 무진은 탄력을 빌어 오른쪽으로 쏜살같이 돌아서며 다시 일격을 뿌려대고 있었다.

쉬앙, 하는 소리와 함께 한 가닥 창백한 칼빛이 형체를 이루고 쭉 뻗어나갔다.

"으헛!"

크게 놀란 자들이 급히 비켜서며 마주 검을 뿌렸다. 요란한 쇳소리가 나더니 다시 세 자루의 검이 동강나 날렸다. 한 번 좌우를 흔들어놓았지만 무진의 목표는 그들이 아니었다.

"이얏!"

그가 날카로운 기합성과 함께 훌쩍 몸을 날려 장백노를 덮쳤다.

"건방진 놈!"

장백노가 흰 수염을 부르르 떨고 즉시 검을 뽑아 후려쳤다. 발검과 격검이 한순간에 이루어지는 깨끗한 솜씨였다.

땅!

허공에 새파란 불똥을 날리며 한차례 충돌한 검과 칼이 서로를 힘껏 밀어냈다. 가가각, 하고 쇠와 쇠가 갈리는 끔찍한 소리가 뒤따랐다.

"음?"

무진의 억센 힘이 상상 이상이어서 장백노는 깜짝 놀랐다. 팔목을 타고 무지막지하게 밀려들어 오는 힘을 감당할 수 없었던 것이다. 그가 급히 검을 흔들며 옆으로 돌았다.

한 번 밀리기 시작하면 걷잡을 수 없는 게 고수끼리의 싸움이다. 장백노가 수세로 돌아선 순간 무진의 칼은 더욱 사나운 살기를 싣고 종횡으로 거침없이 치달았다.

허공 가득 그의 번쩍이는 칼빛이 춤을 추었고, 바람을 찢는 소리가 날카롭게 울렸다.

땅!

장백노의 머리 위에서 또 한 번의 쇳소리가 터져 나왔다. 내려치는 무진의 칼을 겨우 막았지만 팔목이 후들거려 버티기 힘들었다.

눈 깜짝할 사이에 장백노가 위기에 처한 걸 보고 번쩍 정신을 차린 자들이 일제히 달려들었다.

무진은 내심 당황하고 있었다. 그는 한순간에 장백노를 물리치고 곧장 신전 안으로 뛰어들 작정이었던 것이다.

그들이 아직 얼떨떨해 있을 때 모든 것을 번개 치듯 끝내 버리려고 했는데 장백노에게 가로막힌 시간이 너무 길었다.

어떻게 하든 난전을 피하려고 했지만 이제는 그럴 수 없게 되었다. 결국 애꿎은 피를 볼 수밖에 없는 것이다.

독하게 마음먹은 무진이 장백노를 버려두고 빙글 돌아섰다. 몇 놈을 무자비하게 쳐 넘겨야 할 필요가 있었다.

"이얍!"

상대를 압도하는 우렁찬 기합 소리와 함께 벼락처럼 내려친 칼이 가까이에 다가서 있는 자의 머리통 속으로 파고들었다.

"끄아악!"

그자가 참혹한 비명을 터뜨리며 쿵쿵거리고 물러섰고, 무진의 칼은 재빠른 원을 그리며 다시 왼쪽으로 떨어졌다.

비스듬히 내려친 칼에 실린 힘을 당해낼 자가 없었다. 휘돌아 쳤으므로 그것이 원래의 힘보다 배는 더 빠르고 강해져 있는 때문이기도 하다.

"으악!"

"크윽!"

두 마디의 답답한 비명이 터졌다. 가슴이 쩍 벌어진 자들이 주저앉듯 무너졌고, 무진의 칼은 다시 오른쪽을 바라보고 빙글 돌았다. 이번에는 아래에서 위로 비스듬히 쳐올리는 일격이다. 그의 칼빛이 번쩍인 곳에서 여지없이 비명이 쏟아졌다.

붉은 피가 비로소 허공에 확 퍼져 비릿한 혈향을 쏟아냈다. 이미 그의 주위에는 네 명이나 되는 신검문의 검수들이 주검이 되어 널브러져 있었다.

그동안 겪어온 크고 작은 싸움을 통해서 무진의 도법은 이미 무르익은 경지에 이르러 있었다. 몇 번의 깨달음도 얻은 뒤다.

여산의 용담에서 쌍검봉을 바라보고 여동빈의 검술을 떠올렸을 때 쾌검에 대한 심득을 얻었고, 석고서원의 노스승으로부터는 서법을 가르침 받으며 무거움에 대한 깊은 깨달음을 얻었다.

그의 칼에 미진했던 건 내력이었을 뿐인데, 그것도 호은암에서 흑풍객의 희생적인 도움을 받아 자부신공을 대성함으로써 해결되었다.

그의 칼이 얼마나 무서워졌는지는 천산평을 건너며 무혼불괴시들을 짚단처럼 베어 넘기던 데에서 이미 충분히 입증된 터다.

신검문의 검수들이 아무리 뛰어난 검법을 지녔다 하더라도 지금은 무진의 칼 힘을 당할 수 없었다.

열 명이든 스무 명이든 그건 아무 상관이 없다. 무진의 칼이 다시 번쩍이며 허공을 가르고 떨어졌다. 또 한 번의 처절한 비명 소리가 어둠 속에 울려 퍼졌고, 확 뿌려지는 핏줄기와 함께 목을 잃은 자가 나뒹굴었다.

"그만!"

그가 무릎을 살짝 굽히고 재차 도약하려 할 때 대전 안에서 장운령의 우렁찬 외침이 터져 나왔다.

"모두 물러서라!"

"어때?"

"과연 제 아비를 빼닮았군."

우측 고루의 지붕 위에 두 사람이 몸을 숨기고 신전 앞의 싸움을 지켜보고 있었다. 흉측한 얼굴의 상운춘과 객잔에서부터 무진을 뒤따라온 손숙숙이었다.

신검문은 손숙숙이 은밀히 중원에 심어놓은 세력이다. 검법으로 최상승의 경지에 오른 자신의 영향을 받아서 그동안 중원의 수많은 문파들 중에서도 신검문의 검법은 특출한 것으로 명성을 떨쳐 왔다. 그런데 오늘 무진의 칼에 철저히 농락당하고 있었으니, 그 모습을 바라보는 손숙숙의 마음이 어두워졌다.

상운춘이 눈빛을 번쩍이며 물었다.

"어때? 저 정도면 너의 매종칠검을 충분히 상대할 수 있을 것 같아 보이는데?"

"음—"

손숙숙이 침음성을 흘렸다. 상운춘이 자기를 놀리고 있었지만 딱히 반박할 수 없었던 것이다. 그만큼 그가 보는 무진의 칼 솜씨는 훌륭했다.

"더 크기 전에 진작 처버렸어야 하는 건데……."

상운춘이 한숨과 함께 그렇게 말했다. 하지만 그는 물론 손숙숙도 그럴 수 없었다는 걸 잘 알고 있었다. 그동안 무진을 찾을 수 없었던 탓이고, 설마 그가 이처럼 빨리 자신들을 위협할 만한 존재로 부각될 줄 몰랐던 때문이기도 했다.

손숙숙은 무진의 도법을 눈여겨보았다. 그의 칼은 빠르고 격렬한 것이 여타 문파의 도법과는 다른 데가 많았다. 철저하게 실전적인 도법인 것이다. 그것이 지금 제대로 위력을 발휘하고 있었다.

"척계광의 절강무예가 저놈에 이르러서 절세의 무공으로 다시 태어났구나."

손숙숙이 탄식과 함께 말했다. 단순하고 맹렬한 무진의 도법을 보고 있자니 더 이상 다른 도법은 필요없겠다는 생각이 들었다.

그것은 왜구와의 싸움을 염두에 두고 만들어진 병영의 단순한 도법인데, 무진의 손에 이르러서는 무림에 전해지고 있는 그 어느 절세의 도법보다 오히려 효과적인 것으로 변해 있었다. 상대를 찌르고 베는 데에 있어서 더 이상의 것이 없을 만큼 극성에 이르러 있었던 것이다.

"저놈은 제 아비보다 더 무서워졌다."

손숙숙의 탄식에 상운춘이 머리를 끄덕였다.

"저놈 나이 때 곽문탁은 저 정도의 경지에 이르지 못했었지."

그들의 얼굴이 어두워졌다. 상운춘이 문득 손숙숙의 검을 가리키고 말했다.

"너에게는 절세의 신검이 있다. 현철 중의 현철이라는 용왕주로 만든 검이 있는데 무슨 걱정이야? 호랑이에게 날개가 달린 격이니 아무도 너의 매종칠검을 상대할 수 없을 거다."

"흐흐흐흐—"

손숙숙이 자신의 검을 바라보며 득의의 웃음을 흘렸다.

신검문에서 염차목을 죽이고 되찾아간 철괴로 신검 한 자루를 만들었던 것이다. 그러니 그것은 흑룡보주가 가지고 있는 금룡검과 같은 절세신검일 게 분명했다.

손숙숙이 음흉하게 번쩍이는 눈으로 무진을 내려다보며 중얼거렸다.

"무혼불괴시와 마정지체를 상대하기 위해서 준비한 신검을 고작 저놈에게 써야 하다니……."

팔 년 전부터 그들은 우문강이 유명밀부의 뒤에 숨어서 활강시를 제조하고 있다는 걸 눈치챘다. 그래서 급히 현철석을 구해 두 자루의 신검을 만들고자 했던 것인데, 한 자루는 뜻하지 않게 흑풍객의 손에 들어가 흑룡보주에게 주어졌다. 그게 지금도 분하기 짝이 없는 일이었다.

"모두 물러서라!"

드디어 문주인 신검수사(神劍秀士) 장운령(張雲嶺)이 천천히 걸어 나왔다. 오십대의 깨끗하게 생긴 자였다.

신전 안에서 그는 수하들을 상대하는 무진의 도법을 유심히 살펴보았다. 그리고 과연 무서운 놈이라는 걸 절실히 느꼈다. 오만하게 굴 자격이 있었던 것이다.

남아 있는 자들이 죽은 동료들의 시신을 수습해 물러섰다. 뜰에 깔린 검은 돌 위에 점점이 핏자국이 뿌려져 있어서 으스스했다.

장운령이 그의 보검을 쥔 채 천천히 계단을 걸어 내려왔다. 무진은 눈도 깜빡이지 않고 그의 일거수일투족을 지켜보았다. 강호에서 누구나 인정하는 검법의 절정고수와 마주 선 것이다. 긴장이 되지 않을 수 없었다.

무진은 열 걸음 앞에 다가와 고요한 자세로 두 팔을 늘어뜨리고 서서 바라보는 장운령의 시선을 받으며 더욱 긴장했다. 자신이 여태까지 싸워왔던 자들 중 이만한 고수는 없었다.

'내 칼을 확인해 본다.'

그렇게 생각하기로 했다. 긴장은 도움이 되지 않는다. 평상심을 유지하는 게 무엇보다 중요하다.

흥분과 긴장으로 들떠 있던 무진의 기세가 빠르게 가라앉았다. 지금 머리 위 저 높은 곳에서 구름에 씻기며 유유히 떠 있는 둥근 달과도 같은 고요함이 느껴졌다.

'이놈은 더 대단하군.'

장운령이 보일 듯 말 듯 고개를 끄덕였다. 눈으로 보았을 때와 이처럼 거리를 두고 마주 섰을 때의 느낌이 달랐던 것이다. 살기를 감추고 일격의 기회를 엿보며 마주 서자 비로소 무진의 진면목을 느낄 수 있게 되었다.

장운령이 천천히 검을 뽑아 들었다. 무진은 그의 눈을 보고 있었다. 보검이 창백한 검신을 조금씩 드러낼수록 두 사람 사이에 당겨지고 있는 긴장의 끈이 더욱 팽팽해져 갔다. 십 보 거리의 공간이 싸늘한 기운으로 무거워졌다. 그 안에는 시간마저도 멎어버린 것 같은 적막함이 있을 뿐이다.

그들을 둘러싸고 있는 자들도 모두 숨을 죽였다. 두 사람의 긴장이 살갗을 통해 아프게 전해져 왔기 때문이다.

검집을 버린 장운령이 더욱 느리게 검을 들어올렸다. 그것을 보면서 무진도 칼을 세워 들기 시작했다.

무진은 노스승의 가르침을 떠올렸다. 붓과 칼이 다르지 않고, 무에서 유가 나오고 유를 지나 무로 들어가는 것. 그것이 도다.

'팔만 사천 리를 한 번에 건넌다.'

무진은 그런 뜻을 품었다.

무한함을 뜻하는 상징의 거리. 서방정토에 이르는 거리이기도 하면서 도에 이르는 거리이기도 한 그것을 내 칼 하나로 단번에 가로질러 버린다면 얼마나 통쾌할 것인가.

마음속에 있는 붓 한 자루를 꺼내 자유로운 도의 세계를 그려 보였던 스승의 가르침을 흉내 내듯이, 무진은 지금 제 손에 들려 있는 칼 한 자루로 저만의 도(道)를 그려 보일 준비를 끝냈다.

마음을 비우고, 눈앞의 상대를 잊은 순간 이기고 진다는 것이 사라졌다. 죽고 산다는 것도 사라졌다. 팔만 사천 리의 공간 저 너머에 아득하게 서 있는 한 사람이 있을 뿐이다. 이제 그것은 장운령이 아니었다. 나의 또 다른 모습인 것이다.

넘어야 하고, 깨뜨려야 할 나의 껍질. 무진은 지금 그것을 보고 있었다. 그의 칼이 먹을 잔뜩 머금은 붓처럼 기세와 의지와 용맹함을 가득 품고 부르르 떨었다.

금강석처럼 단단한 도의 껍질을 단번에 깨뜨려 버리겠다는 지독한 발원 같은 것이고, 하늘과 땅의 거리를 한 번의 도약으로 뛰어넘어 버리고 말겠다는 무지막지함이기도 했다. 그리고 초월은 언제나 그와 같은 용맹에서 비롯된다.

"끼야압!"

억눌렸던 화산이 갑자기 터지듯, 무진의 온몸에서 무시무시한 기합성이 터져 나왔다. 동시에 장운령이 발 아래 있는 제 그림자마저도 떼어놓을 듯한 기세로 소리없이 뛰어들었다.

두 사람의 움직임 앞에서 십 보의 거리는 있으나 마나였다. 시간의 흐름마저 붙잡아놓았던 긴장의 공간이 무섭게 좁혀드는 기세를 견디지 못하고 꽝! 하며 폭발했다. 모두의 눈에, 귀에 그렇게 보이고 들린 것 같은 순간, 허공을 긋는 무진의 칼과 장운령의 검이 부딪쳤다.

"이얍!"

장운령의 입에서 비로소 기합성이 터져 나왔다.

그가 가슴 깊이까지 부딪쳐 오는 무진의 칼을 떨쳐 버리려는 듯 온몸의 기를 폭발시키며 또 한 번의 일격을 날렸다. 숨을 쉬는 것처럼 자연스럽게 몸에 녹아들어 있던 그 많은 검초와 변화는 모두 잊었다.

무진의 칼이 봄날의 먼 언덕을 휘돌아 온 바람처럼 부드럽게 다가들었다. 붓을 달려 칼끝 같던 한 획을 긋더니 강둑에 하늘거리는 버드나무 가지를 그리듯 낭창거리며 끝을 말아 올라가는 것이다.

그리고 마지막은 지그시 눌러 잠깐 멈추었다가 거침없는 치달림으로 쳐올렸다.

콰앙—!

그 끝에 장운령의 검이 있었다. 무진의 칼이 그것을 통과해 저 먼 하늘 끝까지 치솟아올랐다.

"아!"

손에 땀을 쥐고 바라보던 자들이 일제히 경악의 외침을 터뜨렸다. 동강난 장운령의 보검이 하늘 높은 곳에 걸렸고, 그 아래에는 죽음이 있었다.

비스듬히 쳐 올라간 무진의 칼이 검을 쳐내고도 남은 힘을 주체하지 못하고 장운령의 배와 가슴을 지나 어깨 어림까지 쪼개놓았다.

칼을 뿌리고 물러서는 무진의 그림자를 적시며 더운피가 왈칵 뿌려졌다.

부릅뜬 눈에서 급격히 생기가 빠져나갔다. 무릎을 꿇을 듯 휘청거렸던 장운령이 모로 쓰러져 돌바닥에 부딪쳤다.

쿵—

붉은 피가 그의 몸에서 흘러내려 석판 틈으로 스며들었다. 그 소리가 들릴 만큼 무겁고 깊은 적막이 신전 앞의 뜰을 덮었다.

모두는 숨 쉬는 것마저 잊었다. 그저 무진을 멍하니 바라볼 뿐이다.

"신검문과의 은원은 여기까지다. 모두 물러가라."

살짝 눈살을 찌푸렸던 무진이 천천히 말했다. 부르르 몸을 떤 자들이 약속이라도 한 듯 주춤거리고 물러섰다. 무진은 이미 그들의 존재를 잊었다. 그가 천천히 머리를 들어 고루 위를 바라보았다.

"언제까지 훔쳐보고만 있을 셈이냐? 내려와라."

제11장 ■

천외쌍도(天外雙刀) 우문강(宇文剛)

천외쌍도(天外雙刀) 우문강(宇文剛)

귀면탈.

잊을 수 없는 그 끔찍한 탈바가지의 주인공이 얼굴 가득 그물처럼 얽힌 상처를 가지고 있는 흉측한 노인이라는 게 의외였다. 그를 노려보던 무진이 천천히 물러섰다. 장운령의 피를 빨아들인 칼이 음습하게 빛나고 있었다.

"싸우겠다는 거냐?"

상운춘이 음침하게 말했다.

"그날 밤, 내 아버지를 찾아왔던 자들 중 한 명이지?"

"흐흐흐, 그렇다. 너는 그날 아주 깊이 잘 숨어 있었더군."

"내 아버지의 죽음을 잊을 수 없다."

"나도 그날 네놈을 찾아내지 못했던 한을 잊지 못하고 있다. 풀을 뽑으면서 뿌리를 남겨두었으니 오늘날 이렇게 귀찮아진 거지."

"저 위에 있는 자는?"

"흐흐, 네가 찾고 있는 다섯 사람 중 한 명이 분명하다."

"으음—"

무진이 어금니를 악물었다. 눈앞에 두 명의 원수가 나타난 것이다.

"불러내라!"

그가 다시 한 걸음 물러서며 버럭 소리쳤다. 상운춘이 머리를 갸웃거렸다.

"우리 둘을 한꺼번에 상대하겠다고?"

"아버지께서는 혼자서 너희들 다섯 명을 상대하셨지. 그런데 두 명쯤이야."

"흐흐흐……"

상운춘이 실소를 흘렸다. 하지만 번쩍이는 그 눈에는 노여움이 가득 실려 있었다.

한동안 무진을 노려보던 그가 쳇, 하고 혀를 찼다.

"좋아, 내가 한 번 더 참아주지."

"그럴 것 없어!"

버럭 외친 무진이 장운령을 베었던 기세를 휘몰아 달려들며 일격을 날렸다.

씨이잉—

그의 칼이 빛보다 빠르게 떨어졌다. 상운춘은 감히 그것을 얕잡아볼 수 없었다. 그가 빙글 돌아서며 즉시 일장을 때려냈는데, 허깨비가 움직인 건 아닌가 싶을 만큼 가볍고 부드러웠다.

피잉—

질긴 장력의 그물에 갇혀 이끌린 칼이 제 길을 잃고 엉뚱한 곳으로 흘렀다.

"차합!"

무진이 이를 악물고 다시 일격을 쳐냈다. 빗나갔던 칼이 제 길을 바로잡기 전에 상운춘의 두 번째 장력이 파도처럼 밀어닥쳤고, 무진의 몸 전체를 가두려는 듯 넓게 퍼졌다.

깜짝 놀란 무진이 급히 칼을 거두며 왼손으로 마주 일장을 후려쳤다.

펑! 하는 소리와 함께 가슴 앞에서 부딪친 두 사람의 장력이 폭발했다. 빠르게 흩어지는 기파의 여력을 타고 무진이 훌쩍 뛰어 물러섰다.

그의 등줄기로 진땀이 흘러내렸다.

'또 서둘렀다.'

무진은 곧 자신의 성급함을 뉘우치고 스스로를 질책했다. 처음 그와 싸웠을 때도 오직 원수를 갚고 말겠다는 생각에 빠져서 앞뒤 가리지 않고 달려들다가 낭패를 보았는데, 지금도 그때와 비슷했던 것이다.

네가 가장 잘할 수 있는 것으로 싸우라던 흑풍객의 말이 떠올랐다. 네 스스로의 두려움을 극복하면 이기지 못할 것이 없다던 말도 기억난다.

'두려워하고 있단 말인가?'

무진은 자기 자신에게 물어보지 않을 수 없었다. 내가 이처럼 흥분해서 서두르는 건 두려움을 감추기 위한 유치한 짓에 불과한 건지도 모른다는 생각이 들었다.

무진은 눈앞에 있는 원수에 대한 증오와 함께 두려움을 갖고 있었다. 항아리 속에 숨어서 떨던 그때에 가슴 깊이 새겨진 증오이면서 두려움인 것이다. 잊고 있었는데, 이처럼 마주치자 무의식 속에 가라앉아 있던 그것이 되살아났다.

그건 무진과 일장을 나눈 상운춘도 마찬가지였다. 그 또한 무진을 상대하면서 잊고 있던 두려움을 떠올렸다.

'이놈은 제 아비를 빼닮았다!'

그런 자각이 가져다 준 두려움이었다.

그는 곽문탁에 대한 열등감과 함께 본능적인 거리낌을 갖고 있었는데, 그를 죽이고 난 뒤에 모두 사라졌다고 믿었다. 하지만 이처럼 무진과 부딪치고 나자 잊었던 그것이 되살아났다. 무진에게서 곽문탁을 본 때문이다.

두 사람은 마주 보고 있었지만 의식은 각자의 내면으로 향해 있었다.

상운춘은 두어 달 전, 장사성 밖 태황산(太黃山) 중턱의 관제묘로 무진을 불러냈던 때를 떠올렸다. 그때만 해도 무진은 낙화신장을 감당하지 못하고 쩔쩔매지 않았던가. 그런데 지금은 오히려 그의 장력에 실린 힘이, 그 칼의 사나움이 자신을 압도한다고 느껴졌다.

'이게 다 흑풍객 그 못된 놈 때문이다.'

그런 원망이 들었다. 그가 무진을 저렇게 만들어놓았다는 걸 안 것이다.

'수라도 놈들……'

흑풍객을 떠올리자 불쑥 수라도에 대한 원한이 덧붙여졌다. 동족이면서도 언제나 훼방만 놓는 놈들이니 원수보다 더 고약하다.

상운춘은 이번 일만 무사히 마무리 지으면 수라도를 들이쳐 그 변절자들을 깨끗이 쓸어버리리라고 결심했다. 흑풍객도 예외가 될 수 없다. 대라천주의 명을 어기는 한이 있어도 반드시 그렇게 하고 말 것이다.

무진을 노려보던 상운춘이 몸에 힘을 풀었다. 한껏 끌어 모아서 당장에라도 쳐낼 듯하던 내력을 흩쳤으니 스스로 죽기를 자처한 것이나 다름없다.

무진은 그의 주위에 팽팽하게 당겨져 있던 기의 파동이 사라지는 걸 느끼고 의아해졌다. 상운춘이 낮게 말했다.

"나를 죽이고 싶으냐? 지금이 기회다."

"너에 대한 동정심 따위는 없다!"

외친 무진이 칼을 겨누었다. 한 번 후려치기만 하면 목을 날려 버릴 수 있다. 하지만 상운춘은 여전히 온몸의 힘을 빼고 두 팔을 늘어뜨린 채 우두커니 서 있기만 했다. 전혀 저항할 의사가 없다는 게 느껴져서 무진은 오히려 망설여야 했다.

상운춘이 그런 무진을 노려보며 스산하게 말했다.

"너는 어리석은 놈이다."

"뭐라고 지껄이는 거냐?"

"나를 죽이는 건 가능할지도 모르지. 하지만 그렇게 되면 너는 다시 마정지체를 상대해야 할 거다."

"무엇이?"

"그놈이 곧 또 다른 마정지체를 만들어낼 테니까."

"응?"

무진의 눈이 커졌다. 마정지체. 그 마신에 대한 일은 떠올리기도 끔찍하다. 눈앞의 귀면탈이 뜻밖에도 그것을 말하고 있다는 게 무진을 놀라게 했다. 상운춘이 비웃으며 말했다.

"우문강이라는 놈이지. 네 아비를 죽인 자들 중 하나이기도 하다."

"천외쌍도!"

"그렇다. 바로 그놈이 마정지체를 만들고 있다."

무진은 유명밀부의 부주인 유명판관 최홍이 그 일을 주관한 자로만 알았다. 흑룡보주 또한 그렇게 알고 있었기 때문에 신검대를 보내 유명밀부를 괴멸시키고 최홍을 죽인 것이다. 하지만 상운춘의 말은 그게 아니었다.

"놈은 토왕곡의 구중천주 중 현천(玄天)의 보주로 있으면서 무음비경(無陰秘經)을 훔쳐 갔다. 아직도 그걸 지니고 있으니 또 다른 무혼불괴시와 마정지체를 만들어내는 건 시간문제일 뿐이다."

"으음—"

"나는 그놈의 소재를 알고 있다. 나를 죽이면 너는 그놈을 찾을 수 없을 것이고, 그놈은 머지않아 또 다른 마정지체를 너와 진천무에게 보내겠지. 흐흐흐, 그때는 어떻게 하려느냐?"

무진은 눈앞의 원수를 죽이는 것보다 천외쌍도를 찾아내는 일이 더 급하고 중요하다는 걸 알았다. 그자가 무혼불괴시와 마정지체를 다시 만들어낸다면 그 화가 전 강호에 미칠 것이다.

무진의 갈등을 즐기듯 느긋하게 바라보던 상운춘이 다시 말했다.

"어쩔 테냐? 나를 죽여 네 아비의 복수를 하겠다면 지금 해라. 네 칼 아래 기꺼이 목을 내밀어주지."

부드득—

무진이 눈에서 불길을 뿜어내며 그를 노려보았다. 이 가는 소리가 끔찍하게 들려왔다. 칼을 쥔 그의 손이 덜덜 떨리고 있었다. 당장에라도 이자의 목을 쳐서 통쾌하게 첫 번째 복수를 하고 싶다는 충동이 밀려왔다.

그러나 마정지체라는 그 말 한마디 때문에 섣부르게 결정할 수가 없었다. 나의 원한이 크고 깊지만 마정지체의 끔찍함을 생각하면 내 고집만 부리고 있을 수가 없는 것이다.

"그자는 너의 동료일 텐데?"

"어째서 고자질하느냐고 묻는 거냐? 또 다른 함정을 파놓고 너를 속이는 것 같아서?"

"그렇다."

"흐흥, 철없는 애송이 같으니."

상운춘이 마음껏 비웃었다.

"이놈아, 네가 무서워서 구천의 천주 중 한 명인 내가 쩔쩔매고 있는 걸로 보이느냐? 그렇다면 웃기는 일이지."

무진을 지그시 노려보던 그가 다시 흥, 하고 코웃음을 쳤다.

"내 말을 허투루 들은 거냐? 그자가 우리를 배신하고 비급을 훔쳐 달아났다고 말하지 않았느냐?"

"그렇다면 너희들이 직접 처리할 것이지 왜 나에게 그걸 가르쳐 주려는 거지?"

"멍청한 놈. 너를 시키면 될 일인데 무엇 때문에 우리가 힘을 쓰겠어?"

"뭐라고?"

"흐흐흐, 너희 한족이라는 것들은 툭하면 이이제이를 들먹인다. 한족 아닌 자들은 죄다 오랑캐로 여기는 오만함의 발로이지. 하지만 우리는 너희들 한족을 오랑캐로 여긴다. 그러니 오랑캐를 부려서 오랑캐를 제압한다는 이이제이라는 말을 너희들에게 돌려주는 셈이지. 네가 우리를 대신해서 우문강 그놈을 죽여야 해."

무진의 눈이 번쩍 빛났다. '이놈들은 한족이 아니다' 하는 생각이

든 것이다. 토왕곡을 운운하고 수라도를 운운했던 자들이 한족이 아니라는 걸 알아낸 건 큰 수확이었다.

우문강은 강족이다. 그렇다면 이자들은 강족이란 말인가? 하는 의문이 잠깐 떠올랐다. 그러나 귀면탈은 우문강까지 싸잡아서 오랑캐라고 했으니 그건 아닐 것이다.

"어떻게 할 테냐? 그놈이 무혼불괴시든, 마정지체든 만들어도 좋다면 상관하지 않고 네 복수를 하면 그만이다. 어차피 피를 흘리고 죽어나가는 건 한족일 테니까. 흐흐흐."

"교활한 놈."

무진이 이를 악물고 스산하게 말했다. 그러나 상운춘은 음침한 웃음을 흘릴 뿐이었다.

"너에게 그놈이 있는 곳을 가르쳐 주겠다. 그 대신 우리의 싸움은 다음으로 미루는 것이다. 어때?"

복수는 중요하다. 하지만 대의를 따지자면 우문강을 제거하는 게 더 크고 시급한 일이었다. 눈앞에서 비웃고 있는 원수를 곱게 보내줘야 한다는 게 내키지 않지만 기회는 또 있을 것이다.

한동안 망설이던 무진이 체념한 듯 어깨를 늘어뜨렸다.

"좋다. 제안을 받아들이지."

"상가야, 너는 정말 간덩이가 부을 대로 부은 놈이구나? 내가 조마조마해서 죽는 줄 알았다."

손숙숙이 가슴을 쓸며 투덜거렸다. 상운춘이 보기 흉한 얼굴을 씰룩이며 히죽 웃었다.

"내 손에 쥐고 있는 패가 그놈의 패를 누를 수 있다는 자신이 있는데

판돈을 걸지 않으면 바보지."

"그런데 그놈이 정말 우문강의 상대가 될 수 있을까?"

손숙숙은 그게 미덥지 못한 듯 머리를 갸웃거렸다. 상운춘이 침중한 얼굴로 말했다.

"할 수 있을 거야. 그놈은 오히려 제 아비보다 무서워졌더라. 우리 모두 조심해야겠어."

"너도 그 어린 녀석의 상대가 되지 못한단 말이냐?"

손숙숙이 깜짝 놀라서 눈을 크게 떴다. 상운춘이 머리를 끄덕였다.

"얼마 전까지만 해도 나의 장법 아래 쩔쩔매던 놈이었지. 그런데 지금은 내가 그놈을 두려워하게 되었다. 그러니 우문강의 일이 처리되면 옛적 곽문탁을 상대하듯이 우리가 모두 나서서 그놈을 죽이는 수밖에 없겠어."

"음, 그 어린 녀석이 벌써 그 정도라니……."

손숙숙의 표정도 심각해졌다.

그들은 무진이 떠나고 없는 빈 어둠을 노려보았다.

새벽이 되었다. 미친 듯 밤새 울창한 숲을 치달려온 무진은 숨이 턱에 차 헐떡였다.

이름도 알지 못하는 산 정상에 서서 저 아래 안개에 잠긴 세상이 새벽빛을 이고 반짝이는 걸 지켜보았다. 상운춘이 가르쳐 준 대로 세 개의 산을 넘고 다섯 개의 골짜기를 지나왔다.

그는 지금 연운산(連雲山)으로 향하고 있는 중이었다. 박라강(泊羅江) 상류에 있는 산으로 동쪽 끝, 강서와의 경계에 위치한 높고 큰 산이다.

"연운산 북쪽 기슭에 화전민 촌이 있다. 우문강은 가소롭게도 그곳의 우매한 촌민들을 현혹해서 산신으로 대접받고 있지. 우문강의 신당까지 있으니 정말 웃기는 일 아니냐?"

상운춘이 한껏 비웃음을 띠고 그렇게 말했었다. 그곳이 바로 우문강이 중원에 만들어놓은 그만의 은신처인 것이다. 그놈은 그곳으로 갔을 거라고 했다. 거기서 재기를 꿈꾸려는 것이리라.

잠시 운기조식해서 몸의 피로를 푼 무진이 다시 힘껏 달리기 시작했다. 마을에 이르러서는 말 한 필을 구했다. 조급한 마음이 그를 가만두지 않아서 달리는 말에 연신 채찍질을 해대며 하루를 꼬박 가자 드디어 저 앞에 구름을 뚫고 솟아 있는 높은 산봉우리가 보였다.

북쪽 골짜기를 더듬어 한참을 올라가자 탁 트인 능선이 나타났다. 멀리 호남의 평야 지대가 바라보이는 높은 곳이다. 뒤로는 울창한 수림과 깊은 계곡이 있고, 앞에는 층층이 위태롭게 개간되어 있는 다락논과 밭이 능선을 따라 끝없이 뻗어 있었다.

마을은 능선 너머 곡구(谷口)에 있었다. 능선에 올라서서 내려다보니 삼사십 호는 되어 보이는 제법 큰 화전 마을이다.

그곳은 몇 개의 골짜기와 큰 개울, 그리고 수림으로 가로막혀 있었으므로 세상과는 거의 단절되다시피 한 외진 촌락이었다. 이곳에 몸을 숨기고 산다면 바깥에서는 좀체 알아챌 수 없을 것이다.

마을에 우문강의 신당까지 두고 있다니 부락민들은 믿을 수가 없다. 무진은 능선에 앉아서 마주 보이는 건너편 골짜기를 살펴보았다.

연운봉에서 발원한 맑은 개울이 흐르고 있는 위쪽으로 우거진 소나무 숲이 있었다. 양쪽으로는 깎아지른 듯한 바위 절벽이 가로막았고, 뒤는 가파른 산비탈인데 숲이 울창했다. 개울이 흘러내리고 있는 좁은 공간이 그 산비탈을 지나 더 깊은 곳으로 들어갈 수 있는 유일한 통로인 셈이었다.

백만 대군이 쳐들어온다고 하더라도 두어 사람밖에는 지나갈 수 없는 협곡. 그러니 천혜의 요새라고 해야 할 지형이다.

무진은 그 개울 뒤의 계곡 안쪽에 신당이 있을 것이라고 짐작했다. 자신이 숨을 곳을 만든다 해도 반드시 저 좁은 통로를 지난 곳에다 만들 것이니 우문강이라고 다르지 않을 것이기 때문이다.

말을 풀어놓아 멋대로 가게 한 무진은 마을 사람들의 눈을 피해서 골짜기로 내려왔다. 개울을 따라 걸으면 편하겠지만 일부러 절벽 아래의 우거진 숲 속을 택해서 좁은 협곡 입구에 이르렀다.

콸콸거리는 물소리가 거세게 들렸다. 한 사람이 겨우 비집고 들어갈 수 있을 만큼 좁아진 협곡을 빠져나온 물길이 소용돌이를 치며 흐르고 있는 것이다.

커다란 바위를 도끼로 쫙 쪼갠 듯 벌어진 틈이었다. 좌우로는 습기를 머금어서 미끄러운 바위 절벽이라 붙잡고 의지할 곳 하나 없다. 좁아진 틈을 흐르는 개울물이 거세기 짝이 없어서 그 속에 몸을 담갔다가는 황소라도 금방 휩쓸리고 말 것이었다.

그렇다면 대체 저 좁은 곡구를 어떻게 통과할 수 있단 말인가? 하고 잔뜩 눈살을 찌푸린 채 바라보기를 얼마나 했을까. 절벽을 따라 늘어진 나뭇가지 사이로 원숭이 몇 마리가 튀어나왔다. 그것들이 꽥꽥거리며 소란을 떠는 통에 가려져 있던 통로가 드러났는데, 절벽에 쇠 토막을 박아 넣고 좁은 나무판자를 걸어놓은 잔도(棧道)였다.

무릎을 친 무진이 즉시 다가가 원숭이들을 쫓아낸 후 늘어진 넝쿨과 나뭇가지들을 들추어내고 잔도에 올라섰다. 아래는 빠르게 흘러가는 무서운 격류가 있고, 위에는 깎아지른 벼랑이다. 이끼가 가득 끼어서 미끄러웠으므로 붙잡고 매달릴 수도 없으니 이 잔도야말로 생명줄이나 같았다.

늘어진 쇠줄을 붙잡고 발바닥 하나가 겨우 올라설 수 있는 나무판을 밟으며 나가려니 절로 등줄기가 오싹해졌다. 그렇게 개울을 거슬러 이십여 장을 매달려가자 비로소 앞이 탁 트였다.

"아!"

무진이 감탄성을 터뜨렸다. 눈앞에 갑자기 황홀한 세상이 펼쳐졌던 것이다. 그 신비롭고 아름다운 풍경에 벌어진 입을 다물 수 없었다.

협곡 안쪽은 넓은 분지였다. 호리병처럼 사방에 깎아지른 절벽을 두르고 있는 데다가, 입구라고는 방금 지나온 그 위험한 길뿐이니 과연 세외별원(世外別院)이라고 해야 하리라.

푸른 풀이 자란 넓은 초지에 여기저기 붉고 희고 노란 들꽃이 무리 지어 피어서 벌과 나비를 불러들였다. 도화나무에 주렁주렁 달린 탐스러운 선도(仙桃)가 햇빛에 익어갔고, 잔잔히 흐르는 물가에는 보랏빛 수국(水菊)이 만발했다.

개울에 걸린 무지개다리가 운치를 더하는데, 그 건너에 아름드리 배나무 숲을 등지고 아담한 띠집 한 채가 그림처럼 서 있었다. 배나무 숲 사이로 언뜻언뜻 붉은 기와가 드러났다. 우문강을 산신으로 모셨다는 신당이리라.

그 아름답고 평화로운 모습을 멍하니 바라보고 있는 동안 어느덧 처음의 놀람이 사라지고, 가슴속에서 분노가 서서히 끓어올랐다.

우문강은 무혼불괴시를 만들기 위해 수많은 사람들을 죽였고, 마정지체를 만들어 강호에 혈겁을 일으키려 한 자다. 그런 짓을 했으면서 제 자신은 이처럼 선경(仙境) 같은 은신처에서 순박한 사람들에게 신으로 숭앙받으며 편히 지내고 있었다.

그 사실만으로도 우문강은 용서받지 못할 이유가 충분했다. 게다가 아버지를 죽인 원수이고, 기벽강의 사문을 망가뜨린 자다. 기벽강의 몫까지 더하자면 그는 세 번 죽어야 마땅하다.

그런 생각으로 무섭게 증폭된 노여움을 꾹꾹 눌러둔 무진이 천천히 풀밭을 건너 띠집으로 다가갔다.

집 뒤에는 개울을 끌어들여 만든 작은 연못이 있었다. 배나무 숲으로 나 있는 오솔길이 보이는 곳이다. 그 연못가에 정자 한 채가 오롯이 서 있었는데, 거기서 우문강이 차를 마시고 있었다.

그는 붉고 푸르고 노란색으로 화려하게 치장된 비단옷을 입고 있었다. 머리에는 화관을 썼고, 모란꽃이 수놓인 검은 신을 신었다. 우아하게 늘어뜨린 수염이 미풍에 흔들렸다. 비단 섭선을 펼쳐 가볍게 부치고 있는 모습이 정말 천계의 신선이 내려와 있는 건가? 하는 착각이 들게 했다.

그가 정자의 난간에 한 팔을 기댄 채 무지개다리를 건너오고 있는 무진을 물끄러미 바라보았다. 무진도 그를 보았다. 두 사람의 눈이 이십여 장의 거리를 두고 얽혔다. 무진은 무지개다리 중앙에 우뚝 서 있고, 우문강은 여전히 난간에 한 팔을 걸친 편한 모습으로 앉아 있었다.

불길이 활활 타오르는 무진의 눈길을 물끄러미 마주 보던 우문강이 손짓을 했다. 몇 차례 심호흡을 해서 마음의 노여움을 다스린 무진이 천천히 걸어 다가갔다.

"네가 곽무진이냐?"

우문강이 여전히 난간에 기대고 앉아서 몸을 틀어 내려다보며 그렇게 물었다.

등 뒤에 개울을 두고 정자 아래 버티고 선 무진이 칼집을 두드려 보였다.

"내려와라."

"흘흘, 건방진 꼬마 놈이로군."

"아버지의 복수를 하고, 기벽강의 원한을 풀어줄 것이며, 천리를 저버린 네 행위에 대한 대가를 치르게 하겠다."

"핫하하! 여기 네가 있고 내가 있는데 서두를 게 뭐 있느냐? 올라오너라. 차라도 한잔 마신 다음에 해도 늦지 않을 게다."

우문강은 한껏 느긋한 여유를 자랑해 보이고 있었다. 그 앞에서 서두르기만 한다는 건 초라해 보일 뿐이다. 입술을 지그시 깨물었던 무진이 망설이지 않고 성큼성큼 걸어 정자 위로 올라갔다.

그가 우문강을 마주하고 앉자 우문강이 익숙한 손놀림으로 한 잔의 차를 따라주었다. 좋은 향기가 꽃향기에 더해 은은히 몸에 배어들었다. 정신이 맑아지고 기분이 상쾌해지는 차 향이다.

"내가 여기 있다고 그놈이 그러더냐?"

"……?"

"네가 만난 놈 말이다. 상운춘이라는 교활한 놈이지."

무진은 그의 이름을 알지 못한다. 그가 말없이 바라보자 우문강이 피식 웃었다.

"낙화신장을 써서 네 아비를 친 놈 말이다. 그놈의 이름이 상운춘이다. 토왕곡의 토박이지. 그놈 말고 한 놈이 더 있었을 텐데?"

"하지만 보지 못했어."

"그렇군. 그놈은 숨어서 지켜보고 있었던 모양이군. 매종칠검으로 네 아비를 찔렀던 놈이다. 손숙숙이라고 하지. 역시 토왕곡의 토박이다."

"음—"

무진이 찻잔을 내려놓고 침음성을 흘렸다.

"그 교활한 놈이 내가 있는 곳을 가르쳐 주고 저는 빠져나간 모양이군. 흘흘, 너를 꼭두각시로 만들었어. 그리고 그놈은 뒤에서 재미있어하고 있겠지."

"어쨌든 상관없어. 당신을 죽이고 다시 그들을 찾아내서 복수할 테니까."

"핫하. 좋다, 좋아. 내가 한 일에 대해서 구차하게 변명은 하지 않겠다. 하지만 너는 한족이다. 그놈들과는 피가 다르지. 잘 생각해 봐야 할 일이야. 나를 죽이는 건 그놈들을 이롭게 하는 짓이거든. 결국 그놈들이 자부동천을 열게 될 가능성이 높아지는 일이고, 그렇게 되면 강호는 환란을 면치 못할 거다. 아니, 그놈들에 의해서 천하의 주인이 뒤바뀌게 될지도 모르지."

"무엇이?"

"그놈들은 토가족(土家族)이다. 씨다 다르고 피가 다른 이족이야. 묘족(苗族)과 요족(瑤族)이 섞여 있지만 지금은 모두 토가족에 동조하는 세력으로 변해 있으니 같은 무리라고 해야 할 것이다."

이건 뜻밖의 말이었다. 무진은 이 안에 자신이 짐작하는 것보다 더 큰 무엇이 있다는 걸 느끼고 잔뜩 긴장했다.

"자부동천을 열려면 그놈들과 싸워야 한다. 동천이 바로 그놈들의 영역 안에 있기 때문이지."

"그렇다면 동천이 어디 있는지 안단 말이냐?"

"흘흘, 그걸 알았다면 내가 벌써 열었지."

"수라도는?"

"흐흐, 그놈들도 토가족이다. 토왕곡의 놈들과 뜻이 맞지 않아서 떨어져 나갔으니 그놈들 내부에서 자중지란이 일어난 셈이야. 따지고 보면 그렇게 된 원인이 바로 네 아비에게 있다. 때문에 토왕곡의 주인인 대라천주가 우리를 보내 곽문탁을 죽이려 한 것이기도 하지. 물론 현천무경이라는 절세의 비급을 되찾기 위한 것이기도 했지만 말이다."

"음—"

무진은 비로소 아버지가 왜 그들 속에 섞여 들어갔는지 알 수 있을 것 같았다. 그들의 비밀을 캐내고, 자부동천이 그들 손에 들어가지 않도록 감시했던 것이리라.

무진의 마음이 어두워졌다. 수라도의 신녀 역시 토가족일 것이기 때문이다. 흑풍객은 그녀가 자신의 생모라고 하지 않았던가. 그렇다면 제 몸 안에는 토가족의 피가 반쯤 섞여 있는 것이다. 처음 알게 된 그 사실이 무진에게는 충격으로 다가왔다.

그가 한동안 말을 하지 못하고 얼굴만 일그러뜨리고 있는 걸 지켜보던 우문광이 비웃듯 다시 말했다.

"흐흐, 상운춘 그놈이 뭐라고 하더냐? 내가 다시 마정지체를 만들어 내면 강호가 피에 잠기게 될 거라고 했겠지? 하지만 내가 원하는 건 바로 그놈들을 없애는 것이다. 그러니 마정지체는 그놈들을 상대하기 위한 것이라고 해야 옳다."

"헛소리!"

무진이 노하여 소리쳤다.

"당신은 그것으로 가장 먼저 흑룡보를 궤멸시키려 했고, 또한 무혼불괴시들을 풀어서 우리를 죽이려 했다. 그러니 당신의 말은 거짓이야."

"그 모든 일이 바로 너 때문이다."

"응?"

"모르고 있지는 않겠지? 자부동천을 열기 위해서는 너의 도움이 꼭 필요하다는 걸 말이다. 그러니 네 친구들이 해를 입은 것도 따지고 보면 너 때문이고, 흑룡보의 신검대가 피를 흘린 것도 그렇다. 진천무 그놈은 어리석게도 무혼불괴시와 마정지체를 없애려고만 했지 토가족 놈들의 음모에 대해서는 전혀 알지 못하고 있어."

무진의 머리 속이 혼란해졌다. 그걸 느낀 듯 우문강이 한결 누그러진 음성으로 은근하게 말했다.

"나와 손을 잡자. 나는 강족이지만 토가족 놈들처럼 한족에 대한 원한 따위는 없다. 나는 오직 자부동천을 열고 그 안의 비급과 보물을 얻어 일신의 부귀영화를 누리려 할 뿐이야. 하지만 토가족이 그것을 손에 넣게 된다면 그들은 그 힘을 빌어 천하를 차지할 것이다. 큰 전쟁이 벌어지고, 한족의 피로 황하가 붉게 물들겠지."

"그들은 천하를 도모하고 있단 말이오?"

"그렇다. 한족에 대한 뿌리 깊은 원한을 잊지 못하고 있는 거야."

"으음—"

무진은 그게 무엇인지 알지 못했다. 하지만 물어보지 않았다. 알기가 두려웠기 때문이기도 하다.

"그놈들에게 이용당하는 것보다 나와 손을 잡고 그놈들을 없애는 게 네 아비가 하지 못한 일을 하는 것이기도 하다. 그렇지 않겠느냐?"

무진은 깊은 생각에 잠겼다. 앞에 우문강이 있다는 것조차 잊은 것 같았다.

그의 말은 일면 옳은 데가 있었다. 하지만 그렇다고 해도 모두 신뢰할 수는 없었다.

무진은 어쩌면 토가족보다 눈앞의 우문강이 더 위험하고 무서운 자일 수 있다고 생각했다. 그에게는 뿌리가 없기 때문이다. 자신의 태생인 강족을 배신하고 도망쳐 나온 자 아닌가.

그 뒤에는 토왕곡에 몸을 의지하고 있다가 기회가 오자 그들마저 배신하고 다시 떨어져 나왔다. 신의가 없는데다가 욕심은 지나치고 언변이 교활하기까지 하니 승냥이 같은 자에 다름 아닌 것이다.

뿌리가 없으니 오직 자기 자신의 야욕에만 충실할 것이다. 그래서 서슴없이 무혼불괴시를 만들었고 마정지체를 만들었으리라. 이런 자야말로 천하인 모두가 죽어도 내 욕심만 채우면 좋아할 자였다.

무진은 이와 같은 자와는 오래 이야기할 게 못 된다고 판단했다. 더 머뭇거리다가는 헛바닥의 농간에 놀아나게 될 것이다.

무진이 칼을 쥐고 벌떡 일어섰다.

"좋아! 나는 당신의 말에 동의한다고 치더라도 한 사람은 그렇지 않을 테니 어쩔 수 없지."

"누구 말이냐?"

우문강이 돌변한 무진의 태도에 어리둥절해서 물었다. 무진이 그를 무섭게 노려보았다.

"기벽강. 그의 한을 내가 물려받았다. 그러니 나는 당신을 죽여서 기련파의 문호를 정리할 책임이 있는 셈이지. 사부를 시해하고 장문영

부까지 훔쳐 낸 당신의 폐륜을 응징하겠다!'

"무엇이!"

우문강의 온화하던 낯빛이 순식간에 살벌하게 변했다. 그 일이 늘 마음에 걸렸었는데 무진이 들추어내서 꾸짖자 견딜 수 없었던 것이다. 부끄러움이 분노로 변하면 더 큰 노여움을 품게 되는 이치다.

"내가 네놈이 두려워서 이러는 줄 아느냐? 홍! 말을 알아듣지 못하는 어리석은 놈에게 줄 것은 죽음밖에 없다!"

그가 곁에 놓아두었던 쌍도를 집어 들고 벌떡 일어섰다.

"흐흐흐, 네놈이 스스로 죽음을 자초했으니 후회하지 말거라. 네놈을 죽이고 벽옥소를 가져갈 테다."

"홍!"

"조금 힘들기는 하겠지만 그 안의 비밀을 풀지 못할 것도 없겠지."

무진은 그가 드디어 제 본심을 드러냈다고 여겼다. 온갖 말로 설득하려 했던 게 결국 벽옥소의 비밀을 캐내기 위해서였던 것이다.

무진이 성큼성큼 정자를 내려갔다. 그의 등을 무섭게 노려보던 우문강도 쌍도를 들고 따랐다. 그들은 배나무 숲 앞에서 마주 보고 섰다. 무진에게도 우문강에게도 더 이상 말은 필요없었다. 오직 죽여서 원하는 것을 이루면 그만이다.

무진은 그의 쌍도가 아버지를 베던 모습을 떠올렸다. 아버지의 벽옥소를 상대하던 솜씨는 날카롭고 가벼웠다.

무진이 품에서 벽옥소를 꺼내 들었다. 그것을 바라보는 우문강의 눈에 탐욕이 이글거렸다.

"흐흐흐, 그때 내가 그것을 가져가야 한다고 하자 그 멍청한 손숙숙이라는 놈이 말렸었지. 지금쯤 그놈도 자신의 멍청함을 뼈저리게 후회하고 있을 거다."

무진은 그때의 일을 잊지 않고 있었다. 항아리 속에서 사흘을 숨어 있었을 때 그들이 다시 찾아왔고, 누군가가 벽옥소를 가져가자고 했었다. 그게 바로 우문강이라는 걸 이제 알았다. 그리고, 그건 재수없는 물건이니 필요없다고 했던 자는 바로 손숙숙이었던 것이다.

무진이 오른손에는 척가보도를 쥐고 왼손에는 벽옥소를 든 채 우문강을 노려보았다. 그의 눈 깊은 곳에서 활활 타오르던 원한의 불길이 눈을 뚫고 쏟아져 나올 듯 커졌다.

스르릉—

우문강이 여태까지의 느긋하던 태도를 버리고 잔뜩 긴장한 채 두 자루의 만도를 꺼내 들었다. 무진을 한 사람의 당당한 상대로 인정한 것이다.

"와라!"

그가 만도를 들어 한 자루는 하늘을 가릴 듯하고 한 자루로는 땅을 벨 듯한 자세를 취하고 소리쳤다.

"너에게 내가 왜 천외쌍도로 불리는지 똑똑히 가르쳐 주마."

무진은 그 말에 대꾸하지 않았다. 오직 죽인다는 것을 생각할 뿐 다른 건 모두 잊었다. 새소리도, 바람 소리도 들리지 않았고, 한낮의 햇빛도 느껴지지 않았다.

그가 기합 소리도 없이 성큼 다가들었다. 한 발을 불쑥 내미는가 했는데 이 장여의 거리를 단번에 좁힌 것이다.

삐이이이—

허공에 날카로운 퉁소 소리가 치솟았다. 자부신공을 한껏 실은 그 소리는 예전 흑룡보에서 사표를 상대할 때와는 비교할 수 없이 달라져 있었다.

마치 구름 속의 용이 휘파람을 불어대는 것처럼 날카로운 소성(簫聲)이 멀리, 그리고 넓게 퍼졌다. 곽문탁은 퉁소를 휘두를 때 그 소리만으로도 상대의 넋을 빼놓았다고 했다. 그 위력이 이제 무진의 손에서 고스란히 되살아난 것이다.

"음!"

우문강은 귀를 찌르고 의식을 혼미하게 하는 소성에 대항하기 위해 내력을 모두 끌어올렸다. 자칫 집중력이 흐려졌다가는 당하고 만다는 위기감이 그를 초조해지게 했다.

피잉—

높은 퉁소 소리에 숨어서 척가보도가 날아들었다. 우문강이 재빨리 옆으로 움직이며 칼을 휘둘렀다. 달처럼 굽은 두 자루의 만도가 각각의 움직임을 가지고 맹렬하게 쳐나갔다.

마치 두 개의 풍차를 동시에 돌려대는 것처럼, 우문강의 두 자루 만도는 어지럽게 쏟아지고 허공을 쓸어갔다. 그 번쩍이는 칼빛과 기묘하고 재빠른 움직임 때문에 무진은 눈이 어질어질해져서 우문강의 형체조차 찾아볼 수 없을 지경이 되었다.

그가 두 자루의 칼을 제 몸의 일부인 것처럼 자유롭게 쓴다면 무진 또한 두 손을 자유롭게 쓸 수 있었다. 염차목의 대장간에서 풀무질을 하고 망치질을 할 때부터 두 손을 하나처럼 쓸 수 있도록 연습한 공이다.

무진이 왼손의 벽옥소를 휘둘러 만도를 누르고, 오른손의 칼로는 벼락처럼 내려쳐 어깨를 찍었다.

삐이익 하는 소성이 더 높아졌다. 우문강이 침중한 얼굴로 급히 칼을 거두어들이는 한편 무진의 척가보도를 튕겨냈다. 땅! 하는 낭랑한 쇳소리가 두 사람의 머리 속을 맑게 해주었다.

삐이이이—

이번에는 벽옥소다. 그것이 더욱 높고 날카로운 소리를 내며 곧장 우문강의 미간을 노리고 쏘아졌다. 자부신공을 한껏 머금은 옥소가 어느새 피처럼 붉은빛으로 물들었다. 그러나 그것에 새겨져 있는 두 마리 용은 더욱 뚜렷한 금빛을 띠고 번쩍거렸다. 비늘 하나하나가 곤두서고, 딱 벌린 입에서는 곧 불길이라도 토해낼 듯 생생했다.

"아!"

우문강이 다급한 중에도 무엇을 보았는지 눈을 부릅떴다.

"그, 그것!"

그가 놀랄 때 옥소는 미간에 닿을 듯 가까워져 있었다. 서늘한 기운을 느낀 우문강이 깜짝 놀라 급히 머리를 기울였다. 그때 소리없이 아래에서 그어 올라온 칼이 그의 배를 깊이 가르고 지나갔다.

"욱!"

아차, 하고 자신의 실수를 뉘우쳤지만 이미 복부 속으로 파고든 서늘한 통증은 어쩔 수 없었다. 우문강은 쩍 벌어져 내장을 쏟아내는 자신의 배를 내려다보았다. 몸 안에 가득했던 기운이 급속히 빠져나가는 게 느껴졌다. 죽음의 어두운 통로가 눈앞에 보였다.

"그, 그것……."

그가 부릅뜬 눈으로 손을 들어 자신의 눈앞에 있는 허공을 가리켰다. 고통으로 일그러져야 할 얼굴에 알 수 없는 웃음이 번져 갔다.

"나, 나는…… 보았다…… 바로 그것……."

홀쩍 뛰어 물러선 무진은 아직도 흥분으로 달아오른 거친 숨을 몰아

쉬며 그런 우문강을 바라보았다. 그는 더 말을 잇지 못했다. 울컥울컥 넘어오는 피 때문이다.

여전히 손가락으로 눈앞을 가리킨 채 우문강이 천천히 무릎을 꿇었다. 한 손은 흘러내리는 자신의 내장을 쓸어안은 채였다. 그가 초점없는 눈으로 허공을 응시하다가 고개를 떨구었다. 그의 손도 무릎 아래로 떨어지고 어깨의 들썩임이 남았다가 사라졌다.

『바람의 길』 5권에 계속…

다시 한번 당신을 잠 못 들게 만들
불후의 대작!

사자후(獅子吼) / 설봉 지음

깊게 깊게 빠져드는 몰입의 세계!
온몸을 전율케 하는 짜릿 듯한 강렬함을 느낀다!

그에게서는 묘한 악취가 풍겼다. 그가 창을 겨눴을 때……
화염이 이글거리는 눈동자를 보았을 때……
비로소 악취의 정체를 짐작해 냈다.
피와 땀이 켜켜이 쌓여 자연스럽게 뿜어져 나오는 살인마의 냄새.
그는 허명(虛名)을 좇아 비무를 즐기는 낭인(浪人)이 아니라 야성(野性)이 살아서 꿈틀거리는 진짜 살인마였다.
투지가 끓어올라 활화산처럼 꿈틀거렸다.
그의 눈길을 정면으로 맞받으며 묘공보(妙空步)를 밟기 시작했다.
우리의 첫 만남은 그렇게 시작되었다.

- 환봉개(幻棒丐)의 회고록(回顧錄) 中에서 -

FANTASTIC
ORIENTAL
HEROES

청 어 람 신 무 협 판 타 지 소 설

독특한 소재, 괴팍한 주인공의 활약에
절로 신이 나는 작품!

음공의 대가 / 일성 지음

"연주 한 번으로 대량 살상이라…
멋지지 않소?"

음공의 대가

만월교의 남무림 통일 계획에 의해 납치된 천팔십이 명의 예능(藝能)에 재능을 가진 아이들!
그런 가운데 헌원세가의 어린 음악가 또한 사라졌다!
그리고 나타난 극악한 인물, 악마금(惡魔琴)!!
극악한 행동 패턴! 예측불허의 교활함! 고난이도의 정신 세계를 자랑하는 막가파 탄생!
신비로운 음공의 무한한 위력 앞에 강호가 무릎 꿇고, 누천년을 이어온 검과 도의 역사가 막을 내리니
이제 최고의 무공은 음공(音功)이라 말하리라!

훗날 '음공의 대가' 로 불리며 무림의 전설이 되어버린
그의 흥미진진한 강호 이야기가 펼쳐진다!